Accadde Nelle Highlands

It Happened in the Highlands

Serie della famiglia Pennington

May McGoldrick

with

Jan Coffey

Book Duo Creative

Grazie per aver scelto *Accadde Nelle Highlands*. Nel caso in cui apprezzassi questo libro, ti invitiamo a condividere il tuo apprezzamento, lasciando una recensione, o a metterti in contatto con gli autori.

ENJOY!

Nikoo & Jim

Ai nostri amici Betsy Mark e Rich Assenza

*La prova positiva delle seconde possibilità
e "Per sempre felici e contenti"*

Tutto il privilegio che rivendico per il mio sesso... è quello di amare più a lungo, quando la speranza non c'è più.

Jane Austen, *Persuasione*

Capitolo Uno

Londra
Maggio 1802

"LA NASCITA di un bambino dovrebbe essere un momento di gioia, non di sofferenza". Le parole tagliarono il ronzio del negozio di abbigliamento e raggiunsero la giovane donna nel camerino adiacente.

"Le origini di *questa* ragazza sono le più miserabili e le più ripugnanti", disse una seconda donna. "La nostra società non ha posto per chi ha origini così sordide, secondo me".

Le voci provenienti da oltre la porta a vetri colpirono profondamente Jo Pennington, riaprendo la ferita che sanguinava da tutta la vita. Mentre fissava lo specchio, non aveva dubbi che le due donne sapessero che era a portata di orecchio. Avevano intenzionalmente rinunciato a qualsiasi facciata di cortesia. Il volume e il tono della loro conversazione sottolineavano le loro parole.

"Infatti", concordò la prima donna. "Ho saputo da fonti autorevoli che la madre della ragazza era una cortigiana di umili natali!".

La sarta che appuntava il pizzo alla manica di Jo faceva finta di non sentire, ma il suo viso arrossato tradiva il suo imbarazzo.

"'*Cortigiana*' è un termine troppo fine", rispose la seconda donna.

"*So* cosa è successo. Ho cercato di dimenticarmene, ma ero presente. E posso dirvi che la madre della ragazza apparteneva alla più bassa feccia dell'umanità. Esito a usare espressioni così disgustose, ma dobbiamo vedere il mondo per quello che è, anche se sconvolge quelli di noi che hanno una sensibilità raffinata. Quella donna era una sgualdrina che sguazzava nei bassifondi. Una vagabonda incallita e senza prospettive che infettava il mondo. Una 'sgualdrina decaduta', per usare le parole del Dr. Johnson".

Jo strinse gli occhi. Conosceva fin troppo bene l'identità della seconda donna, anche se assumeva un atteggiamento diverso in presenza di qualsiasi membro della famiglia Pennington. Lady Nithsdale era stata infatti ospite al Ballo d'Estate di Baronsford quando la contessa Aytoun, bagnata dalla pioggia, aveva portato un neonato affamato e piagnucolante in mezzo all'élite della società, solo poche ore dopo che la madre di Jo era morta nel fango, partorita sotto il carro di una gentile signora anziana.

Ma ora Lady Nithsdale, odiosa e ipocrita, si trovava nel salone adiacente al camerino della sartoria, proclamando a gran voce tutto ciò che ricordava e aggiungendo anche qualcosa di inventato..

Quanto velocemente le nuvole avevano oscurato il sole!

Solo un'ora prima, Jo si stava crogiolando nelle gioie della vivace Oxford Street, con i suoi grandi e luminosi negozi pieni di cappelli e cuffiette, pantofole e scarpe, nastri e pizzi. Era così felice di guardare le ultime novità della moda in compagnia della sua madre adottiva e delle sue sorelle. Mentre lei pensava al suo destino e al suo imminente matrimonio, Phoebe, undici anni, e Millie, otto anni, stavano allegramente convincendo Lady Aytoun dell'assoluta *necessità* di far confezionare loro abiti coordinati dalla variopinta gamma di tessuti appesi in graziose pieghe dietro le belle e alte finestre.

E ora questo. Di nuovo. A dieci giorni dal matrimonio.

Jo si costrinse a concentrarsi sull'immagine del bel viso del suo fidanzato. I suoi capelli biondo scuro, il suo sorriso e la sua risata contagiosa. Sul suo petto e le sue spalle larghe nella sua uniforme da ufficiale di marina. Le sue mani grandi e calde che stringevano le sue nell'oscurità di una carrozza. Ma nemmeno questo riuscì a cancellare il suono doloroso e penetrante della malvagità.

"Eppure ho sentito che sposerà il figlio di un baronetto".

La seconda donna abbaiò una risata beffarda. "Le tue orecchie non ti hanno ingannata, mia cara. Sta per sposare Wynne Melfort, un tenente della marina che in questa stagione ha avuto più di qualche giovane donna in lizza per attirare la sua attenzione".

"Melfort deve essere povero, immagino. I secondogeniti devono farsi strada nel mondo e i Pennington sono ricchi come Creso".

"Le assicuro che il denaro è l'*unica* motivazione di questa unione", affermò Lady Nithsdale, con un ghigno chiaramente distinguibile nella voce. "Il Conte di Aytoun ha trasformato una bambina povera in un'ereditiera che vale ventimila sterline".

Ondate di vergogna la attraversarono, lasciandola gelata e inermente. La giovane sarta continuò il più velocemente possibile ad appuntare il pizzo all'abito da sposa color argento. Mentre Jo si guardava allo specchio, le lacrime non versate le annebbiavano la vista e le conchiglie e i fiori delicatamente ricamati si confondevano.

"Ho sentito che sono riusciti a farla presentare a corte e come *Lady Josephine Pennington*", continuò la prima donna. "Ricordo un tempo in cui il denaro non poteva comprarlo".

Jo era stata perseguitata da sussurri simili fin dalla sua prima entrata nella società londinese. L'assalto di quel giorno era diverso solo per la sua sfacciataggine e intensità.

Prima di quell'anno, i suoi genitori erano riusciti a dissuaderla dal frequentare i saloni e le sale da ballo della Stagione. Sapendo che le sue oscure origini sarebbero state sicuramente un argomento per i pettegoli di Londra, non avevano mai voluto esporre Jo alla crudeltà della società. Anno dopo anno, l'avevano convinta a rimanere nella loro tenuta nell'Hertfordshire o a Baronsford, la casa di famiglia nei Borders scozzesi. Ma a ventuno anni, con il sogno di trovare marito, aveva ottenuto la loro titubante approvazione.

E poi, immediatamente, trovò Wynne. O meglio, lui trovò lei. Forse l'attrazione iniziale per lei era stata la sua dote, ma tra loro erano scoccate subito le scintille. Sapeva che lo sentivano entrambi. Nel giro di un mese Jo si rese conto che il suo attaccamento per giovane ufficiale di marina era dovuto solo in parte al suo bell'aspetto e ai suoi intensi occhi blu. Le loro menti erano in armonia. La loro fiducia era completa. La capacità di mettere a nudo le loro anime, di rivelare i dolori a lungo sepolti e di celebrare le vittorie univa i loro cuori come un tutt'uno. E poi c'era la sua protezione.

Le tornò in mente il ricordo della loro passeggiata nei Giardini di Kensington lo scorso sabato. Stavano osservando le bande militari quando Jo si accorse dei sussurri femminili. Le voci non facevano nomi, ma era perfettamente chiaro che l'argomento della conversazione non poteva che essere Jo Pennington.

Riconoscendo il suo disagio, Wynne si infuriò. Nonostante le allusioni e le vaghe insinuazioni e le successive smentite, era stato pronto a chiamare in causa uno dei mariti. Durante le poche settimane del loro fidanzamento, lei si era resa conto della sua crescente frustrazione. Era disposto ad affrontare e sfidare chiunque per difendere il suo onore.

Ma non poteva permetterlo. Non era nella natura di Jo permettergli di fare una scenata. Sono solo chiacchiere, si era detta più volte. Sarebbe tutto sparito. I pettegolezzi avrebbero trovato un altro bersaglio. Non aveva bisogno di ulteriori avvertimenti. E avrebbe preferito morire piuttosto che fargli accadere qualcosa.

"Certo, cos'*altro* ci si può aspettare dai Pennington?". Lady Nithsdale si schernì. "Il conte e sua moglie non sono estranei agli scandali. Quella famiglia è piuttosto fortunata che qualcuno nella società bene li riconosca. Avrai sicuramente sentito le storie scioccanti dei loro primi matrimoni".

"Dimmi".

Quando l'ignobile donna continuò a parlare della storia della famiglia Pennington, il labbro di Jo tremò. Il dolore che l'attraversava era più acuto di quello che le avevano inflitto i commenti precedenti. L'amore e la gentilezza che aveva ricevuto per tutta la vita dai suoi genitori, l'affetto che provava per i suoi quattro fratelli e sorelle e per la famiglia allargata, le facevano desiderare di avere la forza di abbattere quelle tende e di prendere a pugni i volti delle due donne dall'altra parte.

Il suo mento affondò nel petto. Perché non potevano andarsene?

"Temo di non sentirmi bene", disse Jo alla sarta. "Ti prego, aiutami a togliermi questo e ad indossare di nuovo il mio vestito".

"Ma, signora, la modista desidera vedervi con questo vestito".

"Tornerò tra un giorno o due per finire l'adattamento", le disse Jo, recuperando una moneta dalla sua reticella e mettendola nella mano della giovane donna.

Pochi istanti dopo, si infilò nell'ingresso chiuso da una tenda. Rifiutandosi di guardare in direzione di Lady Nithsdale e della sua confidente, Jo non poté fare a meno di sentire i sorrisi delle due donne mentre scappava.

"Eccola che arriva".

"*Lady* Josephine".

Non rallentò quando passò davanti a un gruppo di sarte in piedi intorno a un rotolo di seta scarlatta e uscì nella sala d'ingresso del negozio. Fin dall'infanzia, Jo aveva imparato che la vita era già abbastanza dura e che non c'era posto per tanta cattiveria. Ma quelle donne erano cresciute in una scuola diversa. Lady Nithsdale e quelli come lei non avevano un'anima.

"Cosa c'è che non va, tesoro?".

Jo guardò sua madre che aspettava all'ingresso del negozio con le sue due sorelle minori. Aveva promesso di mostrare loro il vestito una volta che il pizzo fosse stato appuntato sulle maniche.

"Dov'è il vestito?" Lady Aytoun non attese la risposta. "È successo qualcosa che ti ha turbato".

"Non è successo nulla", mentì Jo. "Credo che i pasticcini che abbiamo mangiato fossero guasti. Per favore, andiamo a casa e torniamo un altro giorno".

Lo sguardo di Millicent si spostò sulla porta della sartoria. Jo pensò per un attimo che avrebbe dovuto impedirle di entrare e chiedere di sapere cosa fosse successo e chi fosse il responsabile.

"Per favore, mamma. Vorrei andare ora".

"Come desideri".

Lady Aytoun acconsentì, ma il suo cipiglio scuro rifletteva i suoi veri sentimenti mentre uscivano dal negozio. La sua famiglia, e ora anche Wynne, volevano proteggerla. Ma Jo non poteva sopportare l'umiliazione di un confronto pubblico. Non ci sarebbe stata alcuna vittoria. Non poteva cambiare le circostanze della sua nascita.

Sistemandosi nella carrozza, Jo fece alcuni respiri tranquillizzanti per calmarsi.

Tutti i pettegolezzi non contano nulla, si disse per la millesima volta. Il passato non aveva importanza. Wynne aveva scelto lei. Le aveva chiesto la mano, ben sapendo delle sue origini. Il suo futuro con lui non aveva bisogno di includere personaggi come Lady Nithsdale. Chiuse gli occhi e cercò di pensare solo a lui. Al loro futuro insieme, lontano dalla Londra del ton.

Le chiacchiere di Phoebe e Millie furono una gradita distrazione e servirono a evitare che Lady Aytoun facesse altre domande mentre tornavano a casa.

Quando la carrozza si fermò di fronte al palazzo che si affacciava su Hanover Square, Jo aveva già seppellito l'incidente dell'atelier insieme a tutti gli altri. Un cameriere in livrea dorata le accolse quando aprì la porta. Un altro servitore le accompagnò su per gli ampi gradini di marmo fino alla porta d'ingresso.

All'interno dell'atrio della villa, Jo si fermò per togliersi i guanti e il cappello e il suo sguardo fu attratto dall'alcova semicircolare in fondo alla sala dove poteva sentire le voci degli uomini.

"Hugh è tornato!" Phoebe gridò allegramente, correndo in quella direzione con Millie alle calcagna.

Jo sorrise alla madre, provando la stessa esuberanza dei due più piccoli per l'arrivo del fratello. Con un solo anno di differenza, Hugh e Jo erano stati inseparabili fin dall'infanzia, fino a quando la sua formazione scolastica non gli aveva imposto di stare lontano per gran parte dell'anno. E ora stava servendo come ufficiale di cavalleria per il re.

"Sono felice di vedere che il tuo stomaco delicato sta già migliorando". Sua madre sorrise, dirigendosi verso le porte aperte.

Prima che Jo potesse seguirla, si avvicinò un anziano cameriere con una lettera. "Mentre era fuori, signora, il tenente Melfort ha lasciato questa per lei".

"Ha detto qualcosa?" chiese lei.

"Solo che gli dispiaceva che non foste in casa a riceverlo".

"Grazie", disse lei, rompendo il sigillo.

Voleva vedere Hugh, ma Wynne non era uno che le scriveva lettere. Si chiese se questo avesse qualcosa a che fare con il prossimo giovedì. I suoi genitori e suo fratello si sarebbero uniti a loro per la cena.

Si fermò all'ingresso dell'alcova. La lettera era breve. Le righe danzavano davanti ai suoi occhi, ma alcune parole e frasi vennero messe a fuoco.

. . . organizzazione del matrimonio . . . infelicità per te . . rompere il nostro fidanzamento . . . Sempre al tuo servizio...

"No". La stanza si inclinò. Il suo corpo si intorpidì mentre rileggeva le parole in un impeto di rifiuto. Il volto di Wynne apparve nella sua mente. I momenti trascorsi insieme erano bugie. Il suo affetto, la sua dichiarazione d'amore, tutte bugie. Il sogno di Jo sul suo futuro svanì come una goccia di pioggia su un terreno arido.

Mentre le sue lacrime macchiavano la lettera, una mano forte prese la sua, sostenendola. Guardando in alto attraverso una sfocatura, riconobbe il volto preoccupato di suo fratello Hugh.

A est, sopra i campanili e i tetti di Londra, il cielo brillava di rosso sangue, negando qualsiasi promessa di apparizione del sole. I prati verdi e i boschi del parco rimanevano vaghi, indistinti, riluttanti a emergere nella torbida luce dell'alba. Nulla si muoveva, nemmeno la nuvola bassa che oscurava la Serpentine. Hyde Park era tranquillo a quell'ora. Un silenzio mortale.

Il calcio della pistola da duello era liscio e fresco nella mano di Wynne Melfort. Staccando lo sguardo dall'arma, guardò attraverso il terreno bagnato di rugiada il nemico vestito di rosso che si trovava nella nebbia, silenzioso e immobile, a venti passi di distanza.

Hugh Pennington era venuto per ucciderlo.

Wynne non poteva biasimarlo. Era il fratello di Jo ed era un uomo che avrebbe sempre difeso il suo onore.

"Prendete posto, signori".

Nella mente di Wynne passò l'idea che nessuno dei due avrebbe dovuto essere li. Non avrebbe dovuto permettere che si arrivasse a questo.

Ma in quale altro modo avrebbe potuto farglielo capire? I suoi ordini erano arrivati ieri. La sua nave stava per partire per Terranova.

Amava Jo, ma se si fossero sposati, che tipo di vita le avrebbe lasciato? I suoi vili genitori le avrebbero trovato un posto, ma che tipo di posto sarebbe stato? I loro artigli non erano meno affilati del resto del ton.

Wynne non poteva sposarla perché non era in grado di proteggerla.

"Quando mi cade il fazzoletto...".

Troppo tardi per questo, pensò. L'onore. L'onore di Jo era in gioco. E Wynne sapeva cosa doveva fare.

Quando il fazzoletto volò a terra, i due uomini alzarono le pistole. In lontananza, sentì i rintocchi della campana della torre sopra la Cappella di San Giorgio.

Wynne spostò la mira in alto e alla destra del fratello di Jo, e la canna della pistola di Hugh Pennington balenò nella nebbia del mattino.

I lettori della *Tittle-Tattle Review*, spulciando il giornale alla ricerca di pettegolezzi, trovarono conferma di ciò che era già noto a Londra. La terza voce si riferiva al duello tra Hugh Pennington e Wynne Melfort:

Abbiamo appreso che sabato scorso due noti gentiluomini si sono affrontati a colpi di pistola nella nebbiosa luce dell'alba sotto gli alti e antichi olmi nei dintorni settentrionali di Hyde Park. Il capitano H.P. ha sparato al tenente W.M. per una questione di onore familiare. W.M. è stato portato via dal campo. Al momento della pubblicazione, non si sa se il gentiluomo ferito sopravviverà alla notte.

Capitolo Due

Aberdeen occidentale
Highlands scozzesi
Aprile 1818

Sedici anni dopo

CON IL SOLE di metà mattina caldo sulla schiena, Wynne Melfort spinse il suo destriero castano al galoppo, seguendo la carrareccia erbosa lungo le rive del fiume Don. Respirò profondamente, riempiendosi i polmoni con lo strano profumo di cocco delle ginestre dal colore giallo brillante, mentre il suo sguardo veniva attirato dalle acque scintillanti fino allo sfondo azzurro e cristallino dei Grampiani dalle spalle rotonde a ovest.

"Bella giornata per stare fuori", disse ad alta voce, senza aspettarsi alcuna risposta dal suo cavallo.

Quando Wynne si ritirò dalla Royal Navy due anni prima, lui e il suo amico Dermot McKendry, che aveva prestato servizio come chirurgo sulle sue navi per quasi un decennio, avevano rivolto i loro passi verso questo luogo idilliaco nelle Highlands. Le maestose monta-

gne, i misteriosi laghi e le distese di coste selvagge non potevano essere
più diverse dal mare aperto, dalle verdi isole delle Indie Occidentali o
dall'affollato trambusto di Londra e del West End. Nessun posto in cui
era stato era all'altezza della bellezza delle Highlands.

A non più di un chilometro dal fiume, Wynne girò la sua cavalca-
tura verso nord e risalì il tratto in salita attraverso i campi appena colti-
vati e i pascoli ricoperti di pietre. In breve tempo, la torre grigia
dell'antica Abbazia di Clova divenne visibile. Ora conosciuta solo come
"l'Abbazia", la vasta tenuta - con le sue fattorie e foreste, il mulino e gli
stagni - apparteneva da secoli alla famiglia di Dermot, ma il luogo era
diventato proprietà della Corona durante i tempi difficili di Bonnie
Prince Charlie. I McKendry avevano un'inclinazione a scegliere il lato
nobile e spesso perdente delle cose.

L'Abbazia offriva la situazione perfetta per i due uomini. Il buon
dottore, avendo ereditato la proprietà distrutta, voleva ricostruirla e
avviare un ospedale, un manicomio privato autorizzato per chi soffriva
di disturbi mentali causati da lesioni o malattie. Prima di navigare con
Wynne, Dermot aveva lavorato in un manicomio di Edimburgo.
Qualunque cosa avesse sperimentato lì, era stata sufficiente a spingerlo
a fare questo, a cercare di migliorare un trattamento che riteneva
molto sbagliato.

Per sé stesso, Wynne voleva un posto dove stabilirsi, quindi mise a
disposizione il suo denaro in cambio di una parte dei terreni della
tenuta. Ora che suo figlio lo aveva raggiunto lì, l'investimento di
Wynne era ancora più importante. Tra qualche anno, quando se ne
sarebbe andato, la casa-torre che stava ricostruendo e i terreni che la
circondavano avrebbero costituito un'eredità, una casa che Andrew
Cuffe Melfort avrebbe potuto chiamare sua, senza obblighi verso
nessuno.

Si trattava di una partnership solida. Dermot era il direttore dell'o-
spedale e si occupava dell'aspetto medico; Wynne era l'amministratore
e gestiva gli affari.

Superati i campi che l'anziano zio di Dermot, noto a tutti come "il
signorotto", aveva destinato ai suoi campi da golf, raggiunse presto la
casa. Passando davanti al cortile, formato da due ali che si estendevano

dalla parte principale dell'edificio, vide alcuni pazienti e operatori che approfittavano del sole. Il piano terra dell'annesso nord, costruito dall'esercito come caserma durante le campagne per la sottomissione delle Highlands, fungeva ora da reparto per i pazienti già in cura.

Smontando vicino alle scuderie, Wynne si voltò al suono di un grido proveniente dalla direzione degli orti.

"Capitano!"

Si schermò gli occhi mentre guardava verso la voce. Con la testa calva che brillava, Hamish si stava dirigendo verso di lui, trascinando per il colletto un ragazzino di dieci anni dal viso corrucciato.

Questo non prometteva nulla di buono, pensò Wynne, scrutando il volto di suo figlio mentre i due si avvicinavano. Cuffe presentava un'escoriazione su un occhio, un naso insanguinato, un labbro inferiore gonfio e una camicia strappata sotto il gilet e la giacca color ruggine macchiata di sporco.

Un'altra battaglia. Il ragazzo era in Scozia da appena un mese e questa era la sua quarta schermaglia. Cuffe stava tenendo fede all'ammonimento che la sua nonna giamaicana aveva inviato quando aveva scritto che non poteva più tenerlo.

Wynne non sapeva nulla di come si cresce un bambino, ma aveva chiesto l'aiuto di altre persone per assisterlo. Cameron, il commissario di bordo della sua nave e ora contabile dell'Abbazia, avrebbe iniziato a insegnare al ragazzo ciò che avrebbe imparato a scuola. Hamish, il capo delle fattorie, avrebbe istruito il ragazzo sull'aspetto pratico della gestione della terra, un'istruzione preziosa per un futuro proprietario terriero.

Come capitano di vascello della Royal Navy, Wynne aveva comandato diverse navi e centinaia di uomini durante la sua carriera. I ragazzi più giovani di suo figlio prestavano servizio a bordo delle navi e tutti avevano bisogno di tempo per adattarsi a quella vita. Ammirava lo spirito indipendente del bambino di dieci anni, ma Cuffe cominciava a preoccuparlo.

Wynne passò le redini a uno stalliere mentre i due si avvicinavano.

"Questa volta ce l'ha fatta, Capitano", sbuffò il direttore della fattoria. "Questa vostra canaglia".

Hamish era noto sia per la sua pazienza che per la sua stoica accettazione delle prove dell'agricoltura nelle Highlands. Qualunque cosa Cuffe avesse fatto ora, era chiaramente sufficiente a spingere l'Highlander oltre i suoi limiti.

"Cosa hai fatto, ragazzo?" Chiese Wynne.

Magro ma forte, con una schiena dritta come una verga, suo figlio guardava fisso a terra davanti a sé, con i capelli ricci e lunghi fino al colletto che gli ricadevano in parte sul viso martoriato. Non guardava mai Wynne negli occhi e non gli parlava - un atto di ribellione, supponeva - ma alla fine il ragazzo si sarebbe ricreduto. Doveva farlo.

"Ve lo dico io, capitano", sbottò Hamish, senza aspettare. "Questo vostro piccolo incosciente ha fatto uscire i maiali dai recinti".

Maiali in giardino. Questa è la prima volta. Dubitava che i maiali avessero fatto quei danni al suo viso.

"Spiegati", ordinò.

Cuffe sollevò il mento e i suoi profondi occhi marroni fissarono le montagne. Non mostrava alcun accenno di paura e certamente non accennava a rispondere.

"Ho detto a questo piccolo disgraziato di occuparsi del nutrimento dei maiali mentre io mi preparavo per andare alle fattorie dell'ovest. Subito dopo, i maiali si sono scatenati, la casa era in subbuglio e Cook si è infuriato come non l'ho mai visto. Ha minacciato di far fuori tuo figlio ".

"Come si è procurato i lividi sul viso?".

"Un combattimento, Capitano". Hamish scosse la testa. "Quando abbiamo riportato i maiali nei loro recinti, abbiamo sentito degli strilli così forti che ho pensato che la *Bean Nighe, la* lavandaia demoniaca in persona, stesse portando via un bambino. Si è scoperto che il vostro ragazzo stava picchiando tre ragazzi della fattoria".

Guardando le ferite, Wynne si chiese quanto dovessero essere messi male gli altri.

"E due di loro sono più grandi di lui", affermò l'Highlander. "Ora, so che i ragazzi si azzuffano di tanto in tanto, ma non possiamo permettere che il figlio dell'amministratore dell'ospedale picchi proprio i braccianti che dovrebbe controllare".

Non aveva senso pretendere delle risposte. Wynne era ben abituato al voto di silenzio che Cuffe aveva evidentemente fatto quando si trattava di comunicare con lui. Nell'ultimo mese, Wynne si era occupato personalmente di disciplinare il ragazzo, ma forse le faccende che gli aveva assegnato non erano abbastanza severe.

"Lascio a te la scelta della punizione per questa infrazione, Hamish".

Il volto di Cuffe divenne un po' più scuro, ma si rifiutò di guardare Wynne.

"Prendilo", ordinò all'Highlander. "Mio figlio deve capire che se si rifiuta di presentare una difesa ragionevole per le sue azioni, ci saranno delle conseguenze da pagare".

Il direttore della fattoria portò via Cuffe, borbottando sul fatto che doveva pulire le stalle. Secondo Dermot, Hamish credeva che il lavoro fisico e duro fosse il modo migliore per insegnare, disciplinare e mantenere il rispetto di sé.

Camminando lungo il lato dell'edificio verso l'annesso nord, Wynne cercò di ricordare com'era stato a quell'età. Come secondogenito, aveva sopportato la noiosa routine dei tutori a casa mentre il fratello maggiore era a Eton, e quegli uomini non avevano mai risparmiato la verga nell'insegnargli la disciplina. Ad eccezione dello sviluppo di un'avversione per le punizioni corporali, non aveva mai messo in discussione la sua vita o le decisioni prese dai suoi genitori. Aveva sempre accettato il fatto che chi era in carica sapesse cosa fare.

Anni dopo, un duello combattuto in una grigia mattina londinese e le lunghe settimane di convalescenza che ne seguirono erano servite a risvegliarlo. Allora aveva ventidue anni ed era stato fortunato a vedere un'altra alba.

Quando Wynne entrò nell'annesso nord, il contabile Cameron apparve in fondo a una scala.

"Il dottor McKendry la sta cercando, Capitano. È nel suo ufficio".

Avvisando l'ex commissario che Cuffe sarebbe stato probabilmente assente dalle lezioni pomeridiane, Wynne salì le scale. Passò davanti al suo ufficio - un'oasi di ordine e calma - ed entrò nel caotico posto di lavoro di Dermot. Nonostante l'assillo costante della governante durante le pulizie settimanali, ogni superficie dell'ampia stanza era ricoperta di carte e cartelle e il pavimento non era molto meglio. Libri di testo e riviste mediche erano sparsi e accatastati negli angoli. I volumi erano aperti su ogni sedia disponibile e sopra le pile di carta.

Ognuno aveva il proprio metodo di gestione degli affari e nessuno dei due interferiva con le abitudini dell'altro, anche se Wynne era spesso tentato dalla vista della scrivania di Dermot.

In piedi su un'alta scrivania vicino a una finestra, il dottore stava scrivendo degli appunti su un registro aperto. Si girò e gettò la penna sopra il libro quando sentì entrare Wynne.

"Sei tornato". Sorrise, la soddisfazione era evidente sul suo volto. "Si sono verificate circostanze straordinarie con il nostro nuovo paziente".

"Charles Barton?" Chiese Wynne. "Le sue condizioni sono già cambiate?".

"Vieni a vedere tu stesso". Dermot si avvicinò alla scrivania.

Dieci giorni prima, Charles Barton, cinquantasei anni, era arrivato all'Abbazia emaciato e senza reagire, consegnato per le cure permanenti dall'anziana madre, una proprietaria terriera del luogo. Suo figlio, spiegò la signora Barton, era arrivato a casa al Castello di Tilmory in quelle condizioni dopo aver subito una ferita alla testa durante un'esplosione a bordo di una nave mercantile mesi prima.

Sebbene l'anziana donna avesse fornito un generoso sostegno finanziario per assicurarsi che il figlio fosse ben curato nei suoi ultimi giorni di vita, Dermot credeva che la morte di Barton non fosse imminente.

"Ho sentito una specie di trambusto provenire dalla direzione dei giardini", disse il dottore, mentre scendevano le scale verso il reparto ospedaliero.

Wynne annuì. "Ho saputo che i maiali hanno mangiato un po' di verdura in più, grazie a Cuffe".

Gli uomini si scambiarono uno sguardo. Non c'era bisogno di dire altro. Le difficoltà di Wynne nel diventare genitore non erano sfuggite a Dermot. "Beh, sono certo che Hamish rimetterà tutto a posto in poco tempo".

"Lo spero", rispose Wynne. "Ho seguito la raccomandazione di tua zia, mi sono fermato al villaggio e ho parlato con il vicario per dare a

Cuffe un po' di istruzione religiosa. Era stato concordato che un'ora alla settimana avrebbe...".

"Avresti dovuto chiedere a Blane McKendry un corso di *golf*, invece". Dermot scosse la testa. "So che quel vecchio pagano può insegnare a Cuffe più cose su niblicks e longnoses che su Salmi e Beatitudini".

Indipendentemente dal tempo, lo scudiero e suo fratello, il vicario, si incontravano ogni giorno per rincorrere le loro palline da golf nei campi.

Wynne e Dermot entrarono nel reparto quasi vuoto. Aveva visto molti dei pazienti fuori. In fondo alla stanza, lunga e spaziosa, due operatori stavano sistemando Stevenson, l'unico paziente imprevedibile dell'ospedale. Ancora ventenne, all'ex scaricatore di porto di Aberdeen era stata diagnosticata una "mania furiosa". Altamente disturbato, aveva occasionali attacchi di violenza e qualsiasi piccolezza poteva turbarlo. Anche in quel momento, stava rimproverando gli operatori con forti oscenità e stringeva il suo berretto al petto in modo protettivo.

Wynne sapeva che ci voleva un temperamento e un carattere speciali per curare i pazzi. Dermot non permetteva l'uso di catene, sebbene fossero comunemente usate altrove e solo Stevenson veniva immobilizzato di notte. Il dottore credeva che si dovesse cercare di curare questi uomini e che, in mancanza di ciò, si dovesse almeno permettere loro di vivere in modo dignitoso.

Charles Barton, il loro ultimo paziente, era seduto accanto a una finestra soleggiata a metà della stanza con una scrivania sulle ginocchia. Le dita sottili muovevano leggermente una matita sulla carta.

"È cosciente!" Esclamò Wynne.

"Più o meno", disse il dottore. "Non ha ancora detto una parola".

I due uomini attraversarono il reparto per raggiungere la finestra, ma Barton non alzò lo sguardo e non sembrò accorgersi della loro presenza. I riccioli ingrigiti dell'uomo erano legati in una fascia per capelli e le sue guance pallide e infossate sfoggiavano una folta barba.

"Sua madre non ne ha parlato, ma abbiamo scoperto che il signor Barton è un artista affermato", gli disse Dermot. "Ma la cosa affascinante è che gli piace disegnare sempre lo stesso volto, la stessa giovane donna".

Gli occhi dell'anziano erano fissi su un foglio di carta, le sue dita diventavano più insistenti mentre terminava un disegno e prendeva un foglio pulito.

"Vorrei conoscere l'oggetto dell'ossessione di quest'uomo". Dermot passò il foglio appena disegnato al suo amico. "Potrebbe essere utile per la guarigione del paziente".

Wynne guardò il disegno tra le mani. Aveva già visto quei riccioli scuri in mille sogni. Li aveva visti spazzati verso l'alto e li aveva visti cadere con grazia su quelle spalle sottili. Aveva visto quegli occhi, così precisamente angolati sopra gli zigomi alti. Il naso delicato, l'impostazione della bocca. Quelle labbra.

Il riconoscimento lo colpì come un fulmine. Sentì il sangue defluire dal suo viso. Non può essere, pensò. L'allarme e la speranza emersero in egual misura.

Wynne prese un altro schizzo. E poi un altro ancora. Li fissò uno dopo l'altro. Tutti della stessa donna. Non c'erano dubbi.

È stato solo ieri, la prima volta che si sono incontrati.

I volti arrossati delle ballerine nei loro abiti d'oro, blu e verdi, nei loro abiti da sera neri e nelle uniformi rosse e blu. Intorno a lui, i suoi colleghi ufficiali scherzavano e indicavano potenziali spose e conquiste.

E poi l'ha vista.

Non erano mai stati presentati, ma lui la conosceva per nome. Era diversa da tante giovani donne che si presentavano a Corte per la prima volta e che si contendevano ogni barlume di attenzione. Anche ora, in piedi accanto alla ciotola del punch, aveva un riserbo tranquillo che lasciava intendere tristezza. Si chiese se fosse influenzata dalle storie che stavano iniziando a circolare. Non credeva ai pettegolezzi, ma le voci sulle sue origini si stavano diffondendo come fiamme in un prato secco d'agosto.

Gruppi di festaioli si erano avvicendati e alcune giovani donne si erano fermate accanto a lei.

Wynne se ne accorse nel momento in cui venne detto qualcosa. Il caldo rossore scomparve dal suo bel viso e la sua schiena si irrigidì.

All'improvviso si allontanò, sfrecciando tra la folla con la destrezza di un uccello in volo, fino a scomparire attraverso le porte che davano sulla terrazza.

Cosa lo aveva spinta ad andare, se lo era chiesto tante volte. Sapeva solo che era sconvolta, che era sola e l'aveva seguita.

"I . . ." Wynne iniziò a parlare, ma le parole erano troppo lente per tenere il passo del suo cuore che tambureggiava e della sua mente che correva. "La donna di questi disegni è Josephine Pennington".

Capitolo Tre

Baronsford, negli Scottish Borders
Maggio 1818

IL SOSPIRO soddisfatto della neonata sonnolento accarezzò il cuore di Jo come una brezza estiva. Tenendo la nipote in grembo, osservò le lunghe ciglia, le guance rotonde e le labbra rosse e arrossate. Non credeva di aver mai visto una bambina più bella dell'Onorevole Beatrice Ware Macpherson Pennington, nata appena due mesi fa da suo fratello Hugh e dalla sua straordinaria moglie, Grace.

"La somiglianza è sorprendente".

Jo staccò lo sguardo dall'angelica bambina e guardò la cognata sfogliare la cartella di schizzi che era arrivata solo il giorno prima da un ospizio privato nelle Highlands.

"Questi devono essere disegni che ti ritraggono in giovane età", affermò Grace, avvicinando una delle pagine al viso di Jo.

Il sollievo la attraversò. Sua cognata confermò quello che aveva visto anche lei. L'immagine le assomigliava molto.

"Guarda l'inclinazione degli occhi. La forma delle sopracciglia. Il sorriso riservato. Persino l'espressione del suo viso mentre distoglie lo sguardo. Anche tu fai lo stesso quando sei al centro dell'attenzione".

Tutto ciò che Grace aveva detto era vero. Quando aveva il pacco, Jo era rimasta a bocca aperta. Non riusciva a ricordare quando questi schizzi avrebbero potuto essere stati fatti con lei come soggetto. Ma aveva subito notato le differenze. I riccioli sciolti che ricadevano sulle spalle della donna. Lo stile datato del suo vestito, molto precedente ai tempi di Jo. Uno dei disegni raffigurava una cima di montagna sfumata sullo sfondo. In nessun momento della sua giovinezza Jo aveva mai visitato un luogo simile, anche se, ovviamente, poteva trattarsi solo di un capriccio nella mente dell'artista.

Ma le somiglianze erano innegabili e Jo faticava a reprimere la sensazione di speranza che le saliva al petto. Esisteva la possibilità che questi schizzi potessero portare a una risposta che aveva inseguito per tutta la vita.

"Ma non pensi che tuoi ritratti?".

Jo scosse la testa. "No, sono certa che non lo siano".

Grace sfogliò i disegni, osservando ognuno di essi. "E questi sono stati inviati da chi?".

"Un medico di nome Dermot McKendry", rispose lei. "Scrive di essere il direttore dell'Abbey, un manicomio privato autorizzato vicino ad Aberdeen. La sua lettera fa riferimento a un anziano signore sotto le sue cure. L'uomo non parla e non riconosce nessuno intorno a sé. Trascorre semplicemente le sue ore di veglia a fare ritratti come questi".

"Anche di altre persone?"

"No. A quanto pare la sua mente è fissata su questa donna in particolare".

Grace mise da parte le foto e si chinò verso Jo per sistemare la morbida coperta che incorniciava il viso del bambino. "Il dottor McKendry ha detto il nome del suo paziente?".

"No, non l'ha fatto".

I nervi di Jo stavano avendo la meglio su di lei. Grace, ben consapevole del bisogno dell'amica di muoversi quando era turbata o stava pensando, riprese la figlia. Jo si alzò immediatamente in piedi.

"Ma cosa ha spinto questo dottore a pensare che questi fossero tuoi ritratti, a parte l'ovvia somiglianza? Lo conosci?"

"Non credo. Ma anche se non lo spiega nella sua lettera, abbiamo avuto molte donne che sono passate da Baronsford e che hanno soggiornato alla Tower House fino a quando non sono riuscite a trovare un impiego. Molte sono arrivate dalle Highlands e sono tornate lì. Molte di loro avrebbero potuto trovare un impiego presso l'Abbazia".

Jo iniziò a camminare nella biblioteca illuminata. Aberdeen. Trentasette anni fa, la sua stessa madre era stata in compagnia di contadini che erano stati liberati dalla terra nelle Highlands e che erano di passaggio. Forse era originaria della zona. Forse le origini di Jo erano ad Aberdeen. Dopo essere tornata da Grace, prese in mano uno degli schizzi.

"Speri che la giovane donna di questi disegni sia tua madre", le disse l'amica.

Non c'erano segreti tra loro. Grace era una delle poche persone a cui avesse mai aperto il suo cuore. A prescindere dagli anni trascorsi e da tutti i progetti filantropici che Jo aveva utilizzato per dare uno scopo alla sua vita, il mistero della sua nascita era doloroso oggi come quando aveva scoperto per la prima volta le ramificazioni delle sue dubbie origini.

"Scrivi al dottore", suggerì Grace. "Chiedi maggiori dettagli. Forse ti rivelerà il nome di questo paziente".

Jo scosse la testa. Aveva già cercato di saperne di più su sua madre in passato e si era scontrata con un muro impenetrabile. Questo era il primo potenziale indizio sulla donna che l'aveva messa al mondo. Forse questi disegni l'avrebbero condotta a un legame familiare. No, non poteva lasciare tutto al caso. Non poteva lasciarsi sfuggire il paziente del dottor McKendry.

"Devo andare lì. Voglio incontrare questo anziano signore".

"Ma cosa sai del dottor McKendry?". Chiese Grace. "O di questo manicomio, l'Abbazia?".

"Niente. E mi rendo conto che sto costruendo un castello di speranza su fondamenta di sabbia. Tuttavia, non posso sprecare questa occasione. Non l'errore di avere troppa cautela. Non questa volta".

Nessuna donna che Jo avesse mai conosciuto aveva affrontato più pericoli di sua cognata. Nessuno tra i suoi conoscenti era più coraggioso della giovane madre seduta davanti a lei. Grace aveva visto i sanguinosi campi di battaglia della Francia e della Spagna e aveva sopportato una traversata in mare tra Anversa e Baronsford intrappolata in una cassa di legno. Era una sopravvissuta. Jo pregò che la sua amica vedesse la cosa per quello che era, un semplice viaggio verso le Highlands.

"Conosci tuo fratello", disse Grace dubbiosa. "Hugh insisterà perché tu rimandi questo viaggio finché non saprà tutto quello che c'è da sapere sul dottor McKendry, sull'Abbazia e sui suoi pazienti".

Aveva ragione. Hugh avrebbe cercato di fermarla. Jo amava suo fratello, lo rispettava. E nella sua visione della vita, conoscere le cose era sempre un vantaggio. In qualità di Lord Justice del Tribunale Commissariale di Edimburgo, non agiva mai d'impulso. Se a questo si aggiungeva il senso di protezione che provava per lei, sapeva che avrebbe reso impossibile questo viaggio.

Jo si rese conto di aver creato un dilemma alla sua amica dicendo a Grace le sue intenzioni. Non voleva incrinare il legame di fiducia tra marito e moglie.

A Sutherland, a pochi giorni di viaggio a nord di Aberdeen, il loro fratello minore e sua moglie aspettavano il loro primo figlio. Jo aveva pianificato di andare ad aiutarli. Durante il tragitto si sarebbe semplicemente fermata in questo manicomio.

"Hugh sa che vado a nord a trovare Gregory e Freya a Torrishbrae", disse prendendo posto accanto a Grace. "Partirò un po' prima e sarò perfettamente al sicuro. Viaggerò con una cameriera, un autista e un cameriere".

"Hai promesso a Phoebe che avresti aspettato il suo arrivo dall'-Hertfordshire prima di viaggiare verso nord. Ha intenzione di venire con te".

"Mia sorella è inaffidabile quando si tratta dei suoi programmi. Da un giorno all'altro mi aspetto una lettera da lei contenente una lunga lista di scuse sul perché del suo ritardo. Potrebbe non arrivare fino a quando la bambina non camminerà".

Con il sogno segreto di diventare una scrittrice, Phoebe viveva in un mondo tutto suo. La realtà degli orari ordinati e degli obblighi fami-liari aveva poca importanza.

"Aberdeen è sulla strada per Sutherland", disse Jo. "La mia sosta all'Abbazia sarà breve".

"Penso ancora che dovresti dire a Hugh della lettera e degli schizzi", insistette Grace. "E della tua intenzione di visitare questo manicomio".

"Puoi dirglielo", le disse Jo. "Ma aspetta che io sia già in viaggio".

Capitolo Quattro

AD OGNI GIOVEDÌ DI MERCATO, il sonnolento villaggio delle Highlands di Rayneford si animava, attirando contadini, commercianti e venditori da tutta la regione. Il mercato era particolarmente affollato in quel periodo dell'anno, con gli agenti dei mercanti della costa che attraversavano le Highlands per acquistare la lana appena tosata.

Così, quando lo scudiero disse di aver visto Cuffe attraversare i campi verso il villaggio, Wynne si disse che non avrebbe dovuto sorprendersi. Il giorno del mercato offriva sicuramente più cose da fare, per un ragazzo, che le lezioni di Cameron e le sue lunghe colonne di calcoli.

Tuttavia, mentre cavalcava verso il villaggio, ricordava a sé stesso che aveva la responsabilità di mantenere suo figlio sulla retta via. Ma farlo diventava sempre più difficile.

Erano passati quasi due mesi dall'arrivo di Cuffe e ormai non passava settimana senza che Hamish o Cameron si lamentassero di lui. Il ragazzo stava diventando piuttosto abile nell'evitare le lezioni. Semplicemente non si presentava, sparendo durante le ore destinate alle lezioni. Lo stesso accadeva con il vicario.

Qualunque fosse stata l'ammirazione che Wynne aveva un tempo per la sua natura vivace, quel sentimento si era gradualmente ridotto a malcontento e fastidio. Ma qualsiasi lamentela gli altri esprimessero, impallidiva in confronto alla sua delusione per il loro rapporto padre-figlio. O meglio, la sua assenza.

Wynne continuava a essere uno spazio vuoto nel mondo di suo figlio. Cuffe non gli parlava, né per lamentarsi né per intraprendere la più banale delle conversazioni. Non riusciva a ottenere da lui alcun tipo di risposta: nessuna reazione agli elogi o alla disciplina, nessun riconoscimento della sua esistenza. Il bambino di dieci anni lo ignorava completamente e questo era più irritante di quanto avrebbe mai immaginato.

Un carro si avvicinò dalla direzione del villaggio, con i mucchi di lana che aveva consegnato al mercato sostituiti dalle provviste per la cucina dell'Abbazia. Wynne scambiò qualche parola di saluto con il conducente e il suo giovane aiutante. Il ragazzo aveva circa la stessa età di Cuffe.

Vedere il ragazzo gli fece ricordare un'altra delle sue preoccupazioni. Da quando era arrivato dalla Giamaica, suo figlio non si era fatto alcun amico, per quanto ne sapeva.

La madre di Cuffe, Fiba, era di origine africana e Wynne aveva fatto in modo che tutti sapessero che il ragazzo era suo figlio ed erede. Questo non lo aveva certo aiutato a fare amicizia con i braccianti più giovani. Voleva assolutamente che crescesse come un gentiluomo e il suo nome e la sua ricchezza rendevano Cuffe superiore a tutti i suoi coetanei nel raggio di chilometri dall'Abbazia.

Per rimediare, il vicario aveva fatto numerosi tentativi per presentargli altri ragazzi del suo rango nella zona. Cuffe non si era fatto vivo.

Era un solitario, un outsider, uno spirito sfuggente che preferiva ritirarsi piuttosto che cercare di accettare il suo nuovo ruolo in questa società.

Mentre Wynne cavalcava lungo il fiume verso il ponte di pietra che conduceva al villaggio, si rese conto che non stava pensando solo a Cuffe. Due persone corrispondevano alla descrizione di "solitario". Suo figlio era uno e Jo Pennington era l'altra.

La sua lettera a Dermot era arrivata ieri. Jo avrebbe dovuto raggiungere l'Abbazia l'indomani o il giorno dopo.

Wynne cercò di pensare alle colline, al cielo grigio che si abbassava, alla gente che passava e che aveva la vivacità tipica dei frequentatori della fiera. Ma non funzionava. Lei era sempre nella sua mente.

Era in debito con lei, anche dopo tutto quel tempo. Se esisteva un legame tra Jo e Charles Barton, lei aveva il diritto di saperlo. Lui voleva che lei lo sapesse.

Dermot era stato entusiasta del suggerimento di Wynne di inviare i disegni. Avrebbe potuto essere di immenso aiuto al suo paziente se Lady Josephine fosse stata davvero la donna raffigurata in quei disegni. E non aveva fatto domande quando Wynne gli aveva detto che era necessario che rimanesse anonimo e che si assentasse durante la visita. Ognuno rispettava il giudizio e la privacy dell'altro. Mentre lei era li, lui sarebbe andato a Dundee.

Il paziente non aveva mostrato ulteriori miglioramenti. L'anziano signore non era ancora in grado di badare a sé stesso. Barton non aveva ancora pronunciato una parola o mostrato di capire qualcosa di ciò che gli veniva detto. Tuttavia, giorno dopo giorno, finché aveva a disposizione carta e matita, disegnava. E gli schizzi erano tutti uguali. Erano rappresentazioni di Jo Pennington o di qualcuno che le assomigliava in modo inquietante.

Quando Wynne vide per la prima volta i disegni di Barton, gli anni si erano ripiegati su loro stessi come un puzzle di carta, formando e riformando i ricordi in un batter d'occhio. Anche se aveva trascorso gli anni successivi alla rottura del loro fidanzamento, navigando per i mari e combattendo contro i francesi e gli americani, sapeva molto di Jo e della vita che aveva condotto. Non si era mai sposata e aveva invece dedicato il suo tempo a una serie di cause benevole, avviando persino una struttura che ospitava donne indigenti e i loro bambini.

Il fratello maggiore di Wynne e sua moglie avevano acquistato una tenuta nei Borders, a poca distanza da Baronsford. I Pennington venivano spesso citati nelle lettere della cognata.

Non conosceva la natura del rapporto tra Charles Barton e Jo. Amico, amante, collega filantropo? Naturalmente, esisteva la possibilità che Wynne stesse vedendo qualcosa che non c'era affatto. Forse la donna dei disegni non era nemmeno Jo. Tuttavia, ricordando vividamente l'agonia causata dal mistero delle sue origini, non aveva altra scelta che darle l'opportunità di proseguire su questa strada, se lo avesse scelto. L'obbligo gli pesava e informare Jo di Barton avrebbe potuto sollevarlo dal peso che si portava dietro.

Mentre Wynne attraversava il ponte, le grida dei venditori che vendevano le loro merci lo raggiunsero dall'area aperta intorno alla croce del mercato e alcuni zampognari stavano suonando una fantasiosa melodia delle Highlands. Decidendo di cercare Cuffe a piedi, smontò e lasciò il suo cavallo al garzone di un conciatore sul bordo del fiume e si avviò verso il villaggio, passando davanti a una coppia di casalinghe sedute su sgabelli davanti a una porta aperta. L'odore del pane d'avena e delle torte al miele aleggiava nell'aria.

Rayneford e l'Abbazia non sarebbero stati luoghi di grande interesse per una persona del livello di Jo Pennington. Pensava che avrebbe trascorso non più di un giorno, avrebbe visto Barton e poi se ne sarebbe andata. Aveva già parlato con la zia di Dermot affinchè si occupasse di Cuffe durante la sua assenza, ma non ne aveva ancora parlato con suo figlio. Come se la sua presenza o la sua assenza potessero fare la differenza.

La moglie del signorotto era una delle poche persone dell'Abbazia che suo figlio non si era alienato e Cuffe le parlò con la nota deferenza che le spettava. La signora McKendry, piccola, rotonda e materna per natura, aveva un'età vicina a quella della nonna giamaicana del ragazzo e Wynne si chiese se qualche somiglianza tra le due donne avesse colpito Cuffe.

Passando davanti a un vecchio che trasportava un grande cesto con una ventina di scope di giunco, Wynne scorse suo figlio accovacciato davanti a una casetta abbandonata. Al di là di lui, una fila di pescivendoli aveva delle tavole con dei grossi salmoni in bella mostra. Cuffe aveva quattro trote fario allineate su un sacco a terra.

Una punta di fastidio lasciò subito il posto alla preoccupazione. Pescare non era contro la legge, ma se avesse avuto successo in questa impresa, cosa gli avrebbe impedito di catturare fagiani, anatre o lepri brune da vendere? Avrebbe potuto facilmente trovarsi nei guai se qualcuno non avesse saputo che aveva preso la selvaggina da Abbey. Si sarebbe potuto supporre che li avesse presi di frodo e la differenza del colore della sua pelle, rispetto ai visi pallidi e rubicondi dei nativi delle Highlands, non lo avrebbe aiutato.

Ogni residua fiducia che Wynne nutriva nella capacità del ragazzo di stare lontano dai guai e di adattarsi a queslla nuova vita svanì. Non c'era nulla cui non avesse provveduto. Cibo, riparo, istruzione e una grande libertà di fare ciò che desiderava. La settimana prima aveva scelto il miglior cavallo delle scuderie per Cuffe quando questi aveva mostrato interesse per l'equitazione. Suo figlio non voleva nulla, eppure era li a vendere pesce al mercato.

Una donna si avvicinò a Cuffe con tre bambini piccoli aggrappati alle gonne. Guardò la fila di pescatori e scambiò qualche parola con il bambino. *Ha avuto pietà di lui*, pensò Wynne. Una delle trote fario finì nel cesto che portava con sé, ma prima che la moneta potesse passare di mano, Wynne intervenne. Strappando il denaro, glielo restituì.

"Il ragazzo non li sta vendendo", disse bruscamente. "Sono gratis. Anzi, potete prendere anche gli altri, se vi possono servire".

L'espressione di Cuffe si indurì, ma non disse nulla, rifiutandosi di riconoscere la presenza di Wynne.

"Guarda qui. Non so quali siano i vostri affari. Questo piccoletto ha tutto il diritto di guadagnarsi il suo...". Si interruppe bruscamente quando guardò il volto di Wynne.

Saggiamente, non disse altro, ma rivolse a Cuffe uno sguardo di commiserazione. Raccogliendo il resto delle trote, si allontanò rapidamente in direzione della croce del mercato con i suoi figli al seguito.

Wynne credeva di essere un uomo ragionevole. Come capitano di marina, si era vantato di impartire ordini razionali anche nel bel mezzo della burrasca più forte o della battaglia più feroce. L'inosservanza non era un'opzione. Si aspettava che gli altri eseguissero i suoi ordini, sia che si trovassero a bordo della sua nave prima, sia che si trovassero all'Abbazia ora. Non sapeva come avesse fatto a lasciarsi sfuggire tutte le regole che seguiva nel trattare con suo figlio.

"Dobbiamo parlare. Vieni con me".

Le parole non erano ancora uscite dalla sua bocca quando Cuffe iniziò ad allontanarsi da lui.

Wynne gli afferrò il braccio. "Non peggiorare la situazione".

Il ragazzino era forte e veloce. Strappando il braccio, iniziò a correre, ma Wynne lo raggiunse e lo afferrò di nuovo, questa volta afferrando la spalla della sua giacca.

"Ti sto dando l'opportunità di affrontare la questione con me in privato", lo avvertì. "Io e te dobbiamo parlare di quello che hai fatto. E mi dirai - usando le tue parole - perché hai sentito il bisogno di vendere quei pesci. Cos'è che non hai?".

Wynne avrebbe potuto benissimo parlare con quelle trote. L'unico interesse di Cuffe era quello di liberarsi. Stavano iniziando ad attirare l'attenzione degli altri, così prese saldamente il braccio di suo figlio e si avviò verso il conciatore, dove aveva lasciato il suo cavallo.

"So cosa stai facendo", disse mentre camminavano. "Stai cercando di guadagnare soldi per la tua fuga. Pensi di poterti comprare il passaggio per tornare in Giamaica".

Una breve pausa nella lotta fu il segno che aveva colpito il bersaglio, anche se Wynne non aveva bisogno di conferme. Lo sapeva già. Non aveva intenzione di stare a guardare il ragazzo che veniva maltrattato settimana dopo settimana senza scoprirne il motivo. Con qualche domanda alle persone giuste, un po' di aiuto da parte di Hamish, emerse uno schema chiaro.

"Tutti i litigi che hai avuto da quando sei arrivato sono stati per soldi. Il mese scorso hai fatto entrare i maiali nell'orto perché quei contadini avevano scommesso con te che lo avresti fatto. In seguito, si sono tirati indietro e tu li hai affrontati. Ho ragione?".

Suo figlio si fermò e Wynne capì che aveva ragione.

"Ascoltami. A prescindere da quanti soldi tu possa mettere a disposizione, non puoi tornare indietro. La tua casa è qui. Il tuo posto è con il tuo unico genitore vivente. . me".

Il ragazzo si liberò il braccio, ma non cercò di scappare.

"Parlami", ordinò Wynne.

Cuffe indietreggiò di colpo, inciampando nella strada proprio mentre una carrozza usciva dal villaggio.

I due cavalli di testa della squadra si imbizzarrirono quando il conducente li fece rientrare bruscamente. Il rumore confuso dei cavalli e delle grida si mescolò all'urlo di una donna nelle vicinanze, mentre Cuffe cadeva all'indietro. Wynne scattò dietro di lui, afferrando la sua giacca e trascinandolo in salvo mentre i cavalli si lanciavano in avanti, portando la carrozza davanti a loro prima di fermarsi.

Una donna li stava scrutando con preoccupazione attraverso il piccolo finestrino sul retro della carrozza. I suoi occhi scuri incontrarono i suoi e li riconobbero. Wynne sentì un calcio nel profondo dello stomaco. Erano faccia a faccia.

Jo Pennington era arrivata con un giorno di anticipo.

———

Il loro periodo insieme era durato solo pochi mesi. La sua famiglia credeva che le sofferenze di Jo si fossero attenuate dopo poco tempo, ma non era mai successo.

Dopo il duello, il rimpianto per la perdita dell'affetto di Wynne gettò una nube impenetrabile sui restanti giorni della sua giovinezza. Occasionalmente si presentarono dei pretendenti, ma lei non permise a nessuno di loro di avere il suo affetto o la sua fiducia. Nessuno di quelli che aveva incontrato poteva essere paragonato al giovane ufficiale di marina così come era rimasto nella sua memoria.

Un altro ballo, un'altra passeggiata attraverso il guazzabuglio di sussurri sommessi e racconti inventati. Un altro giro di presentazioni a giovani uomini superficiali e al loro fascino vuoto e ben studiato. Aspiranti pretendenti che non la vedevano affatto, ma che conoscevano bene il suo nome e la sua dote.

Jo si stava rapidamente stancando della farsa. Era esausta dei pettegolezzi del ton.

Vergogna. Disgrazia. Indegnità. Questo era ciò che sussurravano. Il suo posto non era lì.

L'avevano inseguita fino al tavolo del rinfresco, ne era certa. Ma quando sentì l'insipido riferimento alla sua famiglia e le risate, ne ebbe abbastanza. Doveva scappare.

Scivolando tra la folla, vide le porte aperte e si diresse verso il balcone buio e il rifugio che offriva.

La facciata di compostezza che aveva mantenuto fin dall'inizio della stagione appena iniziata, si incrinò e cadde. Le lacrime le rigavano le guance. Tremava per la rabbia, l'infelicità e la frustrazione. I suoi genitori l'avevano avvertita e avevano ragione. La sua presentazione a Corte e il suo debutto erano stati un errore.

Crogiolandosi nell'infelicità, sentì la voce profonda di un uomo alle sue spalle.

"Quale mano?"

Aveva pensato di essere sola. Il panico e l'imbarazzo la sopraffecero mentre cercava di asciugare le lacrime.

"Di grazia, dimmi quale mano".

Era insistente. Il balcone era buio. Si voltò e vide l'alto ufficiale di marina in piedi vicino al traliccio. Il suo volto era in ombra e teneva i pugni chiusi.

"Siamo stati presentati?"

"No, Lady Josephine. Ma potete comunque dirmi quale mano".

Lui stava facendo un gioco e lei lo assecondò. "La destra".

Girò la mano e la aprì. Vuota.

Jo lanciò uno sguardo verso le porte della sala da ballo. "Devo proprio rientrare".

"Quale mano?" chiese ancora. La mano sinistra era ancora estesa.

"La sinistra", disse lei, cercando di concludere questa sciocchezza.

Aprì la mano. Era vuota.

"Mi rendo conto che mi state prendendo in giro, signore, ma non sono dell'umore adatto. Devo tornare dai miei amici".

"Vi darò un'altra possibilità. Quale mano?" chiese, tendendo di nuovo solo la mano destra.

Non si arrendeva.

"Quella giusta", disse Jo, sorridendo suo malgrado. "E questa è la mia risposta definitiva".

Il suo pugno si girò lentamente e si aprì. Un delicato bocciolo di rosa rossa giaceva nel suo palmo. "Per voi".

Più tardi, quella sera, Jo e il tenente Wynne Melfort furono presentati ufficialmente.

Ora era il Capitano Melfort. In segreto, aveva seguito i suoi progressi e le sue conquiste negli anni successivi, spulciando le notizie di guerra alla ricerca di ogni riferimento a lui.

Mentre Jo fissava dal finestrino posteriore della carrozza l'uomo e il ragazzo in piedi sul bordo della strada, mille amozioni la attraversarono, ma si aggrappò a uno solo. Per quanto dolorosa fosse la loro separazione, il tempo aveva attenuato gran parte dei suoi dolori.

Alto e sicuro come sempre nella sua posizione e nel suo sguardo, Wynne non mostrava alcuna traccia di invecchiamento. Sembrava proprio come lo vedeva ancora nei suoi sogni. Gli anni erano stati gentili con lui. Anzi, era diventato ancora più bello.

I suoi occhi incontrarono quelli di lui e lei annuì con la testa. Lui si inchinò ma non si avvicinò.

Una confusione di voci e suoni di mercato riempì la carrozza, ma nessuno di essi penetrò nei suoi pensieri. Poi, la sorpresa dell'incidente lasciò il posto al panico. L'impulso di correre, di fuggire da lui, spinse i suoi pensieri e le sue azioni.

"Di' all'autista di proseguire", sussurrò ad Anna, la sua serva.

Si costrinse a fare un respiro, poi un altro e un altro ancora. Il cuore le martellava nel petto e faticava a ricomporsi. Si impose di essere calma; la lucidità era una necessità in quel momento.

Finalmente si erano incontrati di nuovo. E il peggio era passato. Quello che c'era stato tra loro era finito. Era finita, continuava a ripetersi Jo. Era finita.

"Lo conoscevate, signora?". Chiese Anna. "Un bel gentiluomo, sicuramente".

All'epoca del fidanzamento di Jo, la serva lavorava a Baronsford. Immaginava che se anche Anna aveva conosciuto il Capitano Melfort, fu solo di nome.

"Forse. Mi sembrava familiare", rispose Jo in modo vago. "Ma stavi dicendo che hai dei cugini che vivono da qualche parte vicino ad Aberdeen".

Mentre Anna continuava a parlare, Jo pensò a quello che era appena successo. Secondo le indicazioni ricevute a Rayneford, erano molto vicini all'Abbazia. E Wynne si trovava nel villaggio. Forse aveva un legame con l'ospedale. Questo avrebbe spiegato come mai il dottor McKendry l'avevaidentificata dagli schizzi del paziente.

La vaghezza della lettera che aveva ricevuto ora aveva un senso. Non sarebbe venuta se avesse saputo che Wynne aveva a che fare con tutto questo.

Sarebbe ancora potuta tornare indietro. Girare la carrozza e continuare il viaggio verso nord per vedere Gregory e Freya. Ma l'Abbazia era reale. Lo aveva capito prima di lasciare i Borders. Sua cognata Grace non permise a Jo di partire finché non ebbe fatto delle indagini a Edimburgo con l'aiuto di uno degli avvocati di Hugh. Avevano appreso che il dottor McKendry aveva reso il manicomio una struttura affidabile in soli due anni di attività. Jo non sapeva se suo fratello fosse a conoscenza o meno delle azioni di Grace, ma aveva lasciato Baronsford con la certezza di non essersi imbattuta in un imbroglio o in una situazione fraudolenta.

Anche il paziente e la somiglianza con Jo, dei ritratti, dovevano essere reali. Non c'era nulla da guadagnare, nessuno scopo da raggiungere, nessun vantaggio che potesse spingere qualcuno come il Dr. McKendry a formulare un inganno così elaborato.

Jo si ricordò del motivo per cui era andata li. Sua madre.

"Signora, quella deve essere l'Abbazia", disse Anna, indicando fuori dalla finestra l'edificio che si ergeva in lontananza sopra i campi.

Jo aveva deciso che non sarebbe tornata indietro. E per quanto riguardava il Capitano Melfort, la parte più difficile era nel passato.

Almeno, questo era ciò che doveva far credere a sé stessa.

Capitolo Cinque

WYNNE NON AVEVA intenzione di andare a Dundee. Non si sarebbe spinto fino al villaggio finché non fosse stato certo che Cuffe avesse compreso le potenziali conseguenze del suo comportamento. La sicurezza e la disciplina dovevano avere la priorità in quel momento.

Vendere pesce per guadagnare un po' di soldi non era ciò che fava infuriare Wynne. E nemmeno il rifiuto del figlio di riconoscerlo o di parlargli. Wynne era arrabbiato perché Cuffe aveva camminato all'indietro direttamente sul percorso della carrozza. Avrebbe potuto essere calpestato dagli zoccoli di quei cavalli. Avrebbe potuto restare ucciso.

Parole come *negligente*, *irresponsabile*, *egoista* uscirono dalla gola di Wynne fino all'Abbazia.

"Rimarrai in questa stanza a riflettere su ciò che hai fatto finché non deciderò la tua punizione. C'è una punizione per la stupidità intenzionale".

Cuffe non si lamentò. Indossando ancora gli stivali e i vestiti sporchi di fango, si buttò sul letto, infilando le mani dietro la testa e fissando morigeratamente il soffitto.

Wynne uscì e chiuse la porta con più forza del previsto. Era molto vicino a perdere quel poco di controllo che gli era rimasto. Punizione. Conseguenze. Non aveva mai immaginato quanto potesse essere frustrante far ragionare un bambino testardo di dieci anni e farlo comportare in modo accettabile.

La sua vecchia vita non offriva molte indicazioni su come procedere. In effetti, a metà strada verso l'Abbazia, aveva momentaneamente pensato di arruolare suo figlio nell'equipaggio di una nave da guerra. Molti ragazzi ribelli sono diventati uomini di valore in alto mare. Ma aveva scartato l'idea. Non poteva farlo. La realtà di una vita del genere era dura, ma lo era soprattutto per chi era di razza mista.

Wynne semplicemente non sapeva cosa fare.

Forse aveva sbagliato a strappare il ragazzo dal luogo in cui era cresciuto e a cercare di reinserirlo in una vita a lui completamente estranea. Forse avrebbe dovuto aumentare la paga della nonna, insistere affinché si trasferisse dalle montagne a una casa nel porto giamaicano di Falmouth. Se avesse preso questi provvedimenti, forse avrebbe potuto tenere Cuffe vicino a sé e lontano dai guai.

Wynne si passò una mano tra i capelli, la frustrazione gli pesava. Qualunque cosa gli fosse richiesta come padre, stava fallendo. Durante i primi otto anni di vita di Cuffe, aveva avuto la scusa di essere in mare. Negli ultimi due anni, si era scrollato di dosso le sue responsabilità, dicendosi che stava costruendo un futuro per loro due li nelle Highlands. Ora suo figlio era li e Wynne non aveva più scuse.

Da bambino, Cuffe era cresciuto al sicuro con la nonna, che viveva ancora nel villaggio maroon di Accompong. Protetto dal suo isolamento e dall'aspra Cockpit Country sopra Falmouth, era stato lontano dai focolai di violenza che scoppiavano tra i Maroon e i proprietari delle piantagioni di zucchero. I mali della schiavitù infestavano ancora le isole e la pace era fragile, nel migliore dei casi. Ma il numero di scontri era in aumento.

La nonna di Cuffe confermò le notizie nelle sue lettere a Wynne. Temeva che il ragazzo crescendo venisse coinvolto in una situazione sempre più instabile. Un conflitto aperto su larga scala sembrava imminente e lei non poteva sperare di tenere Cuffe fuori da quella situazione.

Wynne era d'accordo. Ammirava i Maroon e la loro lotta, ma non voleva che suo figlio fosse coinvolto. Non c'era altra opzione possibile se non quella di portarlo con sè.

"Eccellente!" La voce di Dermot dal fondo del corridoio riscosse Wynne dai suoi pensieri. "Alla fine non sei andato a Dundee".

La suite di stanze che lui e Cuffe occuparono mentre la sua casa a torre, Knockburn Hall, veniva ristrutturata, si trovava allo stesso piano dei loro uffici.

"Hai un'ora da dedicarmi? Ho bisogno del tuo aiuto".

Prima di raggiungere il dottore, Wynne guardò per l'ultima volta la porta chiusa. Non aveva senso chiuderla a chiave. Senza dubbio Cuffe poteva uscire da una finestra e arrampicarsi sul lato dell'edificio se avesse deciso di andarsene. Punizione. Non sapeva ancora cosa fare per avere l'attenzione di suo figlio.

"Lady Josephine Pennington è arrivata", gli disse Dermot mentre Wynne si avvicinava. "Hai fatto bene a contattarla. È lo spirito e l'immagine degli schizzi di Barton".

Sapeva già che era li, ma il suo arrivo - e qualsiasi sentimento suscitasse in lui - era secondario rispetto al problema che stava affrontando con Cuffe.

"Ha chiesto di te", gli disse Dermot. "Voleva sapere la natura del tuo legame con l'Abbazia".

"Gliel'hai detto, immagino".

"Non potevo certo mentire. Le ho detto che lei era l'amministratore dell'ospedale", rispose Dermot. "Spero che questo non ti crei problemi".

"Va bene", disse, rassegnato alla situazione. Sapendo che era li, Jo non si sarebbe di certo trattenuta a lungo.

"Bene, perché ho bisogno del tuo aiuto".

Wynne lanciò un'occhiata al corridoio verso le sue stanze. Doveva occuparsi di suo figlio, mapoteva aspettare un po'.

"Barton è stata sveglio a disegnare per gran parte della notte e stava dormendo quando è arrivata", gli disse Dermot. "Così l'ho portata nell'ala est. In questo momento si sta rifocillando con i miei zii".

Wynne immaginava che la signora McKendry e il signorotto sarebbero stati lieti di intrattenere una simile compagnia. Le persone di spicco visitavano raramente l'Abbazia.

Il dottore si fermò davanti alla porta del suo ufficio. "Ma per complicare un po' le cose, stamattina ho ricevuto una nota dalla signora Barton. Lei e Graham faranno visita al nostro paziente oggi".

Wynne era più impressionato da Graham Barton che dalla madre. Il burbero zio di Charles Barton aveva gestito la tenuta del Castello di Tilmory per molti anni ed era chiaramente abituato a prendere le decisioni importanti.

"E vengono oggi?"

"Stanno aspettando al piano di sotto mentre i miei assistenti svegliano Barton e lo preparano a ricevere i suoi visitatori".

"I Barton e Lady Jo si sono incontrati?". Chiese Wynne, pensando che forse le famiglie si conoscessero.

"Ho pensato di aspettare. Vorrei che si incontrassero nel reparto stesso, al capezzale di Barton", gli disse il medico. "L'esperienza di vederli inaspettatamente tutti insieme potrebbe sconvolgerlo e forse suscitare in lui una reazione positiva. Stavo leggendo un articolo a riguardo che il dottor Ellis, giù nel West Yorkshire, ha scritto...".

Mentre Dermot condivideva i dettagli dello studio, Wynne cercò di immaginare la reazione dei Barton al miglioramento del paziente. L'ultima volta che la famiglia lo aveva visto era stato il giorno in cui lo avevano portato all'Abbazia. Pensavano che la sua morte fosse imminente.

"Anche se l'incontro non porterà a nulla", concluse Dermot, "non voglio perdere l'occasione".

Diverse argomentazioni si opponevano all'entusiasmo del dottore, la più logica delle quali era che Jo e i Barton si conoscessero. Questa conoscenza reciproca avrebbe potuto anche spiegare perché le due parti fossero arrivate all'Abbazia lo stesso giorno. Ma Wynne rimase in silenzio su questo punto, non volendo offuscare l'ottimismo del suo amico.

"Accompagnerò la famiglia di Charles al reparto. Ma ho bisogno che tu, amico mio, vada nell'ala est, strappi Lady Josephine dalle grinfie dei miei zii e la scorti al capezzale del paziente".

La sua immediata inclinazione a protestare morì prima di poter essere espressa. Non si poteva evitare Jo. Si erano visti. Aveva chiesto di lui. E aveva deciso di rimanere per vedere il paziente invece di andarsene. Wynne sapeva già che si sarebbe pentito se lei fosse andata via e non avessero scambiato almeno qualche parola.

La loro storia insieme era morta e sepolta, si disse. Non portava più nel cuore l'affetto o il sentimento di protezione che aveva un tempo. Ciò che restava da fare era accettare l'opportunità di soddisfare la sua curiosità sul carattere di lei. Voleva sapere quanto Jo Pennington fosse cambiata, se mai fosse cambiata.

Lo scudiero e la signora McKendry brillavano più come genitori orgogliosi che come zii. Il loro entusiasmo per l'ospedale e il suo direttore illuminava ogni parola che usciva dalle loro bocche. Ed erano anche molto affezionati al Capitano Melfort.

Seduta al tavolo di un antico salotto con pannelli di quercia, Jo sorseggiò il tè e ascoltò le storie che coinvolgevano Wynne e il Dr. McKendry durante i loro giorni in marina. I racconti andavano ben oltre i resoconti e i riconoscimenti che aveva letto sui giornali nei primi tempi.

La conversazione passò dal passato all'ospedale e alla tenuta.

"L'Abbazia sarebbe andata in rovina se non fosse stato per la loro collaborazione", affermò il signorotto, spalmando del dolce burro di mele su un'altra spessa fetta di pane d'avena caldo. "Ad eccezione della costruzione dell'annesso nord da parte di Re Giorgio per ospitare il suo esercito durante la Rivolta, non è stato fatto alcun lavoro in questo luogo dai tempi di mio nonno".

Dal poco che aveva visto dell'enorme struttura, sembrava che fossero in corso molti lavori di ristrutturazione.

"Il nostro Dermot ha sempre saputo cosa voleva fare con l'Abbazia, cioè trasformarla in un ottimo ospedale, una volta che suo padre se ne fosse andato", disse la signora McKendry. "Ma non avrebbe mai potuto fare così bene senza il capitano".

"Hai ragione, tesoro", concordò il marito. "È stata una fortuna che abbiano deciso entrambi nello stesso momento di smettere di viaggiare per il mondo".

"Vero". La moglie del signorotto annuì, versando altro tè per Jo. "E il capitano... beh, doveva trovare una casa adatta a Cuffe".

"Cuffe?" Chiese Jo.

"Suo figlio", rispose la signora McKendry, lanciando un rapido sguardo al marito.

Suo figlio. Una fitta di delusione le scivolò nel cuore come un ago. Appoggiò delicatamente la tazza e il piattino sul tavolo. Certo, si sarebbe sposato, si rimproverò. Il tempo si era preso la sua giovinezza e l'aveva lasciata zitella. Ma non era così per lui. Il passare degli anni non solo aveva migliorato il suo aspetto, ma gli aveva dato l'opportunità di riempire le pagine della sua vita con la felicità.

"La madre del ragazzo..." iniziò il ord.

"L'ha sposata", interruppe la moglie. "Cuffe è il figlio ed erede del capitano".

La mente di Jo tornò all'incidente avvenuto poco più di un'ora prima, quando la sua carrozza si era dovuta fermare improvvisamente sulla strada che portava fuori dal villaggio. Un giovane ragazzo dalla pelle scura era in piedi accanto a Wynne e ora si chiese se fosse il figlio di cui le avevano parlato.

"La madre del ragazzo è morta durante il parto nelle Indie", confidò la signora McKendry a bassa voce. "Cuffe è stato cresciuto da sua nonna giamaicana fino a due mesi fa, con il capitano che pagava tutto. Deve aver risparmiato abbastanza soldi, perché all'improvviso non sapeva più come controllarlo".

Forse perché i pettegolezzi erano stati la rovina della sua stessa esistenza, Jo si irritò istintivamente. Non aveva il diritto di sentire queste cose. Non era altro che un'estranea per queste persone.

"Il ragazzo deve aver preso il suo carattere selvaggio dalla madre, perché il capitano Melfort è il più disciplinato dei gentiluomini".

"Quanti anni avete detto che ha Cuffe?". Chiese Jo, interrompendo il suo ospite.

"Dieci anni".

"Prima di dare la colpa a una madre che non è più qui per difendersi o a una nonna che lo ha cresciuto fin dall'infanzia, vorrei dire che la vivacità in un ragazzo della sua età è abbastanza comune. Non dobbiamo attribuirla alla natura di un genitore, soprattutto di uno che non abbiamo mai conosciuto", affermò Jo con fermezza. "Avete detto che Cuffe è qui solo da due mesi. Immaginate come chiunque possa faticare ad adattarsi ad aspettative sociali completamente nuove. Ed è così giovane. Tutto ciò che conosceva, tutte le sue abitudini precedenti, sono state sostituite da usanze e cortesie che noi vediamo come naturali, ma che in realtà lo sono solo *per noi*".

Jo era pronta a continuare, a sfidare la coppia a rimangiarsi non solo le parole, ma anche a riconoscere i pregiudizi che nutrivano nei confronti del bambino. Ma i suoi ospiti stavano guardando dall'altra parte della stanza, verso la porta.

"Capitano, si unisca a noi", disse il signorotto, alzandosi in piedi. "Permettetemi di presentarvi la nostra ospite".

Capitolo Sei

LA TIMIDEZZA che aveva conosciuto nel carattere di Jo era sparita. Al suo posto, Wynne vide una leonessa pronta a balzare in difesa di suo figlio.

L'idea gli scaldò il cuore. Ad eccezione di Dermot, Cuffe aveva pochissimi riferimenti affettivi all'Abbazia. Molti dei contadini ignoravano il ragazzo. Altri lo tolleravano educatamente per rispetto a Wynne... almeno in sua presenza... almeno in sua presenza. E c'erano alcuni, come quel lord, sua moglie e il vicario - persone di vero buon cuore - che avevano le migliori intenzioni ma riuscivano a dire le cose sbagliate nel momento sbagliato.

Un leggero rossore colorò le guance di Jo quando si alzò e si girò verso di lui. Era cambiata. Lui l'aveva sempre ritenuta molto bella, ma ora aveva un'avvenenza che lo sorprendeva. La perfetta simmetria dei suoi zigomi alti, l'impostazione sicura della sua bocca, le curve morbide dei suoi fianchi e del suo seno. Era un fiore sbocciato, ma che aveva conservato nella maturità le migliori qualità della giovinezza.

Wynne fissò i suoi gravi occhi marroni. Sotto le sopracciglia ben definite e le lunghe ciglia, le ombre della tristezza dimoravano ancora lì.

Mentre il padrone di casa iniziava a fare le presentazioni, Jo parlò.

"Io e il capitano Melfort ci conosciamo".

Tra marito e moglie si scambiarono sguardi curiosi, mentre si scambiavano inchini e ammiccamenti, ma non fecero domande. Non vennero nemmeno offerte spiegazioni.

"Prendete un po' di tè con noi, Capitano?". Chiese la signora McKendry.

"Temo di non poterlo fare, signora. Sono qui per portare via la vostra ospite e accompagnarla in reparto. Il dottore ritiene che il suo paziente sia pronto ad accettare visite". Riportò l'attenzione sulla loro ospite. "Sempre che Lady Jo sia pronta".

"Sì, lo sono. Assolutamente sì", disse in fretta prima di ringraziare la coppia per l'ospitalità.

Wynne aspettò accanto alla porta, ascoltando la cadenza della sua voce, osservando i suoi movimenti e sentendo gli anni passati scivolare via.

La loro separazione era all'improvviso tornata a essere presente. Le doveva delle scuse. Qualsiasi parola le avesse scritto non avrebbe avuto senso perché non aveva mai avuto la possibilità di spiegarsi meglio. Ma lei non era in casa e la sua codardia lo spinse a lasciare la lettera scritta di getto.

Il duello con suo fratello del mattino successivo aveva messo fine a qualsiasi possibilità di incontro tra loro fino a quel giorno.

Wynne pensava che gli anni avessero smussato i contorni del loro passato, ma si sbagliava.

" ... e il nostro invito resta valido, signora", stava dicendo la signora McKendry. "Se deciderà di fermarsi per una notte, per quindici giorni o per tutto il tempo che desidera, sarà la benvenuta qui. Abbiamo un certo numero di stanze nell'Abbazia che teniamo pronte per le famiglie dei pazienti quando vengono a trovarci".

"È molto gentile da parte tua, ma mio fratello Gregory e sua moglie mi aspettano a Torrishbrae, nel Sutherland. Speravo di essere di nuovo in viaggio per metà pomeriggio".

Gregory si è sposato, pensò Wynne. L'ultima volta che aveva visto il fratello minore di Jo, era solo poco più grande di Cuffe.

Jo evitò di incontrare il suo sguardo mentre si avvicinava e Wynne ricordò una volta in cui si era precipitata in una stanza per prendergli la mano e chiedere di sapere cosa stesse pensando.

Mentre si muovevano attraverso i corridoi per uscire dall'ala est ed entrare nella vecchia sala grande, lui ruppe il silenzio che incombeva pesantemente tra loro.

"Devo scusarmi per aver inavvertitamente origliato", disse. "Sono entrato nel salotto un attimo prima che la mia presenza fosse notata. Sono rimasto colpito dalla vostra conoscenza delle buone maniere e del comportamento dei bambini e dalla vostra convinzione nell'esprimere le vostre opinioni".

Si voltò a guardare dietro le spalle. "Temo di aver sviluppato il difetto di essere troppo brusca su questo argomento. Il mio tono è stato un po' troppo brusco per l'occasione, credo".

"Non preoccupatevi per loro. Il Lord e sua moglie non sono tipi da portare rancore", le disse. "Sono persone di buon cuore. Davvero. Allo stesso tempo, non sanno come comportarsi con chi, adulto o bambino, ha un aspetto o un comportamento diverso dalle persone a cui sono abituati. A differenza della vostra famiglia di larghe vedute, qui nelle Highlands conducono una vita provinciale. Sono sicuro che Cuffe sia la prima persona di origine africana che abbiano mai incontrato".

Lo sguardo di Wynne fu attirato dal suo viso mentre lei si sistemava una ciocca di capelli sciolti dietro l'orecchio. Il rossore le salì di nuovo alle guance e lui si chiese se la menzione della sua famiglia ne fosse la causa.

"Ho sentito che vostro figlio ha solo dieci anni", disse lei, superandolo mentre lui si fermava su una porta per lasciarla passare. "Con un po' di tempo e di pazienza, e con la giusta dose di incoraggiamento, sono certa che arriverà ad abbracciare la sua nuova casa".

"C'è da augurarselo". Wynne non aveva intenzione di rimproverarle l'impraticabilità dell'idealismo. Le sue parole facevano sembrare la situazione molto più semplice da risolvere rispetto alla realtà. Avevano quasi raggiunto l'annesso nord. "Ma vi siete mai trovata nella posizione di dover gestire un bambino in circostanze simili? O siete mai stata esposta alle difficoltà che possono presentarsi?".

"Sì. Ma di certo non nel ruolo di genitore. Tuttavia, ho avuto a che fare con molte situazioni familiari terribili e ho dato tutto ciò che era necessario per aiutare".

Vedendo il cameriere in attesa di farli entrare nel reparto, Wynne gli fece cenno di aspettare.

"Dove?"

"In un rifugio che chiamiamo Tower House, vicino a Baronsford".

"C'è mai stato un bambino completamente sotto le vostre cure?", chiese.

"Mai del tutto. I residenti condividono le responsabilità. Fa parte della missione del luogo. Ma immagino che anche voi abbiate l'aiuto di tutor e di molte altre persone che vi aiutano con vostro figlio".

L'incertezza che ribolliva dentro di lui non aveva alcun motivo o ragione di esistere, se non che Wynne voleva credere di aver fatto tutto quello che poteva fare. Era stato paziente, tenace, generoso, eppure c'era un ragazzo al piano di sopra che aveva intaccato tutta la sua sicurezza e lo aveva fatto sentire un fallito.

"Sono sicura che crescere ed educare un figlio che si crede già un uomo non sia facile. I bambini possono essere creature complicate", disse gentilmente. "Sono convinta che non ce ne siano due uguali. Ma se siete disposto a farlo e apprezzate vostro figlio come il tesoro che sono certa sia, il percorso si rivelerà da solo".

La gentilezza e la compassione, il temperamento calmo, l'approccio ragionevole. Riusciva sempre a trasformare l'oscurità in luce e a scacciare ogni nuvola di pioggia. La sua voce lo riscaldava anche ora con la sua tranquilla sicurezza. Durante il periodo in cui erano stati promessi sposi, non avevano mai litigato. Jo conosceva i suoi stati d'animo, riconosceva i suoi momenti di tristezza, leggeva i suoi pensieri quando era turbato.

"Entriamo?" chiese.

Wynne la seguì, rendendosi conto che il peso di affrontare il comportamento di Cuffe si stava già attenuando. Non aveva bisogno di decidere una punizione definitiva. Non esisteva un'unica soluzione per risolvere il problema. Non avrebbe dovuto rivedere le decisioni prese in passato. Oggi era semplicemente un altro giorno in mezzo a molti altri giorni di sfide.

Il reparto era affollato: la maggior parte dei pazienti era tornata dalle attività che li avevano portati all'esterno insieme agli assistenti. Mentre alcuni erano seduti vicino alle finestre a guardare fuori, la maggior parte di loro era impegnata in una serie di passatempi sociali, come partite a scacchi, a dama e a backgammon.

Wynne osservò Jo mentre assimilava tutto questo. Quando un paziente di nome Fyffe, un innocuo ragazzo di Nairn, si mise a ballare intorno a loro suonando il suo violino immaginario, lei gli sorrise dolcemente e aspettò che si allontanasse.

Non mostrò alcun timore o imbarazzo per la stranezza del luogo.

Fece un gesto in direzione della stanza.

"Quello nel letto è Charles Barton", le disse a bassa voce. "Le due persone anziane di fronte al dottor McKendry sono sua madre e suo zio, la sua unica famiglia vivente. Vivono al Castello di Tilmory, a non più di quattro miglia da qui".

Jo guardò da quella parte. "Non riconosco nessuno di loro".

Dermot fece una pausa quando li vide.

Mentre Jo e Wynne attraversavano il reparto, i parenti che si trovavano al capezzale del paziente li guardarono.

Per un attimo pensò che si fossero trasformati in colonne di sale. Come la moglie di Lot, rimasero in piedi come statue, guardando Jo con un'espressione di shock. Lentamente, la bocca della signora Barton si aprì e nei suoi occhi comparve uno sguardo confuso e inorridito. Graham scosse la testa, come per scrollarsi di dosso una visione che non riusciva a spiegarsi. Come se avessero visto un fantasma apparso all'improvviso in pieno giorno, i due la fissavano increduli.

Poi, lo zio di Barton riprese il controllo della sua espressione e la consueta durezza del viso. Ma sua madre fu più lenta a recuperare la sua compostezza, allungando debolmente la mano dell'anziano mentre affondava pesantemente su una sedia.

La conoscevano.

I semi di speranza gettati nel suo cuore quando Jo aveva visto per la prima volta i disegni a Baronsford germogliarono e misero radici, spargendo tenere foglie verdi. Il volto esangue della signora Barton, le dita tremanti che si stringevano un fazzoletto sulle labbra, lo sguardo velato che passava continuamente dal figlio a Jo al vecchio in piedi accanto a lei, ogni movimento indicava familiarità, riconoscimento.

Jo si costrinse a respirare. Quella donna seduta in un manicomio nelle Highlands e l'uomo che le stava rigidamente accanto possedevano la chiave del mistero del suo passato. La sola possibilità che la ricerca dell'identità di sua madre, durata tutta la vita, potesse concludersi con una semplice presentazione di queste persone, quasi la travolse.

L'eccitazione l'animava mentre si avvicinava al capezzale della paziente. Gli anni di speculazioni sulla sua provenienza, la missione infinita di difendere la sua defunta madre potevano concludersi in un attimo.

"Lady Josephine Pennington, posso presentarle la signora Barton e Graham Barton", disse il dottor McKendry.

Le cortesie vennero scambiate, ma i giovani viticci della speranza e dell'attesa vennero immediatamente scossi dallo sguardo gelido dell'anziano. La risposta della signora Barton non fu più calorosa. Una maschera era scesa sui suoi lineamenti pallidi. Una volta terminate le presentazioni, la donna spostò lo sguardo verso Charles, escludendo di fatto tutti gli altri.

Nel petto di Jo iniziò a formarsi un nodo di panico, duro e stretto. Quelle piantine di speranza appassirono, la loro crescita fu arrestata dal vento freddo e ruvido della risposta dei Barton. Un grido silenzioso le salì in gola. Voleva che la guardassero di nuovo, che le dessero qualche segno di condivisione di un rapporto tangibile, di un legame, di qualcosa di duro e veloce e vero. Invece, si trovò di fronte a un muro di indifferenza. Avevano frettolosamente coperto il loro involontario momento di sorpresa e riconoscimento con una fredda patina di indifferenza e ostilità.

Ma Jo li ignorò. Aveva affrontato il rifiuto per tutta la vita.

"Come dicevo prima che Lady Josephine e il Capitano Melfort si unissero a noi, questo nuovo sviluppo è molto promettente", spiegò il Dr. McKendry. "Da quando abbiamo ridotto il dosaggio del laudano, il signor Barton ha manifestato il desiderio di comunicare con noi, a modo suo, attraverso gli schizzi".

Si allungò alle sue spalle e prese una cartella da un tavolo vicino, presentandola alla madre.

"Questo è tutto il suo lavoro. Disegni della stessa persona. Qualcuno che assomiglia molto a Lady Josephine".

Il medico spiegò in modo vago come, grazie a una conoscenza comune, fosse riuscito a identificare Jo come possibile soggetto dei disegni prima di scriverle.

Il conoscente comune a cui si riferiva era in piedi accanto a Jo, il suo cappotto grigio sfiorava la manica del suo vestito. Era vero che si erano allontanati per anni, ma in quel momento non sentiva alcuna stranezza per la presenza di Wynne, forte e saldo come il più vecchio degli amici. E si rallegrò della sua compagnia. Lui, forse più di chiunque altro, capiva il significato di quel legame. Non aveva dubbi che fosse lui il motivo per cui il dottor McKendry l'aveva contattata.

"È possibile che vi siate già incontrati?" suggerì il dottore. "Se date un'occhiata ai disegni, vedrete che la somiglianza è sorprendente".

La signora Barton aprì la cartella, sfogliò con noncuranza alcuni disegni e la chiuse. Il suo volto non mostrò nulla quando lanciò un'occhiata al cognato.

Jo attese una risposta, troppo ansiosa per parlare, ancora aggrappata alle sue speranze che stavano svanendo.

"Non l'abbiamo mai incontrata", disse Graham, parlando a nome di tutti e due.

Jo non riuscì a raccapezzarsi abbastanza per dire qualcosa; il nodo alla gola glielo impediva. I loro volti, quando l'avevano vista, avevano lasciato trasparire il fatto che l'avessero riconosciuta e poi erano diventati sgomenti. Ma perché avrebbero dovuto negarlo ora? Si stavano trattenendo, nascondendo dietro una facciata di freddezza. C'era una storia nascosta che quei due erano riluttanti a tirare fuori.

Avevano conosciuto sua madre. Jo non aveva dubbi.

La signora Barton riconsegnò la cartella al dottore. "Questi disegni non mi ricordano nessuno. Potrebbero essere chiunque. Sono immagini evocate da una mente delirante. Credo che voi abbiate lasciato che una leggerissima somiglianza con la vostra amica Lady Josephine, influenzasse la vostra opinione". Indicò suo figlio. "Mi si spezza il cuore. Ma guardatelo, mentre fissa il nulla, completamente disconnesso da noi e dal mondo. Vi sbagliate se pensate che sia migliorato e non capisco perché avete coinvolto Sua Signoria in una tragedia familiare che non la riguarda".

La stavano liquidando. Una luce si era accesa sotto la porta del suo passato, ma Jo non aveva la forza di aprirla. Gli schizzi erano significativi. Dovevano esserlo. Quando era arrivata, il medico le aveva detto che Charles Barton aveva cinquantasei anni. Da quel poco che Jo sapeva di sua madre, avrebbe dovuto avere un'età abbastanza vicina a quella di lui.

L'improvviso cambiamento di atteggiamento della signora Barton, l'ostilità di Graham e gli schizzi di Charles erano prove sufficienti di un qualche collegamento. Ma non riusciva a trovare un modo per sfidarli. I loro dinieghi erano come una porta sbattuta in faccia, per chiuderla fuori.

Aveva fatto tutta quella strada per niente. Vecchie e familiari sensazioni di impotenza la colpirono come un pugno di acciaio nello stomaco. Si sentiva male, sconfitta in quella che avrebbe dovuto essere l'ultima possibilità di recuperare la sua identità, di sapere chi fosse. Le lacrime le bruciavano gli occhi e minacciavano di liberarsi.

La pressione di una mano salda nella parte inferiore della schiena riscosse Jo. Wynne era lì con lei, a sostenerla. Fece un respiro profondo e alzò il mento.

"Forse, dottore, state chiedendo alle persone sbagliate del legame con Lady Josephine", disse Wynne prima di rivolgersi alla famiglia. "Signora Barton, lei ha detto che vostro figlio ha trascorso molti anni lontano dal Castello di Tilmory prima dell'incidente".

L'anziana donna si avvicinò e aggiustò la coperta sul petto di Charles. "Purtroppo non conosciamo le sue frequentazioni di quel periodo".

"Lady Josephine, forse può fare chiarezza su questa situazione", suggerì il dottor McKendry.

Jo aveva già detto al dottore di non conoscere il nome e aveva detto a Wynne di non riconoscere il paziente né la sua famiglia. Tuttavia, sentendo che la sua possibilità si stava allontanando, si avvicinò al capezzale.

Tutti gli altri suoni del reparto svanirono. Le persone riunite intorno al letto scomparvero. Jo guardò il viso rigato del paziente. Il suo respiro era affannoso e sembrava che stesse lottando contro i demoni, combattendo contro ombre invisibili. I suoi occhi si muovevano inquieti mentre scrutava il soffitto, in fuga dagli incubi. Era convinta che avesse dei segreti da rivelare - segreti che riguardavano sua madre - ma lui non stava riuscendo a trovare la lucidità mentale per afferrarli o trasmetterli.

Gli schizzi erano rappresentazioni diverse della stessa persona. Ogni immagine ritraeva la stessa donna alla stessa età. Era una persona che lui conosceva, una persona chiusa nella sua mente danneggiata, ma lei non sapeva come liberare quel ricordo.

"Charles", disse gentilmente, mettendo da parte la convenzioni. "Charles Barton".

Il paziente girò il viso verso il suono della sua voce. Sbatté le palpebre e i suoi occhi si concentrarono su di lei.

"Charles", disse di nuovo.

Una vita di insicurezza e di dubbi su di sé si scatenò come un'inondazione primaverile contro il fragile muro di un'antica diga. La paura, la speranza e la perdita si agitavano dentro di lei, minacciando di sfondare le pareti apparentemente sottili del suo petto.

Riconoscimi, pregò, chiudendo gli occhi. Parlami.

La mano di Charles Barton si infilò nella sua e gli occhi di Jo si aprirono di scatto. Il calore emanava dai loro palmi uniti.

"Sei venuta", sussurrò.

Capitolo Sette

SEI VENUTA. Né più né meno. Queste furono le uniche parole di Charles Barton prima di chiudere gli occhi e lasciare la mano di Jo.

Era sufficiente.

Wynne sapeva cosa significavano quelle parole per Jo. Ne sentiva l'impatto. Barton conosceva sua madre. Vedeva sua madre in lei.

Quello che lei stava passando era chiaro per Wynne. La marea di emozioni che scorreva dentro di lei era stata evidente per lui dal momento in cui erano entrati nel reparto. La prospettiva di risposte sembrava a portata di mano. Ma quando Barton si allontanò di nuovo, percepì la sua paura che tutto questo si stesse risolvendo in un nulla di fatto. La possibilità di un'ancora di salvezza le era stata lanciata e poi strappata via.

Wynne aveva pensato che lei non significasse nulla per lui. Si era detto che era solo il dovere a spingerlo a fare la cosa giusta e a far sì che lei venisse all'Abbazia.

Ma non era vero. Gli importava ancora di lei.

Lo strano comportamento della famiglia di Barton lo aveva colto di sorpresa e poi fatto arrabbiare. La loro mancanza di collaborazione nella ricerca in Jo di un possibile legame aveva portato Wynne al limite della pazienza. Gli anni erano evaporati come una nebbia mattutina e lui era pronto a combattere per lei ancora una volta.

In quel momento capì che doveva lasciare il reparto.

Per quanto si preoccupasse per l'esito della discussione con i Barton, Wynne sapeva che Dermot era perfettamente in grado di gestirla. Ed era certo che Jo avrebbe fatto meglio senza che un tizio arrabbiato e non richiesto si intromettesse nei suoi affari.

Prima di tornare nel suo ufficio, si fermò a parlare con Cameron e poi percorse il corridoio fino alla suite che condivideva con suo figlio. Cuffe era ancora sdraiato sul letto e non girò nemmeno la testa quando Wynne gli ordinò di presentarsi al contabile. Avrebbe trascorso il resto della giornata, domani e il giorno successivo con lui. Era confinato in casa. Niente cavalcate, niente pesca, niente giri in libertà, niente uscite. Cameron avrebbe fatto in modo che si mettesse in pari con le lezioni e poi gliene avrebbe impartite altre.

E quando Cuffe avrebbe voluto parlare, Wynne gli disse che si sarebbe reso disponibile.

Sistemandosi nel suo ordinato ufficio, si dedicò al lavoro. Aveva con suo figlio quello che avrebbe dovuto fare immediatamente. Ora non restava che allontanare ogni pensiero su Jo Pennington. E avrebbe potuto riuscirci se non fosse stato per l'arrivo di Dermot un'ora dopo.

"I Barton se ne sono andati", annunciò.

Wynne si chiese dove si trovasse Jo. Si chiese se fosse al piano di sotto con il paziente o se avesse continuato il suo viaggio verso il fratello senza salutarlo.

"Dopo che te ne sei andato, abbiamo rischiato di entrare in guerra laggiù", disse Dermot, prendendo un libro dallo scaffale e dando un'occhiata al titolo prima di appoggiarlo all'angolo della scrivania di Wynne. "La madre è stata irremovibile nel riportare Barton al Castello di Tilmory. Ha continuato a sostenere - nonostante quello che abbiamo visto tutti - che non c'è stato alcun cambiamento nelle condizioni del figlio".

"Suppongo che tu abbia vinto quella battaglia e che Barton sia ancora con noi", disse Wynne.

"A dire il vero, sì". Graham è intervenuto come voce della ragione.

Ha detto che è troppo occupato a gestire quella tenuta. Non vuole essere responsabile delle cure di suo nipote".

In materia di eredità, le ricche tenute come il Castello di Tilmory erano spesso al centro di indagini e udienze in tribunale dopo la scomparsa di un laird o di un proprietario terriero. Wynne aveva saputo, parlando con il vicario, che, allo stato attuale delle cose, Graham era il prossimo in linea di successione.

"E la signora Barton era d'accordo?"

"Non aveva scelta". Dermot prese un altro volume dallo scaffale e ne studiò il dorso. "Nel bene o nel male, Graham ovviamente non vuole che ci siano dubbi su di lui. Vuole essere visto come colui che fa la cosa migliore. Ha convinto la signora Barton, dicendo che forse visite più frequenti all'Abbazia l'avrebbero tranquillizzata e che avrebbero dovuto permettere a Charles di restare".

Ancora una volta, Jo e la sua posizione passarono in primo piano nei pensieri di Wynne. Impaziente, guardò il suo amico che metteva il libro sullo scaffale sbagliato e prendeva l'ennesimo volume.

"E Lady Jo?" chiese con la massima disinvoltura possibile.

"Sì. C'è la questione di Lady Josephine", rispose Dermot, voltando le spalle agli scaffali. "La signora Barton era piuttosto angosciata dalla sua vista quando l'hai accompagnata dentro. So che non sono stato l'unico a notarlo. Sicuramente l'hai notato anche tu".

La donna anziana conosceva chiaramente Jo o qualcuno di aspetto simile. Che il legame fosse familiare o sociale, la signora Barton era una pessima bugiarda. La sua reazione fu troppo improvvisa e troppo pronunciata. Sarebbe crollata a terra se non ci fosse stata quella sedia dietro di lei. E anche dopo, le ci volle molto tempo per ritrovare la calma.

"L'ho visto".

Dermot prese un altro libro dallo scaffale. "E poi quando Barton ha detto..."

"Dov'è Lady Jo adesso?"

Il dottore gli lanciò un'occhiata. "Credo che sia uscita nelle scuderie per parlare con il suo autista e il suo domestico".

"Perché? Se ne va?"

"Partire?" Dermot fece eco vagamente, sfogliando il volume. "No. In realtà, mi ha chiesto se poteva accettare l'invito di mia zia a passare la notte qui all'Abbazia. Mi ha detto che le sarebbe piaciuto poter visitare Barton senza la distrazione della sua famiglia. E credo che sia un'idea eccellente, visto come ha risposto positivamente alla sua voce. Ha parlato per la prima volta e, per quanto possa sembrare poco importante, per me è stato un passo monumentale".

Jo era ancora li e sentì un peso sollevarsi dalle sue spalle. Dopo tutto questo tempo, si erano incontrati di nuovo. Avevano parlato di Cuffe. Ora voleva un'altra occasione per vederla. Forse entrambi avrebbero potuto chiudere con il passato.

"Perché sei accigliato come se la tua nave avesse appena urtato un banco di sabbia? La guarigione dei nostri pazienti dovrebbe renderti felice". Dermot lasciò cadere il libro su una sedia. "A meno che il tuo sguardo acido non sia dovuto al fatto che Lady Josephine è qui. Disapprovi che passi la notte all'Abbazia?".

"Certo che no. Perché dovrei?" Wynne ribatté. "Questo è il tuo ospedale. Barton è un tuo paziente. Se pensi che la sua permanenza qui lo aiuterà a guarire, perché me lo chiedi?".

Dermot appoggiò entrambe le mani sulla scrivania. Si conoscevano da troppo tempo. Gli occhi grigi lo sfidavano a dire la verità. "Posso far trovare una stanza a Lady Josephine nella locanda giù in paese".

"Dovrebbe restare qui", sbottò Wynne. "All'Abbazia. Non ho alcuna obiezione".

L'uomo più giovane lo studiò ancora per un attimo prima di raddrizzarsi. Quando tornò alla libreria, Wynne capì che la conversazione non era finita.

"Cosa c'è, McKendry? Di' quello che ti passa per la testa. Dillo prima che tutti i libri che possiedo siano sparsi qua e là".

"Molto bene". Dermot fece scorrere le dita su un ripiano e gli lanciò un'occhiata da sopra la spalla. "Qual era la natura della tua relazione con Lady Josephine?".

Stava infrangendo una regola non detta che esisteva tra loro da anni. Non si chiedevano informazioni sul passato. Tutto ciò che ogni uomo sapeva dell'altro era stato offerto, mai richiesto.

"Perché me lo chiedi?"

"Perché sono impressionato da lei".

Wynne fissò la schiena del suo amico. "Come sarebbe a dire 'impressionato'? L'hai conosciuta solo oggi. Quanto tempo hai trascorso in sua compagnia per formarti un'opinione del genere?".

"Stai dicendo che non è notevole?".

"Certo che è notevole!" Rispose Wynne.

"Quindi va bene che *tu* pensi che sia impressionante", disse prendendo un altro libro, "ma non che lo pensi io?".

"Smettila, Dermot", disse Wynne, sbattendo con forza il palmo della mano sulla scrivania. "Lascia stare i miei libri".

Il dottore lo affrontò. "Qual era il suo legame con lei? E perché hai voluto rimanere anonimo quando le abbiamo scritto?".

Wynne non pensava che tutti gli Highlander fossero così testardi come il suo amico dalla testa dura, ma era certo che Dermot non si sarebbe arreso finché non avesse avuto una risposta.

"Se *vuoi* saperlo, siamo stati fidanzati sedici anni fa. Io horotto".

L'aveva detto. L'aveva detto. E ora forse poteva parlarne con Jo e dirle le cose che lei avrebbe dovuto sentire all'epoca.

"Doveva essere una ragazzina", osservò Dermot con una nota di accusa.

Wynne lanciò un'occhiata all'uomo più giovane. "Risparmia la tua affascinante lingua delle Highlands. Lady Jo e io abbiamo solo un anno di differenza di età".

Dermot abbandonò la sua molestia per la collezione di libri di Wynne e si avvicinò alla finestra, guardando fuori. "Sembri abbastanza vecchio da essere suo padre".

"Non starei davanti a una finestra aperta, se fossi in te".

Anche se Wynne cercava di mantenere la sua voce disinvolta, il fastidio affiorava da sotto la superficie.

"Quindi avevi paura che non sarebbe venuta se le avessi scritto tu stesso", ipotizzò Dermot.

"No. Non pensavo che l'avrebbe fatto".

"E volevi che venisse". Non era una domanda.

"Non mi importava che venisse o meno", mentì Wynne. "Ho pensato che sarebbe stato importante per lei. E per Barton".

"Qualche rimpianto?"

"Rimpianti per cosa?" Chiese Wynne. "Per averla portata qui?".

"Questo... o la rottura del vostro fidanzamento".

Dermot McKendry era suo amico, un uomo di cui si fidava più di suo fratello. Ma stava sfidando la sorte.

Prima di rispondere, Wynne fece una pausa, chiedendosi perché trovasse quella conversazione così irritante. Non avrebbe dovuto fare alcuna differenza per lui ciò che Dermot sapeva di Jo.

"Allora? Qualche rimpianto?"

Si alzò e si diresse verso la scrivania. Afferrò un volume fuori posto e lo fece scivolare nella libreria al suo posto. "*Non sei* un consigliere spirituale. Tu, McKendry, sei il più basso e schifoso e verme con cui abbia mai avuto la sfortuna di navigare".

"Quindi hai dei rimpianti".

"Nessuno!" Wynne tuonò, sbattendo un altro libro nella custodia.

"E ora che vi siete incontrati di nuovo", chiese Dermot, imperterrito, "c'è un nuovo interesse per lei?".

Ricomponendosi, Wynne incrociò le braccia sul petto. Dall'espressione del suo amico capì che il bastardo scorbutico si stava divertendo.

"Nessuno", ribatté Wynne. Un pensiero gli balenò nella mente. Un pensiero che non voleva prendere in considerazione. "Perché me lo chiedi? Hai intenzione di farle la corte tu stesso?".

"Fa? Fare la corte a Lady Josephine Pennington? Fammici pensare", rispose come se non gli fosse mai venuto in mente. Il dottore si appoggiò al telaio della finestra aperta.

Mentre Wynne lo osservava da vicino, sentì una sensazione gelida nella bocca dello stomaco. Era la stessa sensazione che aveva provato poco prima che i rampini sparassero e mettessero al sicuro una nave nemica. Era il momento prima di saltare con il suo equipaggio d'abbordaggio attraverso le cannoniere e lanciarsi nella battaglia.

"È piuttosto attraente, persino bella in modo non pretenzioso". Dermot fece una pausa, come per fare il punto sugli altri attributi della donna. "È istruita, educata e compassionevole. Mi ha già detto che apprezza il modo umano con cui affrontiamo il nostro lavoro qui. È una benefattrice di cause benefiche. Ed è abbastanza ricca da poterne sostenere più di qualcuna".

Dermot, preso dai suoi progetti per l'Abbazia, non aveva mai espresso alcun interesse per il matrimonio fino ad ora. Più giovane di Wynne di sei anni e bello in modo infantile, era certamente uno scapolo idoneo, ora che aveva fatto fortuna ed ereditato l'Abbazia. Ma solo un certo tipo di donna rinuncerebbe alle comodità di una casa normale per vivere in un manicomio.

Le mani di Wynne si contorsero quando si rese conto che Jo poteva essere proprio una donna di questo tipo.

"Cosa farai, la farai cadere ai tuoi piedi con la tua rinomata arguzia e il tuo fascino?" chiese, caricando il suo tono con tutta l'ironia possibile. "Lady Jo è qui solo per una notte".

"Di' quello che vuoi, amico mio. So che la sua visita questa volta è breve, ma mi hanno detto che molte storie d'amore iniziano con un solo sguardo. Possiamo scriverci a vicenda". Si avviò verso la porta. "Forse la inviterò per un'altra visita. Potrei anche lasciarti qui a occuparti di tutto, mentre io andrò al nord a trovarla mentre lei starà con suo fratello e sua cognata".

A Wynne piaceva Dermot McKendry, ma da quel momento non più.

"Ma voglio che tu sappia che non avrei mai manifestato tali intenzioni se avessi pensato che tu avessi *qualche* obiezione in merito", disse il furfante, fermandosi mentre usciva dalla porta. "Che ne dici, vecchio mio?".

Wynne era responsabile del suo arrivo all'Abbazia. Non era arrivata in cerca di una storia d'amore, né di un marito, ma di un legame con il passato di sua madre. Questi erano motivi sufficienti per dire a Dermot di allontanarsi. Ma non riuscì a pronunciare quelle parole.

"Fai come vuoi", disse infine. "Ma ricorda di trattarla con la massima deferenza. E per Dio, è meglio che le tue intenzioni siano onorevoli. Non fare nemmeno un passo su quella strada se non sei disposto a stare al suo fianco fino alla porta della chiesa. Mi sono spiegato?"

"Non avevo bisogno di sentire altro". Dermot sorrise e si inchinò prima di uscire dalla porta.

Wynne finì di rimettere i libri al loro posto. La vita dovrebbe essere facile da tenere in ordine, pensò. Cuffe. I suoi piani per loro due. Scosse la testa. Niente era mai andato liscio. E ora doveva accettare Jo nella sua vita quotidiana... mentre lei era sposata con un altro.

I suoi occhi furono attratti dalla finestra aperta. Avrebbe dovuto spingere Dermot fuori quando ne aveva la possibilità.

Capitolo Otto

"NON AVETE DETTO una parola sulla cena, signora", si lamentò Anna mentre passava una spazzola tra i capelli della sua padrona. "Di grazia, la compagnia era abbastanza piacevole? C'erano molti ospiti? Non posso immaginare che questa gente di campagna intrattenga come noi a Baronsford".

Jo sorrise. Dopo una vita di servizio, lo snobismo benevolo della cameriera era dovuto al suo orgoglio per la famiglia Pennington. Nel mondo di Anna, i luoghi in cui viaggiava con Jo non erano necessariamente carenti in termini di ospitalità o comfort, semplicemente nessun luogo poteva essere paragonato a Baronsford.

"Il cibo era delizioso e ben preparato, Anna", le disse. "E la compagnia è stata molto piacevole. Eravamo in dodici e, sebbene la maggior parte di loro mi fosse estranea, le conversazioni sono state vivaci e molto interessanti. Tutti sono stati gentili con me".

"Beh, lo credo bene, signora", sbuffò la cameriera. "Un posticino come questo nel bel mezzo del nulla? Credo che stiano ringraziando il cielo di avere una compagnia così bella come la vostra".

Jo rise. "L'Abbazia non è certo un 'posticino'. Non sarà grandiosa come Baronsford, ma io la trovo deliziosa. E tu?"

Anna annuì a malincuore e continuò a spazzolare. "Beh, tutto sommato, credo che sia abbastanza buono, signora".

A cena, si sedette tra il dottor McKendry e il vicario della chiesa del villaggio, il fratello minore del lord.

I due uomini e il lord si scambiarono battute spiritose per tutto il pasto, ridicolizzando l'abilità dell'uno e dell'altro nel colpire una pallina da golf, nel tenere un sermone o nell'aggiustare un'unghia. Anche se ascoltava gli uomini e gli sforzi della signora McKendry per zittirli, Jo sentiva spesso il peso dello sguardo del Capitano Melfort su di lei. All'estremità del tavolo, stava parlando con il signor Cameron, il contabile dell'Abbazia. Il figlio di Wynne, Cuffe, non era presente alla cena, ma dai frammenti di conversazione che riusciva a sentire, molti dei discorsi tra i due uomini riguardavano il ragazzo.

"Siete tornata presto", osservò Anna. "Nessun impegno sociale dopo cena?".

"Io e la signora McKendry eravamo le uniche donne presenti. Non appena abbiamo lasciato la sala da pranzo, mi sono scusata e mi sono ritirata", ha spiegato Jo. "Abbiamo avuto una lunga giornata di viaggio e vorrei alzarmi presto domani. Il dottore mi ha detto che il signor Barton è generalmente più sveglio e attivo di prima mattina".

Quel pomeriggio aveva trascorso più di due ore in reparto al capezzale dell'anziano. Gli aveva parlato. Gli aveva tenuto la mano. Ma non c'erano state altre comunicazioni, ad eccezione di uno sguardo occasionale nella sua direzione. Era come se lui sapesse che lei era lì e ne fosse confortato, ma non riuscisse a risolvere qualcosa cosa nella sua mente confusa.

Il mistero del loro legame la lasciava perplessa. Ora che lo aveva incontrato e aveva visto la sua reazione iniziale nei suoi confronti, non aveva dubbi che le risposte sul passato di sua madre sarebbero state trovate lì, con quell'uomo e la sua famiglia.

Aveva intenzione di accettare l'ospitalità dei McKendry per una sola notte, ma sapeva già che sarebbe stato terribilmente difficile per lei andarsene ora. Anche prima di scendere a cena, aveva preso in considerazione la possibilità di prendere una stanza alla locanda del villaggio per qualche altra notte. Avrebbe potuto facilmente recarsi all'Abbazia ogni giorno e visitare il paziente. Avrebbe semplicemente inviato una lettera a Gregory e Freya, spiegando che sarebbe arrivata in ritardo. Se la sua famiglia avesse saputo dove si trova e che era al sicuro, sarebbe potuta rimanere per un po' di tempo.

Wynne si intrufolò nei suoi pensieri. Gli uomini di mare dovrebbero diventare rugosi e vecchi a causa dei venti dell'oceano e del sole, ma non lui. Il suo viso era segnato dai segni della responsabilità, ma i suoi occhi erano ancora luminosi e attenti. Anche se non sorrideva facilmente, quando lo faceva la stanza si illuminava. Vestito per la cena la sua giacca blu navy e il gilet di seta color crema, sembrava più alto e più largo di spalle di quanto lei ricordasse. E aveva un modo di porsi, una sicurezza nel modo di parlare, che rifletteva anni di comando.

Scacciò la sua immagine dalla mente, concentrandosi invece sui suoni degli uccelli che arrivavano dall'oscurità fuori dalla finestra aperta. Due storni stavano dialogando fra loro, ma si zittirono improvvisamente al grido lontano di un gufo.

Jo non aveva intenzione di dirlo alla cameriera, ma Wynne era un altro dei motivi per cui aveva avuto bisogno di scappare dopo cena. Sedersi allo stesso tavolo era una cosa, ma socializzare in un salotto e fare una conversazione informale era un'altra. E non avrebbe mai immaginato che la sua reazione a lui sarebbe stata così intensa. Restare all'Abbazia, anche solo per una notte, era già abbastanza difficile. L'appartamento in cui si trovava Jo era al piano superiore al reparto pazienti e adiacente alle stanze occupate da Wynne e da suo figlio. Era troppo vicino.

Hugh, il fratello di Jo, supponeva che lei ignorasse ciò che la famiglia aveva fatto per anni, ma lei era ben consapevole che lui e gli altri avevano creato un cerchio protettivo intorno a lei. Tutti i Melfort furono tenuti fuori, esclusi dall'interazione con i Pennington, anche quando il fratello maggiore di Wynne e sua moglie acquistarono una tenuta vicino a Baronsford.

Il suo sguardo si soffermò sulla parete della camera da letto che separava il suo appartamento da quello di lui. Una brezza leggera soffiava all'interno, portando con sé il profumo del fumo di sigaro, delle ginestre e dei pini. Gli storni ripresero e un usignolo si unì a loro. Non avrebbe menzionato il Capitano Melfort in nessuna lettera alla sua famiglia.

"Lo dico per loro. Hanno un personale domestico che si avvicina a quello di Baronsford", continuò Anna. "Anche se non ha la tradizione familiare che abbiamo noi, ovviamente. Scommetto che non c'è una seconda generazione di servitori qui. E lo sapete che molti degli uomini sono *marinai*, signora?".

"Non lo sapevo", rispose Jo.

"Mi hanno detto che sono sempre alla ricerca di altri aiuti. Dovrò farlo presente ai miei cugini di Aberdeen la prossima volta che scriverò...".

Un forte schianto e un ruggito furioso proveniente dal reparto sottostante misero a tacere la cameriera.

Le due rimasero immobili, ascoltando altre grida e richieste di aiuto. La testa di Jo si girò verso la finestra quando sentì dei passi correre verso la casa. Il secondo schianto di un oggetto pesante fece alzare Jo in piedi e la spinse a infilarsi la vestaglia e la cintura. Si precipitò verso la porta.

"Non potete uscire, signora".

"Resta qui nella stanza, Anna. Torno subito".

"Ma questo è un manicomio!" esclamò la serva. "Potrebbero esserci pazzi o assassini a piede libero!".

"Resta qui", ripeté Jo, entrando nel corridoio e chiudendosi la porta alle spalle.

Il corridoio era buio. Una porta sbatté. Le grida erano ora accompagnate da lamenti. Altre grida provenivano da una zona lontana della casa e passi di corsa. Velocemente, si diresse verso la tromba delle scale e iniziò a scendere.

Rispondere alle crisi occasionali era una necessità alla Tower House. Jo non era avventata. Sapeva che qualsiasi cosa stesse accadendo nel reparto non la riguardava. Tuttavia, avendo conosciuto Charles Barton, non poteva rimanere nella sua stanza senza preoccuparsi.

Quando raggiunse un pianerottolo ad una curva delle scale, spaventò una figura piccola e sottile che si nascondeva vicino alla ringhiera e ascoltava la confusione sottostante. Con un grido, il ragazzo fece un passo indietro e Jo allungò la mano per afferrargli il braccio prima che scendesse i gradini all'indietro.

"Non volevo!" sbottò in preda al panico. "Io . . . non sapevo che gli avrebbe fatto del male".

Jo riconobbe il figlio di Wynne. Si era tolto la giacca color ruggine che indossava prima. Stava tremando e la sua testa si girò al suono del continuo trambusto al piano di sotto.

"Cos'è successo, Cuffe?" chiese a bassa voce, liberandolo. "Qualcuno si è fatto male?".

Il ragazzo si allontanò e la superò di corsa salendo le scale, scomparendo nell'oscurità.

Aveva fatto qualcosa di sbagliato, qualcosa che aveva provocato questo caos. Ed era dispiaciuto. Si avvicinò al muro e scese lentamente.

Tre uomini erano in piedi accanto alla porta del reparto. Uno portava una candela. Anche se le dava le spalle, Jo poté vedere che si trattava di Wynne. Dalla spessa porta si sentivano forti grida e suoni di oggetti lanciati.

"Stevenson è stato messo in sicurezza per la notte, Capitano, ne sono certo", spiegò frettolosamente uno degli uomini. "Ho guardato io stesso i ragazzi allacciare le cinghie, come sempre. Sappiamo tutti quanto possa essere difficile".

Jo scese un altro gradino.

"Sì, Capitano", disse l'altro uomo. "Sono due anni che lo abbiamo qui e tutti sanno che è quello che ha più bisogno di essere sorvegliato".

"Sono venuto qui dopo aver controllato tutti", continuò il primo uomo, passandosi una mano tra i capelli. "Era meno di un'ora fa. Stavano tutti dormendo. Sono rimasto seduto alla mia postazione come sempre, notte dopo notte. Forse ho chiuso un occhio, ma ero proprio qui".

"E il berretto di Stevenson", intervenne l'altro. "Cosa ne pensi? Come pensi che l'abbia preso l'altro? Non si agita mai una volta a letto e sappiamo tutti che bisogna lasciarlo stare".

Wynne non faceva domande mentre gli uomini andavano avanti e indietro nelle loro spiegazioni. Jo guardò di nuovo verso la porta. I rumori provenienti dal reparto si stavano attenuando.

"Penso che non sia stato un incidente, Capitano. Qualcuno ha combinato qualche guaio lì dentro".

"Forse la canaglia mi è sfuggita. O più probabilmente è entrato da una finestra".

"Penso che volessero che Stevenson attaccasse Barton".

Jo non pensava di aver fatto rumore, ma doveva averlo fatto. La testa di Wynne si girò di scatto e scrutò nella sua direzione.

"Chi c'è?" chiese, tenendo la candela in alto e dirigendosi verso le scale.

Sapendo che sarebbe stato sciocco scappare, rimase al suo posto. Strinse la parte anteriore della vestaglia, chiudendola con forza contro il suo petto martellante.

Per favore, pregò in silenzio. Non lasciare che il signor Barton si faccia male.

Il volto di Wynne si addolcì dopo averla riconosciuta. "Non dovreste essere qui sotto".

"Si è fatto male? Il signor Barton?" chiese, senza riuscire a trattenere il tremito dal suo tono. Doveva saperlo.

"Avrà qualche livido, immagino. Il medico sta visitando il braccio per assicurarsi che non si sia rotto un osso. Ma tutto sommato, se la sta cavando bene".

"Cosa è successo?"

Wynne si guardò intorno e indicò le scale. "Questo non è il posto migliore per parlare. Vi dispiace se saliamo?".

Jo si voltò per fare un passo, ma nel farlo l'orlo della vestaglia la fece inciampare. Sentì la mano di lui afferrarle il gomito, sostenendola fino a quando non ritrovò l'equilibrio. Sebbene la sua azione fosse un riflesso innocente, il suo tocco le fece infiaqmmare il volto e saltare un battito. Con la mano ancora sul braccio di lei, illuminò il loro cammino verso le scale. Mentre salivano, la sua vicinanza le riempì la testa con il profumo dell'aria notturna, del whisky, del fumo e dell'uomo. Era la seconda volta che la toccava dopo tanto tempo. Era il tocco di un amico, si disse.

In cima alle scale, si fermò nel corridoio e si girò verso di lui.

"Di grazia, cosa è successo?"

Quando i suoi occhi si posarono su di lei e osservarono il suo viso, le sue labbra, i suoi capelli sciolti intorno alle spalle, vide una fugace espressione di ricordo. Poi lo sguardo sparì.

"Abbiamo un solo paziente in ospedale che consideriamo potenzialmente pericoloso per sé o per gli altri", spiegò. "Il nome dell'uomo è Stevenson. Viene seguito da vicino durante tutte le ore di veglia. Durante la guardia notturna, viene assicurato al suo letto. Inoltre, abbiamo degli assistenti che girano regolarmente per il reparto durante la notte".

Cominciò a immaginare ciò che era avvenuto nel reparto, ma aspettò che Wynne ne parlasse.

"Stevenson in qualche modo si è liberato dalle cinghie e ha attaccato un altro uomo. Gli altri pazienti del reparto hanno dato l'allarme con le loro grida".

"E Charles Barton è stato vittima dell'attacco", ribadì quello che aveva già sentito. "Ma nessun altro?"

Annuì. "Uno o due altri hanno cercato di intervenire, ma Stevenson ha diretto la sua violenza contro Barton. La vittima starà bene. Fortunatamente, il guardiano notturno è entrato nella mischia e altri sono arrivati rapidamente per aiutarlo. Se volete, potete visitare voi stessa Barton domattina".

"Cos'era quella storia del berretto?".

"Stevenson è estremamente attaccato al suo cappello. Lo porta in giro come un bambino. Il berrerro è stato messo sul letto di Barton".

Le parole di Cuffe le tornarono in mente. Ricordò l'espressione sconvolta e impaurita nella penombra della tromba delle scale.

Alla Tower House, Jo aveva visto e parlato con molti bambini problematici. Molti erano del tutto capaci di fare del male a sé stessi e agli altri. Ma nel tono di Cuffe c'era un vero rimorso. E il suo evidente shock per il modo in cui si erano svolti gli eventi indicava che c'era molto di più che un semplice giovane intenzionato a fare del male.

"Gli addetti al piano di sotto sono uomini responsabili", le disse Wynne. "Non abbiamo mai avuto un incidente del genere all'Abbazia. Credo che non sia stato nulla di accidentale. Potrebbe essere stato intenzionale. Qualcuno si è introdotto nel reparto, ha liberato Stevenson e ha spostato il cappello per dargli un bersaglio per la sua rabbia. È difficile capire perché qualcuno abbia fatto una cosa del genere".

Jo rimase in silenzio, non volendo far trapelare nulla. Conosceva già l'identità del colpevole.

Lo sguardo di Wynne si spostò oltre le sue spalle, lungo il corridoio. Immaginava che Cuffe potesse nascondersi nell'ombra.

"Quando siete uscita dalla vostra stanza prima, avete visto qualcuno?".

Sapeva che lui aveva il diritto di sapere, in quanto padre, ma non riusciva a pronunciare quelle parole. Cuffe stava già percependo il grave significato delle sue azioni. Tuttavia, immaginava che ci fosse qualcosa di più dietro le azioni del bambino.

Aprì la bocca per comunicargli ciò che sapeva. Aveva intenzione di dire a Wynne che aveva incontrato Cuffe nella tromba delle scale. Ma le parole che le uscirono furono diverse.

"No, non ho visto nessuno".

<hr>

Wynne vide un movimento vicino alla porta delle stanze che lui e Cuffe condividevano. Dopo le lezioni pomeridiane con Cameron, il ragazzo era stato riportato nella sua stanza, dove lo attendeva un vassoio per la cena. Non si sarebbe dovuto muovere fino all'indomani mattina, quando sarebbe tornato dal tutore.

A Wynne passò di sfuggita per la testa il pensiero che Cuffe potesse avere a che fare con quanto accaduto al piano di sotto. Lo scartò immediatamente. Nei due mesi trascorsi dal suo arrivo lì, il bambino di dieci anni non aveva mostrato alcun interesse per l'ospedale o per i pazienti, nonostante i ripetuti inviti di Dermot. E aver indotto i maiali a entrare in giardino era stato il massimo del danno che aveva causato.. Wynne era abbastanza sicuro che suo figlio non avrebbe mai fatto del male a una persona innocente.

Jo si voltò e seguì la direzione del suo sguardo. "Speravo di incontrare vostro figlio mentre sono qui".

Le sue parole gentili lo riscossero e riportarono la sua attenzione su di lei. Il volto di Jo era calmo, pensieroso, preoccupato. Era una donna eccezionale. Wynne aveva messo fine al loro fidanzamento meno di due settimane prima del matrimonio. Non era mai riuscito a trovare l'occasione per scusarsi o spiegare, se non con un breve biglietto. L'aveva lasciata sola ad affrontare le conseguenze. Molto più tardi, aveva sposato un'altra donna e aveva avuto un figlio. Ma nonostante tutto, eccola esprimere interesse per Cuffe. Era sempre stata paziente e gentile, ma Jo Pennington portava in sé una dignità che lui era stato troppo giovane per apprezzare davvero tanti anni prima.

"C'è la possibilità di presentarci domani prima che io lasci l'Abbazia?".

"Mi assicurerò di prendere accordi", dichiarò. "Mi piacerebbe che vi conoscesse".

Prima di partire. L'idea che Jo se ne andasse così presto non gli piaceva. Anche se la questione dei disegni e la reazione dei Barton rappresentavano ancora delle domande senza risposte, era stata aperta una porta. Poteva proseguire da sola.

Ammirò il volto di Jo alla luce tremolante della candela. Osservò le dolci pulsazioni lungo la colonna pallida della sua gola.

Sarebbe stato meglio per lei andare, si disse. Sarebbe stato meglio per tutti. La conversazione con Dermot di prima lo aveva lasciato stranamente inquieto e la sensazione non gli piaceva. Non gli piaceva il fatto di doverli controllare mentre il giovane furfante cercava di intrattenere Jo a cena. Wynne voleva che la sua vita tornasse alla normalità.

Eppure, i ricordi del passato continuavano ad affiorare in lui.

Ricordava di essersi seduto con lei in una calda notte in un vicolo alberato vicino alla Cascade nei Vauxhall Gardens. Il sapore della pelle morbida sotto il lobo dell'orecchio si mescolava al profumo dei fiori estivi. Il suo stupore per la sua reazione innocente, con gli occhi spalancati, mentre cercava di dare un senso al desiderio che si respirava nell'aria tra loro.

Lei spinse una ciocca vagante dietro un orecchio e lui lottò per non toccare le onde di capelli scuri e lucenti che le scendevano quasi fino alla vita. Aveva perso il conto di quante volte, da giovane, aveva immaginato di vedere i capelli setosi di Jo sparsi sul suo cuscino.

Una manciata di baci. Solo una volta, all'ombra di un roseto durante un ballo, quei baci erano sfociati in un appassionato turbinio di carezze. Questo era il limite delle libertà che si era preso. Non avrebbe fatto l'amore con lei, anche se sapeva che lei si sarebbe concessa a lui.

Ma le maldicenze erano già iniziate e in quei momenti di galanteria giovanile non avrebbe rischiato di danneggiare ulteriormente la sua reputazione.

Eppure alla fine l'aveva ferita più profondamente di qualsiasi maligno maldicente.

"Dovete andartene così presto?", si sentì chiedere. "Dopo tutto quello che abbiamo visto oggi, è chiaro che i progressi di Charles Barton potrebbero accelerare notevolmente se prolungaste la vostra permanenza".

E non lo chiedeva solo per il bene di Barton.

"Ho pensato la stessa cosa". Il suo sguardo scuro incontrò quello di lui. "Il dottor McKendry mi ha fatto il nome di una locanda a Rayneford Village oggi pomeriggio. Domani manderò lì il mio domestico e prenderò accordi per rimanere qualche giorno in più".

"Non c'è bisogno di lasciare l'Abbazia", disse. "Potete rimanere qui. Se le stanze che occupate ora vi vanno bene, potete rimanere dove siete".

Dove sarebbe stato in grado di tenere sotto controllo quel sega ossa, pensò Wynne.

"Ma non voglio essere una seccatura".

"Non potreste mai essere niente del genere", insistette, sentendosi già meglio per il possibile nuovo accordo. "Tutti all'Abbazia trarranno beneficio e piacere dalla vosstra compagnia".

E *questo* includeva anche sé stesso.

Capitolo Nove

MENTRE JO GUARDAVA Wynne scendere le scale, si sforzò di conciliare i suoi pensieri agitati con un brivido da tempo dimenticato nel suo cuore. La sua preoccupazione per il figlio si scontrava con l'agitazione che provava in presenza del padre.

Cuffe era responsabile di ciò che era accaduto nel reparto e lei già si pentiva di aver nascosto la verità a Wynne.

Era un'estranea in quel luogo, si rimproverò dentro di sé. Non era certo un genitore. Non era in alcun modo qualificata per nascondere ciò che sapeva e rischiare un disastro più grave in futuro. Cosa sapeva davvero dei comportamenti indisciplinati di un bambino di dieci anni? Molto poco. Quello che sapeva è che si era lasciata influenzare da degli occhi sbarrati e da un tono di panico e rimorso.

Sapeva cosa bisognava fare e si affrettò a percorrere il corridoio e a bussare a una porta. Il cameriere che la aveva accompagnata di sopra quando aveva deciso di restare, le aveva detto che quelle stanze erano occupate dal capitano e da suo figlio.

Nessuno rispose, ma lei non si lasciò scoraggiare. Bussò più forte.

"Cuffe. Vieni subito alla porta".

La sua amica Violet Truscott e le donne che collaboravano alla gestione della Tower House le dissero che aveva un'eccellente voce da madre arrabbiata quando decideva di usarla.

"Apri *subito* questa porta!"

Degli occhi scuri apparvero quando la porta si aprì leggermente. Una ciocca di capelli gli ricadeva sul viso.

"Non avete fatto la spia a lui", disse Cuffe.

Il tremito nella sua voce le fece venire voglia di prendere il bambino tra le braccia, ma si trattenne.

"Un uomo sarebbe potuto morire lì sotto", disse severamente, aprendo di più la porta. "Il signor Barton non era in grado di difendersi. Era questo che volevi? Sei andato laggiù per ucciderlo?".

Cuffe cercò di trattenere le lacrime che gli spuntano sulle guance. Scosse la testa. "No, non lo sapevo. Non sapevo che sarebbe successo. Mi aveva detto che era uno scherzo, per far arrabbiare i ragazzi che sorvegliano il reparto di notte. E mi ha dato questaper farlo. Ma io non la voglio".

Jo fissò le monete nella mano aperta del ragazzo. "Qualcuno ti ha pagato per fare questo?".

Cuffe annuì.

"E ti ha detto di mettere il berretto sul letto del signor Barton?".

Annuì di nuovo.

"L'uomo che ti ha costretto a fare questo è malvagio", disse lei, mettendogli una mano sulla spalla. "Non è stato un gioco. Voleva fare del male alle persone e ti ha *usato*. Non ci è riuscito. Ma questo non significa che non ci riproverà".

La situazione era più grave di quanto avesse ipotizzato all'inizio. Jo si rammaricava profondamente che Wynne non fosse lì. Era importante che Cuffe andasse da lui e glielo dicesse.

"Quest'uomo malvagio potrebbe usare qualcun altro. O addirittura farlo lui stesso. Dobbiamo fermarlo", gli disse con un tono che sperava fosse severo. Doveva fargli capire e indurlo a fare la cosa giusta. "Devi fermarlo. Devi andare da tuo padre e dirgli chi c'è dietro tutto questo".

Scosse la testa. "Io ti dico il suo nome e voi lo dite al capitano".

"No", rispose lei con fermezza. "Hai sbagliato, Cuffe. Hai messo in pericolo quegli uomini al piano di sotto. È *tua* responsabilità dire la verità".

Rimase perfettamente immobile per un lungo momento, fissando il pavimento prima di parlare. "Non parlo con lui".

Jo ricordò la frustrazione espressa da Wynne nei confronti del figlio. Qualunque fosse il motivo che spingeva Cuffe a punire il padre, non erano affari suoi.

"Non gli ho detto che eri stato tu perché credevo che avresti fatto la cosa giusta... da solo", disse. "Non sei un bambino. Sei un giovane uomo. Ti conosco appena, ma vedo un ragazzo intelligente, forte e indipendente. E credo che tu sappia già che questo è il momento di mettere da parte la tua ostinazione e di agire come dovresti".

"Il capitano si arrabbierà", sussurrò.

"È un suo diritto e un suo dovere di padre. Un uomo è stato ferito questa notte", gli ricordò. "Se non fai nulla, succederà un disastro".

Lasciò la mano dalla spalla di Cuffe e lo guardò direttamente negli occhi.

"Devi decidere se seguire la strada giusta o quella sbagliata. Ma confido che tu sappia quale prendere".

Il mento di Cuffe affondò nel petto, ma affrontò le sue responsabilità e uscì dalla sua stanza.

"Vai a cercare tuo padre e digli quello che deve sapere".

Quando Jo fece un passo indietro per lasciarlo passare, diede un'occhiata al corridoio e vide Wynne in cima alle scale.

Aveva a malapena raggiunto il piano terra quando aveva sentito bussare forte a una porta e sentì Jo chiedere seccamente a Cuffe di aprirle. Tornando sui suoi passi, si era fermato in cima alle scale e l'aveva osservata parlare con Cuffe.

E Wynne aveva sentito ogni parola che si erano scambiati.

Il volto di Cuffe era l'immagine della sofferenza mentre scendeva dal corridoio verso di lui.

"Come si chiama?" chiese bruscamente. "L'uomo che ti ha chiesto di fare una cosa del genere?".

"Abram".

"Abram delle cucine?".

Cuffe annuì.

"Aspetta nel mio ufficio", ordinò. "Mi occuperò di te quando tornerò".

A testa bassa e trascinando i piedi, suo figlio andò direttamente nell'ufficio di Wynne. In fondo al corridoio, Jo si voltò e scomparve nel suo ufficio.

Quell'uomo aveva approfittato di un ragazzo ingenuo per commettere quello che era un tentativo deliberato di ferire o addirittura uccidere Barton. Mentre Wynne si affrettava a scendere i gradini, si sentiva avvampare di rabbia.

Conosceva questo Abram. Un uomo anziano dell'Inverness. L'avevano assunto di recente per lavorare nelle cucine, consegnare vassoi di cibo e aiutare gli assistenti in qualsiasi cosa fosse necessaria. Grazie al suo lavoro, Abram conosceva perfettamente le peculiarità dei pazienti del reparto.

Quando Wynne raggiunse la porta del reparto e pose la domanda su dove si trovasse l'uomo, i servitori gli dissero chel'ultima volta che l'avevano visto era stato quando aveva portato un vassoio per la cena a Cuffe.

Dermot uscì mentre Wynne stava mandando due uomini a prendere Abram dagli alloggi del personale al piano superiore. Rapidamente, spiegò all'amico ciò che sapeva, compreso ciò che Cuffe aveva fatto.

"Spero che tu non abbia punito il ragazzo troppo duramente. È stato manipolato".

"Non devi trovare scuse per lui", gli disse Wynne. "Non gli ho ancora fatto nulla. Sta aspettando la sua punizione nel mio ufficio proprio ora".

Si avviò verso la cucina nonostante i suoi dubbi sul fatto che Abram fosse ancora lì. Dermot si mise al suo fianco.

"Il fatto che Cuffe abbia liberato Stevenson e allo stesso tempo abbia diretto l'attacco a Barton è stata chiaramente una mossa deliberata", disse il medico. "È difficile immaginare perché abbia fatto una cosa del genere".

Il pensiero di Wynne andò subito ai Barton. "Ed è curioso che tutto questo accada proprio oggi".

"Non penserai davvero che la sua stessa famiglia cercherebbe di fargli del male".

"Abbiamo visto entrambi la reazione di Graham e della signora Barton", ribatté Wynne. "Ma dobbiamo parlare con Abram. Ha detto a Cuffe che era tutto uno 'scherzo', ma è una sciocchezza. Forse nutre del rancore e ha visto in questa vicenda un'opportunità per vendicarsi".

"*È stato* assunto più o meno nello stesso periodo in cui è arrivato Barton", disse Dermot pensieroso.

"Lo sapremo quando avremo messo le mani su quella canaglia".

Tuttavia, Wynne non riusciva a togliersi dalla testa la reazione dei Barton nei confronti di Jo. Qual era esattamente *il* suo legame con la famiglia? Si preoccupava che anche lei potesse essere in pericolo.

"Non dimenticare che non sappiamo nulla degli anni di Charles Barton come armatore", gli ricordò Dermot. "Non sappiamo nemmeno cosa abbia causato l'esplosione che alla fine lo ha portato qui".

Wynne conosceva bene il duro mondo del mare e il lato oscuro di alcuni che si guadagnavano da vivere navigando. Contrabbandieri che avrebbero tagliato la gola a un uomo per una quota extra. Schiavisti che continuavano vilmente a trasportare carichi umani nonostante le leggi lo vietassero. Aveva combattuto contro di loro e gli aveva dato la caccia dal Mediterraneo alle coste dell'Africa fino alle Indie Occidentali. Per gli armatori esisteva una linea di confine. Da un lato, la vita onesta. Dall'altra, la violenza, il doppio gioco e la possibilità di ottenere maggiori ricchezze. Se Barton aveva scelto di fare i suoi affari tra questi ultimi, i suoi nemici difficilmente avrebbero voluto vederlo picchiato a morte nel reparto di un manicomio.

Quando raggiunsero le cucine, trovarono solo due giovani che stavano lavando i piatti. Il resto del personale si era ritirato per la notte.

"Immagino che Abram sia già a metà strada per Inverness", si lamentò Dermot. "Ma come possiamo tenere Charles Barton al sicuro se non sappiamo da dove viene il pericolo?".

"Ora dovrei scappare", mormorò Cuffe, guardando fuori dalla finestra la luna crescente e le macchie di foresta sulle montagne a ovest.

Quel posto non era casa. Voltò le spalle alla finestra e guardò la porta aperta. Poteva sparire e nessuno avrebbe sentito la sua mancanza.

Invece, si sedette con forza sul pavimento e scivolò contro il muro, infilandosi tra due sedie.

Della candela che aveva acceso sulla scrivania del capitano era rimasto solo un centimetro o poco più. La cera che colava sul lato gli ricordava le lacrime sulle guance rugose di sua nonna quando lo aveva spinto verso l'avvocato che era venuto a portarlo li. Aveva detto di non avere scelta. Era avanti con gli anni. Sarebbe morta presto. Doveva andare da suo padre.

Morire. Cuffe si era guardato bene dal trattenere le lacrime ostinate che continuavano a uscire. Arrivavano ogni volta che pensava a lei. Quante notti era rimasto a letto a preoccuparsi di chi si sarebbe occupato di sua nonna ora che lui non c'era più? Portarle l'acqua al mattino, spostare le pesanti pentole appese al fuoco, andare a prendere la legna, riparare il tetto quando perdeva durante le forti piogge di maggio.

Si prendeva cura di *lei* come lei si prendeva cura di lui. E il loro cottage di due stanze nel villaggio di Cockpit, sopra Falmouth, era casa. Non questo posto con le sue case di pietra, le sue guardie e i suoi pazzi che vagavano per i giardini e vivevano proprio sotto di lui. Questa non era casa.

Dodici sterline. Una maledetta fortuna. Durante la traversata dalla Giamaica, aveva sentito gli uomini che lavoravano sulla nave dire che era la cifra necessaria per pagare il passaggio in cabina di pilotaggio. Doveva trovare quella cifra o cercare di farsi assumere come membro delll'equipaggio. Anche se fosse riuscito a trovare una nave diretta alle Indie Occidentali, l'assunzione era rischiosa. Aveva sentito molte storie di giamaicani liberi che venivano rapiti e venduti come schiavi a qualche commerciante di passaggio. Cosa avrebbe impedito al comandante di una nave bianca di venderlo su qualche isola dello zucchero lungo la rotta?

No, sarebbe stato più sicuro pagare il suo passaggio. Ma dodici sterline! Avrebbe dovuto lavorare per anni per mettere da parte tutti quei soldi. E Nanny gli avrebbe fatto la pelle se li avesse rubati o se avesse fatto del male a qualcuno per ottenerli.

Cuffe si asciugò il viso con una manica e si fissò le mani. Ma era esattamente quello che aveva fatto quella sera. Si era lasciato ingannare e un uomo era stato ferito per questo.

Il capitano non gli avrebbe creduto se avesse detto di non saperlo.

Abram sapeva che stava cercando di fare soldi. Il bastardo era presente quando aveva fatto un accordo con i ragazzi della fattoria. Era stato lui a separarli quando stavano litigando. Si era finto amico di Cuffe. Aveva anche detto a Cuffe che lo avrebbe aiutato a lasciare l'Abbazia.

Bugiardo. Imbroglione. Malvagio, disse.

Quella stanza, il reparto. Non ci era mai entrato fino a quella sera. Era come l'aveva descritta Abram. Gli uomini che il dottore teneva lì sembravano abbastanza normali quando Cuffe li vedeva fuori. Alcuni parlavano a voce un po' alta o dicevano cose strane. Alcuni non parlavano affatto. Uno se ne stava seduto a fissare i cespugli del giardino. Ma nessuno di loro aveva mai fatto del male a qualcuno, a quanto aveva visto. E quando si era infilato nel reparto quella notte, stavano tutti dormendo.

Si portò le ginocchia al petto e vi posò la testa. Li non c'era nessuno a cui importasse. Non piaceva a nessuno. All'Abbazia non era niente per loro, ma in Giamaica una vecchia signora lo amava. Per Nanny, Cuffe era il sole che riscaldava le sue vecchie ossa di giorno e la luce della luna che le indicava la strada quando i suoi occhi deboli faticavano a vedere.

L'uomo cresce; aspetta l'uomo, diceva sempre. Un ragazzo alla fine crescerà e diventerà un uomo.

Cuffe non aveva mai conosciuto sua madre. La nonna era tutto per lui. Per gli altri aveva solo dieci anni, ma per Nanny era il suo piccolo uomo. E doveva tornare da lei.

Per quanto si sforzasse di chiudere gli occhi, le lacrime si infiltravano. Gli mancava lei. Gli mancavano le sue canzoni. Le sue storie. Gli mancavano i suoi rimproveri. Cuffe sentì un pugno stringersi intorno al cuore quando ricordò il modo in cui lei lo adorava quando si comportava bene.

Si stava facendo tardi. I rumori dal piano di sotto si attenuarono fino a quando la casa tornò ad essere silenziosa. Le sue lacrime finalmente cessarono e rimase seduto a respirare gli odori della campagna e ad ascoltare una famiglia di volpi che guaiva in lontananza, mentre la luna attraversava l'angolo della finestra. Infine, sentì il capitano che saliva le scale.

Si alzò rapidamente. Aveva sbagliato e si aspettava di essere punito. Il capitano non lo aveva mai toccato, ma Cuffe quasi desiderava che lo facesse. Non poteva sopportare di passare un'altra ora in più a fare conti nell'ufficio polveroso del signor Cameron.

Il capitano si fermò sulla soglia della porta e Cuffe tenne gli occhi sul pavimento scuro che li separava.

Doveva parlargli, anche se sapeva che questo avrebbe significato mandare in fumo il suo ultimo piano per tornare dalla nonna.Da settimane Cuffe non gli rivolgeva una parola. Da quando era arrivato all'Abbazia, lo aveva deliberatamente trattato come se non contasse nulla. Se l'uomo avesse iniziato a odiarlo, se si fosse stancato dei suoi modi scontrosi, pensò che forse gli avrebbe pagato il passaggio per tornare a casa.

Questa mattina al villaggio, Cuffe pensava di aver vinto. Il capitano non era mai stato così arrabbiato come dopo averlo trascinato fuori dalla traiettoria dei cavalli della carrozza.

Ma non poteva più giocare a quel gioco. L'ospite, Lady Josephine, gli aveva ordinato di parlare con il capitano. Con il suo tono duro e i suoi modi gentili, gli ricordava la nonna. *La responsabilità è tua*, gli disse.

Il silenzio del capitano lo rendeva nervoso. Era come la sensazione dell' aria densa prima che scoppiasse un temporale estivo. Se fosse tornato bambino, sarebbe corso a nascondersi prima che iniziassero i fulmini.

Le monete che aveva avuto da Abram brillavano debolmente sulla scrivania, accanto alla candela che si stava spegnendo.

"È tutto lì". Fece uscire il fiato fuori dai polmoni e le parole presero forma. Indicò le monete. "I soldi che Abram mi ha pagato. E non pensavo che qualcuno si sarebbe fatto male. Mi ha detto che era uno scherzo per vendicarsi di Robbie per uno stupido scherzo di stamattina in cucina".

Il silenzio continuava ad essere pesante tra loro e Cuffe aveva troppa paura di alzare lo sguardo. Non sapeva se il capitano gli avesse creduto o meno. Premette le mani contro le cosce per non farle tremare. Non voleva piangere. Non voleva implorare di essere perdonato.

"So di aver sbagliato. La nonna dice sempre che se segui uno sciocco, sei tu il più sciocco", disse, costringendosi a guardare l'uomo alla porta. Il suo volto era nell'ombra. "Sono stato uno sciocco a credere ad Abram. Mi merito qualsiasi punizione vogliate".

Se il capitano lo avesse colpito con una verga, non sarebbe stato così doloroso come quella attesa, ma Cuffe non aveva altra scelta se non quella di resistere finché il silenzio non avesse fatto il suo corso.

"Torna nella tua stanza. Domani ti parlerò della punizione".

Cuffe fu sorpreso dalla nota di stanchezza nella voce del capitano, ma fu sollevato per essere stato congedato. Alla porta, mentre cercava di superare in fretta l'uomo, una grande mano si posò sulla sua spalla. Per un attimo pensò: "È finita". Il pestaggio. Alzò lo sguardo e si fece forza.

"Ho bisogno di una promessa", disse il capitano. "Voglio la tua parola che resterai nella tua stanza finché non ti manderò a chiamare".

Parola mia, pensò Cuffe. Confidava nel suo onore nonostante quello che aveva fatto.

"Rimarrò lì, Capitano", disse, deciso a farlo.

Capitolo Dieci

LE ORE inquiete della notte strisciarono lentamente su un terreno accidentato verso l'alba e quando i primi raggi del sole attraversarono i campi arati, Jo era già vestita. Doveva uscire e camminare.

Mentre si affrettava a passare davanti alle stanze di Wynne e Cuffe, le discussioni interiori che l'avevano fatta camminare per gran parte della notte si accesero di nuovo in lei.

Aveva mentito al padre, ma poco dopo aveva convinto il figlio a rivelare la verità. Ciò che la preoccupava era la percezione che Wynne avrebbe avuto della sua interferenza. Era disposta a sostenere la sua causa se lui gliene avesse dato la possibilità. Ma a parte questo, era preoccupata per Cuffe e si chiedeva cosa fosse successo tra i due. Per ore aveva cercato di convincersi che tutto questo non aveva importanza, che era lì solo per saperne di più sul signor Barton e sui suoi ritratti. Non era rimasta per Wynne o per suo figlio.

Abbottonandosi la giacca spencer e avvolgendosi lo scialle sulle spalle, scese le scale pensando all'attacco di ieri sera. Charles Barton aveva un nemico. Aveva sentito Cuffe fare il nome di Abram. Ora si chiedeva se quell'uomo avesse agito per motivi suoi o se fosse solo una pedina mossa da altri.

Due assistenti seduti accanto alla porta del reparto sembravano mezzi addormentati, ma si alzarono e si inchinarono al suo passaggio. Jo capì che era inutile chiedere di vedere Barton. Dopo la notte scorsa, una visita al reparto avrebbe richiesto l'approvazione del medico.

Uscendo dai giardini, Jo seguì un sentiero verso il sole nascente. Le scuderie e la rimessa per le carrozze si trovavano oltre i boschetti di castagni alti e, passando accanto ai cottage dei braccianti, il fumo dei camini si alzava sopra i tetti di paglia. Scambiò un saluto con una donna che portava un secchio di latte e che si fermò a guardarla passare. Al di là dei campi aperti, gruppi di lavoratori arrancavano verso la loro giornata di lavoro.

Pochi minuti dopo, Jo si fermò in cima a un piccolo promontorio e guardò a sud attraverso il paesaggio ondulato verso il fiume Don. La nebbia saliva dai pascoli più bassi e lungo due ruscelli che serpeggiavano nella campagna verso il fiume. Anche se non riusciva a vedere il villaggio, vide numerosi cottage e capannoni, oltre ai campi utilizzati come campi da golf dal signorotto e da suo fratello, il vicario.

Qualcosa in questo luogo la toccava con una sensazione di familiarità, anche se sapeva di non esserci mai stata prima. Le Highlands erano così diverse dai Borders, dove si trovava Baronsford, e totalmente diverse dall'Hertfordshire, dove aveva trascorso gran parte della sua infanzia. Ma l'aria frizzante, l'odore delle ginestre, il modo in cui la luce si disperdeva nella nebbia la colpirono.

Volgendo i passi verso le colline che si innalzavano a nord, si incamminò lungo un sentiero che seguiva uno dei ruscelli e si imbatté in una serie di stagni per pesci formati da piccole dighe. Mentre si trovava vicino a un gruppo di salici, la sua attenzione fu attirata da un'antica casa-torre immersa in una foresta di abeti rossi. Si chiese chi vivesse lì, così vicino all'antica Abbazia.

Le sue scarpe e le sue gonne erano bagnate e macchiate di fango, ma Jo procedette mentre le domande su sua madre cancellavano ogni altro pensiero. La sera prima aveva sfogliato di nuovo la cartella di schizzi che il dottor McKendry le aveva inviato. La sua madre naturale. Una donna che non aveva mai visto, ma che era morta mettendola al mondo. Nonostante tutto l'amore che aveva ricevuto nella sua vita dalla madre e dal padre adottivi, tenere quei disegni in mano le provocava ancora un profondo dolore al petto.

Con il passare della notte, Jo si era concentrata sui dettagli degli sfondi dei disegni. La forma particolare di una collina, un muro di pietra in rovina, un mulino. Ognuno di essi sembrava rappresentare un luogo particolare, forse un ricordo specifico nella mente di quell'uomo malato.

Si chiese come avrebbero reagito Graham e la signora Barton se avesse fatto visita al castello di Tilmory e se avrebbe trovato quei luoghi rappresentati nei disegni. Se la loro reazione nel vederla, il giorno prima, era stata indicativa, allora non sarebbe stata ricevuta affatto.

Uno stormo di oche si alzò improvvisamente in volo in un prato al di là del ruscello, con il ventre candido in netto contrasto con le piume marroni del dorso. La causa del loro volo divenne subito evidente e Jo desiderò immediatamente di poter fuggire anche lei quando riconobbe l'uomo che le stava andando incontro.

Wynne la vide, si fermò e salutò. Lei lo guardò mentre camminava, con il lungo cappotto aperto. Era senza cappello e i calzoni di pelle di daino color bufalo abbracciavano le cosce muscolose sopra gli stivali alti. Tutti i pensieri di fuga svanirono. Per un momento prolungato, il tempo volò all'indietro. La pelle di Jo formicolava e lei combatteva l'impulso di sollevare l'orlo della gonna e correre verso di lui.

Invece, Jo si strinse lo scialle intorno a sé e si fermò ad aspettare che lui si avvicinasse.

"Siete un tipo mattiniero", disse dopo che si erano scambiati i saluti.

Non tanto quanto lui, pensò lei, notando l'accenno di stanchezza nei suoi occhi. I suoi capelli portavano le tracce delle dita che li avevano percorsi. Nonostante l'evidente stanchezza, pensò che fosse magnifico.

"Troppi giorni intrappolata in quella carrozza. Dovevo cogliere l'opportunità che mi offriva questa splendida campagna", spiegò lei, guardando nella direzione da cui era arrivato lui. "Ho pensato di camminare da quella parte, se pensate che alle persone che vivono in quella casa non dispiaccia che io abbia sconfinato nella loro terra".

Wynne si voltò verso la casa-torre. "Verrò con voi e mi assicurerò che non lo facciano".

L'intenzione di Jo era quella di andare nella direzione opposta a quella in cui stava viaggiando. Non c'era modo di evitarlo. Wynne non le diede la possibilità di opporsi.

Indipendentemente dalla ragione, il cuore dirigeva le sue azioni. Camminarono per un po' in silenzio e i suoi ricordi sul loro passato continuarono ad affiorare. Il modo in cui lui camminava con una mano infilata dietro la schiena, i suoi passi che si adeguavano alla lunghezza dei suoi, la sua distanza cortese ma abbastanza vicina da farle sentire di tanto in tanto lo sfioramento del suo cappotto. Riempì i polmoni con l'aria dell'alba e si costrinse a pensare al presente piuttosto che al passato.

"Devo scusarmi per ieri sera", disse infine. "Avrei dovuto dirvi subito che avevo visto vostro figlio nella tromba delle scale". Di tutto ciò che le passava per la testa, quello era il pensiero meno preoccupante.

"Non avete bisogno di scusarvi, soprattutto con me", rispose Wynne. "Sono io che dovrei esprimere il mio rimorso per ogni torto che vi ho fatto".

"Vi prego, *non fatelo*", interruppe lei, non volendo rivangare i vecchi ricordi.

L'espressione sofferente rivelava il suo disappunto per essere stato interrotto. Jo sapeva cosa stava facendo. Lo stava privando della possibilità di confessare, di essere assolto dal passato. Ma lei non era pronta. Non poteva lavare via le conseguenze delle sue azioni con poche parole di scuse. E sapeva di non potersi fidare di sé stessa. Avrebbe potuto facilmente crollare davanti ai suoi occhi.

"Ho una proposta", disse. "Vorrei far finta che siamo due persone la cui storia è iniziata ieri. Potremmo farlo, secondo voi? Ricominciare come estranei? O forse come conoscenti amichevoli?".

"Se lo desiderate, Jo".

Jo. Sentire il suo nome sulle sue labbra era in contraddizione rispetto a ciò che lei aveva chiesto. La stava sfidando. La stava sfidando a ricordare.

Mentre camminavano, lei si concentrò sul sentiero, ma il peso dello sguardo di lui rimase sul suo viso. Non voleva rivedere il giorno in cui lui aveva rotto il fidanzamento. Quel giorno, il suo duello con Hugh la mattina seguente e tutti i giorni successivi erano stati troppo dolorosi. Non voleva tornare a quel periodo in cui era diventata il guscio di una persona con un cuore appassito e morente. Faceva troppo male ricordare.

Lei seppellì forzatamente il dolore ancora una volta sotto il sedimento degli anni e gli rivolse uno sguardo. "Ditemi. Sei riuscito a trovare l'uomo che ha istigato l'attacco?".

"No. Abbiamo perlustrato il terreno dell'Abbazia ieri sera. Abram stava lavorando nelle cucine, ma è sicuramente fuggito".

"Avete idea del perché abbia fatto una cosa del genere?". Jo si sentiva molto più a suo agio quando non c'era nulla di personale nella conversazione.

"È difficile da dire", rispose scuotendo la testa. "Charles Barton era un armatore, oltre che un proprietario terriero locale. Come avete sentito dire da sua madre, questa parte della sua vita è stata un mistero per lei. È possibile che abbia un gran numero di nemici. Uno di loro potrebbe essere dietro l'attacco di ieri sera".

Jo si chiese quanto tempo Barton fosse stato lontano dal Castello di Tilmory. Se in quel periodo aveva incontrato la donna dei suoi disegni, forse non avrebbe mai saputo più di quanto sapesse ora. A meno che lui non migliorasse.

Il sentiero li portò a un tronco che attraversava il ruscello. Lui si arrampicò davanti e allungò la mano per aiutarla.

"Voglio ringraziarvi per la chiacchierata che hai fatto con Cuffe ieri sera. Siete stata molto persuasiva. Lui ti ha agito".

Infilò le dita nella sua mano calda e salì sul tronco. La sensazione della loro pelle che si fondeva, la forza del suo tocco... era tutto così familiare, come se non l'avesse mai perso. Tra loro esisteva una storia che si rifiutava di rimanere sepolta.

"Vostro figlio sapeva di aver sbagliato prima di vedermi. Il suo rimorso e le scuse che ha presentato in seguito sono state solo sue. Io sono stata solo la scintilla".

"Mi ha parlato. È stata la prima volta".

Quando raggiunsero l'altro lato, lui scese, la afferrò per la vita e la posò delicatamente sul terreno solido. Ci volle un attimo perché il battito del suo cuore rallentasse abbastanza da permetterle di parlare.

"Come sarebbe a dire 'prima volta'?".

"Voglio dire, ieri sera è stata la prima volta che mi ha parlato da quando era un bambino molto piccolo".

Jo lo fissò in volto. "Ma ho saputo dalla signora McKendry che vostra moglie è morta durante il parto. Voi e Cuffe non vi siete visti mentre lui cresceva?".

"I miei ordini mi hanno tenuto occupato in mare per anni", ribatté, con un tono che indicava la sua irritazione nel dover dare spiegazioni. "Tra i combattimenti con i francesi e gli americani, fermarsi a Falmouth era molto difficile. Naturalmente, lo vidi una manciata di volte il primo anno. Ma poi sua nonna lo portò a vivere sulle colline. Non c'è bisogno che vi parli dei miei genitori. Non potevo certo affidare un figlio mulatto alle loro cure. Stava meglio in Giamaica".

I suoi genitori. Il passato che voleva dimenticare. Il baronetto e sua moglie. Persone intimidatorie che erano riuscite a far sentire Jo piccola e carente fin dal primo momento in cui li aveva incontrati. Non poteva biasimare Wynne per non aver portato suo figlio da loro. Freddi e distaccati, non avrebbero mai potuto fare un lavoro adeguato nel crescere Cuffe. Jo non sapeva nulla della moglie di Wynne, ma in quel momento provava una calda empatia per quella donna.

"Ho provveduto a lui. Ho esortato la nonna di Cuffe a portarlo a Falmouth o a Montego Bay. Avrebbe potuto vivere abbastanza comodamente se avesse scelto di farlo. Ma la sua decisione fu quella di rimanere in un villaggio sulle colline tra i Maroon. È lì che il ragazzo è cresciuto".

Grazie all'impegno della sua famiglia adottiva per abolire i mali della schiavitù, Jo conosceva bene i Maroons. Erano i combattenti incontrastati che guerreggiavano dall'interno montuoso e boscoso della Giamaica. Una minaccia costante agli sforzi del governo per favorire gli interessi dei proprietari delle piantagioni, per un secolo avevano scatenato conflitti periodici, aggirando i militari e seminando il terrore tra gli schiavisti. Senza mai perdere un colpo o un'occasione per ispirare la ribellione nei campi di zucchero, le comunità maroon di uomini e donne liberi accolsero gli schiavi fuggiti disposti a combattere per la loro indipendenza. Nemmeno un esercito in Europa era abbastanza forte da fermare quei guerrieri. I Maroon continuarono a ostacolare gli amministratori dell'isola e a costringerli a negoziare per la pace, assicurando accordi che i governatori successivi avrebbero ignorato a loro rischio e pericolo.

"Il suo nome... Cuffe. Cosa significa?" chiese.

Un sorriso si affacciò sul suo volto. "Temperamento focoso. Il suo nome completo è Andrew Cuffe Melfort. Ma non risponde a nient'altro che a Cuffe".

"Un nome che si addice a un guerriero". Lei ricambiò il suo sorriso.

Si stavano avvicinando alla casa-torre e Jo pensò alla defunta moglie di Wynne. Senza dubbio era una guerriera. Quanto doveva essere diversa da una timida e coccolata figlia adottiva di aristocratici inglesi.

Il ruscello che stavano seguendo si riversava su ciò che restava di un'ampia ma antica diga e l'ampio stagno si estendeva oltre una stalla in rovina.

Jo era cambiata in molti modi dai tempi in cui Wynne la corteggiava, ma non era ancora una combattente o una guerriera.

Quando salirono su un'altura e costeggiarono il bordo di un frutteto incolto, lei esitò ad andare oltre. Ma Wynne non mostrava alcun segno di voler evitare la casa.

"Non introduciamoci", disse infine. "Forse sarebbe meglio se tornassimo indietroi".

"So che a loro non dispiace", disse, facendole cenno di continuare. "Vorrei un consiglio sulla punizione da dare a Cuffe per quello che ha fatto ieri sera".

Jo fu commossa dal fatto che le avesse chiesto un parere su una questione così delicata e personale. "*Si sono* approfittati di lui".

"Se permettete, non cercare di scusarlo". Raccolse un ramo caduto e si acciglio. "Non ho intenzione di picchiarlo. Non credo che serva a nulla, se non a guadagnarsi l'attenzione di una canaglia. Cuffe non è una canaglia e noi abbiamo già la sua attenzione".

Era lo stesso uomo compassionevole che conosceva un tempo. Ricordava le conversazioni che facevano sul fatto che un giorno avrebbero avuto un figlio. E di come lui dichiarasse che sarebbe stato tutto ciò che il suo stesso padre non era riuscito a essere. Empatico. Giusto.

"Voglio che impari una lezione da questa esperienza. Ma ore in più di aritmetica o di latino, o anche di pulizia di una stalla, gli insegnano ben poco".

"Cuffe vive sopra il reparto. Perché non coinvolgerlo in qualche modo nella cura dei pazienti?".

"Il dottor McKendry ha tentato di fare la stessa cosa, senza successo. Voleva solo che il ragazzo lo accompagnasse durante i suoi giri in ospedale, per conoscere i pazienti". Gettò via il bastone. "Cuffe non mostra alcun interesse. E non credo che costringerlo a farlo migliorerebbe il suo rapporto con loro".

Il suo pensiero andò alla sua infanzia e a Melbury Hall, la casa della sua famiglia nell'Hertfordshire. Da prima che lei nascesse, quel luogo era stato un rifugio per uomini e donne liberati dalle isole dello zucchero. Ohenewaa. Il volto rugoso e serio dell'anziana donna le si affacciò alla mente. Amata e rispettata da tutti. Come guaritrice, aveva aiutato il conte a riprendersi dalle ferite che lo avevano quasi ucciso e come insegnante aveva forgiato il carattere di tutti i figli dei Pennington.

"Da quando è arrivato all'Abbazia, come se la cava con i suoi tutor?", chiese titubante, cercando di capire se Wynne si sarebbe offeso per quello che stava per chiedere. Lui glielo aveva chiesto e lei era disposta ad aiutarlo, ma non sapeva se lui avrebbe ascoltato i suoi suggerimenti.

"Secondo il signor Cameron, mio figlio non ha una grande passione per l'apprendimento dai libri".

"Cosa gli viene insegnato?"

Wynne spiegò l'agenda fitta di impegni che riempiva la giornata del ragazzo.

"Gli state dando un'educazione da gentiluomo inglese".

"È mio figlio. Sta imparando le cose che si addicono alla sua posizione".

"Vi prego di non fraintendermi", disse lei, sentendo la nota di diffidenza insinuarsi nel suo tono. "Mi congratulo con voi per quello che state facendo. Lo state preparando a essere un gentiluomo nel vostro mondo".

"Esattamente". Wynne si fermò e la affrontò.

"Ma Cuffe è più di un gentiluomo inglese, non è vero?" suggerì lei.

"Quale riconoscimento viene fatto di sua madre e del mondo che si è lasciato alle spalle solo di recente?".

I suoi occhi blu penetranti incontrarono i suoi e lei si sentì come se stesse cercando di entrare nei suoi pensieri e leggere la sua mente.

"Capisco cosa intendete", rispose Wynne. "Ha rifiutato il nome Andrew".

"E sembra che stia rifiutando l'educazione che gli state fornendo, per quanto preziosa si rivelerà nel suo futuro".

"Voglio che sopravviva. Qui. In Scozia e in Inghilterra. Non c'è vita per lui nel posto da cui è venuto", argomentò. "Come posso farglielo capire?"

"Parlate con lui", disse dolcemente. "Negoziate, se necessario".

"Non sono disposto a rinunciare a dargli ciò di cui ha bisogno".

"Chiamandolo Cuffe gli dimostrate che rispettate la sua origine giamaicana. Forse potete farlo anche con il suo programma di studi".

Si trovavano a meno di un tiro di freccia dalla casa-torre e Jo osservò la massiccia struttura in pietra. Sul lato est della casa si stava costruendo una parte nuova, anche se l'edificio non era andato oltre le fondamenta. Non c'erano segni di vita da nessuna parte.

"Cosa suggerite? Ho letto *Crusoe* di Defoe e non credo che l'uomo abbia mai visto la Giamaica o un'isola a ovest di Guernsey".

Jo pensò a Phoebe e ai libri delle biblioteche Pennington a Melbury Hall, Londra e Baronsford. "Potreste fargli leggere della letteratura scritta da africani o da persone di origine africana. L'autobiografia di Olaudah Equiano. O l'opera di Phillis Wheatley, se non avete obiezioni nei confronti di un poeta americano. Ce ne sono altri. Sarei felice di compilare un elenco per voi. Così facendo, gli dimostrerete che non avete intenzione di privarlo dell'identità a cui è più legato".

"Il ragazzo ha solo dieci anni. Non voglio annoiarlo a morte".

"Quello che potrebbe provare ora è peggio della noia".

"Sono d'accordo. Ma sono in difficoltà".

"È il gesto che è importante. *Il vostro* gesto", disse. "E potrebbe sorprendervi per quanto sia evoluto nella comprensione e nella maturità".

Jo capiva la sua frustrazione. Era disposto a cambiare. Il suo impegno nei confronti del figlio era ammirevole.

"Prenderò accordi e comprerò tutto quello che mi suggerite. Ma abbiamo iniziato parlando di coinvolgerlo con i pazienti".

"Chiedete a Cuffe di leggere per loro", suggerì. "Decidete un orario al giorno in cui possa andare in reparto a leggere ad alta voce".

"E cosa potrebbe leggere per tenerli impegnati?".

"L'importante è che Cuffe si impegni".

Jo si ricordò del regalo che stava portando a Ella, la nipote di Gregory e Freya a Torrishbrae. Un volume di racconti africani di Ohenewaa che sua sorella Phoebe aveva raccolto nel corso degli anni e scritto per la prossima generazione di bambini Pennington.

"Posso prestarvi un'edizione manoscritta di favole da fargli leggere mentre sono qui. Purtroppo devo portare il volume con me quando partirò per Sutherland. Sono le storie di Ohenewaa dell'Africa occidentale".

Wynne non l'aveva mai incontrata, ma Jo aveva parlato molte volte di quella saggia donna durante i loro periodi insieme. I suoi occhi azzurri si posarono sul suo viso e lei capì che si ricordava.

La sua presa su di lei era tornata. L'attrazione, i ricordi. Erano troppo vicini, la brezza faceva danzare il cappotto di lui con il vestito di lei. Lui sfiorò il dorso della mano di lei in quello che poteva essere un gesto silenzioso di gratitudine per l'offerta. Il calore la invase. Il suo cuore batteva forte, la sua mente si perdeva nel passato e ricordava quante volte lui le portava le dita alle labbra, le girava la mano e le baciava il palmo. Le farfalle le ballarono nello stomaco al solo pensiero.

Si voltò verso la casa, sperando di rompere l'incantesimo.

"C'è qualcuno che vive qui?" Chiese Jo, emettendo un respiro instabile. Concentrò la sua attenzione sulla muratura grigia e marrone e sulle finestre senza vetri. Il tetto in ardesia sembrava intatto e le fondamenta dell'aggiunta avrebbero raddoppiato le dimensioni della casa.

"Al momento nessuno".

"Sembra molto più recente dell'Abbazia".

"È più antica, in realtà", rispose, volgendo lo sguardo verso la struttura. "Knockburn Hall era la residenza di caccia di uno degli antichi re Stewart. Egli cedette il terreno ad alcuni monaci ma tenne per sé l'uso della casa-torre. È rimasta qui per anni, ma è stata acquistata di

recente. Il proprietario intende trasferirsi qui quando la nuova costruzione sarà completata".

Wynne offrì a Jo il suo braccio e lei lo prese.

Si avvicinarono e Jo osservò le belle torrette e il fatto che la casa
fosse esposta a sud. "È così protetta dai venti con la foresta e le colline
alle spalle e i prati aperti davanti".

"Credo che la nuova costruzione avrà molte finestre e un giardino
terrazzato che si estenderà in questa direzione per sfruttare la vista".

"Sapete molte cose sui progetti", osservò sospettosa.

"Dovrei. Knockburn Hall è la mia casa. O lo sarà quando sarà
finita".

Non avrebbe dovuto sorprendersi. Il quartiere dell'Abbazia era una
roccaforte dei McKendry. Wynne non avrebbe voluto crescere suo
figlio nella casa di altri.

"Vi piacerebbe vedere l'interno?".

Si misero spalla a spalla. La mano libera di lui premette le dita di lei
sul suo braccio. Un'ondata di desiderio si levò nel suo corpo.

Immaginava loro due soli in casa. I pavimenti in quercia antica. Il
sole del mattino che entrava dalle finestre. C'era stato un tempo in cui
aveva sognato un momento come questo, un momento per loro due.
Da soli. Ma quel tempo era ormai passato. Era troppo tardi.

Si staccò da lui, stringendo lo scialle intorno a sé. "No, dovrei
tornare indietro. Avevo intenzione di fare colazione con il dottor
McKendry. Voglio convincerlo a lasciarmi passare la giornata in
reparto".

Lui si inchinò e lei si allontanò in fretta, tornando sui suoi passi
fino al sentiero. Il dolore al cuore la accompagnava a ogni passo. Se
solo avesse potuto tornare indietro, entrare in casa e fingere che si
fossero appena conosciuti.

Solo quando raggiunse il ruscello si guardò alle spalle.

Wynne era ancora in piedi dove l'aveva lasciato, e la guardava allontanarsi.

Capitolo Undici

"Io? Leggere ad alta voce in reparto?". Il volto di Cuffe registrò un curioso mix di orrore e incredulità all'annuncio di Wynne.

"Ho detto che ti avrei informato della tua punizione quando sarebbe stato il momento giusto", disse al figlio. "Per un'ora ogni pomeriggio, a partire da oggi, leggerai ai pazienti quel libro".

Aveva visto Cuffe su una roccia piatta nell'area erbosa fuori dal canile, Wynne aspettò mentre il figlio rifletteva sulla pena. Il ragazzo stava leggendo con un cucciolo appena svezzato addormentato sulle ginocchia.

"Forse sarebbe meglio iniziare domani, Capitano. Sono certo di aver sentito il vicario dire qualcosa sul lavoro durante il sabato".

"Stava parlando in modo teorico".

"Ha parlato di porte splalancate e di un pozzo di fuoco".

"Sono disposto a rischiare. Sali, ragazzo. Il tempo e la marea non aspettano nessuno".

Negli ultimi due giorni era caduta una pioggia costante, ma a metà mattina era spuntato il sole. In quel periodo Wynne era rimasto tranquillamente colpito dall'influenza della presenza di Jo sulla vita dell'Abbazia. E questo includeva il suo suggerimento su come agevolare Cuffe nella sua nuova responsabilità.

Quando tornò all'Abbazia dopo la passeggiata a Knockburn Hall, lei lo stava aspettando con il libro di favole africane. Quando l'aveva dato a Cuffe e gli aveva spiegato di cosa si trattava, il ragazzo si era subito interessato. Il giorno prim Wynne aveva parlato del volume a Cameron e il contabile disse che il bambino passava ogni momento libero a leggerlo e che Jo si era fermata a parlare delle storie e a raccontargli come erano nate nel libro. Vedendo che a Cuffe la raccolta piaceva molto,, Wynne intendeva parlarle della possibilità di farne realizzare una copia.

Cuffe chiuse il libro e lo abbracciò al petto. "A cosa servirebbe? Non capiranno cosa sto leggendo".

"Come fai a saperlo?"

L'alzata di spalle era familiare, ma Cuffe si alzò in piedi e riportò il cucciolo che si contorceva all'interno del canile. Un attimo dopo stavano camminando fianco a fianco verso la dependance dell'Abbazia.

Jo aveva anche offerto a McKendry, il suo cagnolino adorante, delle idee sul reparto. Non poteva passare accanto a Dermot senza sentirlo cantare le sue lodi. Mentre si avvicinavano alla porta della dependance, Wynne si rese conto che si sarebbe unito a lui se non fosse stato così infastidito dal corteggiamento del dottore nei suoi confronti.

Dalla mattina della passeggiata di Wynne con Jo, il furfante l'aveva portata in giro come una mucca da premio. Ovunque andasse, quel segaossa era lì accanto a lei. Quando voleva incontrare il vicario del villaggio per chiedergli cosa potesse sapere della famiglia Barton e della sua storia, Dermot si era presentato e si era offerto volontario come un marinaio pivello al suo primo viaggio in mare. Quando lei volle portare Charles fuori, per un'ora al sole di metà mattina, il dottore cambiò il suo programma per sedersi accanto a lei. A cena, si assicurava che lei fosse seduta alla sua estremità del tavolo. Qualunque regola esistesse ancora in materia di corteggiamento, lo scellerato libertino la stava ignorando.

Tutto questo non avrebbe dovuto significare nulla per lui, ma Wynne era comunque molto irritato.

Quando lui e Cuffe entrarono nel reparto, si fermarono davanti alla porta. Il livello di rumore era alto, perché tutti i pazienti erano ancora dentro. Alcuni si aggiravano senza meta, mentre altri erano in piedi davanti alle finestre. Alcuni erano seduti ai tavoli, ma non c'erano carte o scatole di dadi, essendo domenica.

L'attenzione di Wynne fu attirata da Charles Barton, che era seduto accanto a Jo mentre lei leggeva per lui.

Il mento delicato di Jo si sollevava dopo ogni passaggio e guardava il paziente come per rassicurarlo della sua presenza. Il suo mondo era incentrato esclusivamente su quell'uomo fortunato.

Wynne ricordò quello che gli aveva detto la mattina della loro passeggiata. *Ricominciare come estranei*. Fingere di essersi appena conosciuti. Nessun passato.

Accettare i suoi desideri significava che Wynne non avrebbe avuto la possibilità di pronunciare le parole che lo avrebbero liberato dal fardello che si portava dietro. Inoltre, accettare significava che non avrebbe avuto più potere su di lei di Dermot.

Si chiese se lei sapesse quanto lo tormentava chiedendogli una cosa del genere.

In quel momento la sua testa si girò nella loro direzione e sorrise. Wynne non fu l'unica ad essere raggiunto dal suo saluto. Cuffe tenne il libro in mano per farglielo vedere.

Anche Dermot si accorse del loro arrivo, abbandonò un addetto con cui stava parlando e attraversò la stanza per raggiungere Jo. Chiaramente non riusciva a digerire l'idea di un concorrente che si contendeva la sua attenzione. Wynne si rabbrividì interiormente quando lo sciacallo chinò la testa sulla sua in modo premuroso, sorridendo a qualsiasi cosa lei dicesse.

"Questa è una sciocchezza", si lamentò Cuffe. "A nessuno qui interessa ascoltare queste storie. Nessuno mi ascolta nemmeno".

Wynne indicò un lungo tavolo. L'unica persona che occupava una sedia era un paziente di nome McDonnell. Un fabbro di circa trent'anni, che aveva subito una ferita alla testa da un cavallo che stava ferrando. L'uomo assorbiva le indicazioni, ma non era in grado di mettere insieme le parole in una frase. L'incapacità di comunicare e la difficoltà di controllare gli arti lo frustravano molto e lo rendevano triste.

"Vieni con me. Il signor McDonnell apprezzerà le storie".

I piedi del ragazzo si trascinarono mentre Wynne gli faceva strada, ma lui lo seguì, onorando la promessa che aveva fatto.

Al tavolo Wynne parlò a McDonnell e presentò Cuffe, ma a parte un piccolo spasmo che gli fece saltare un muscolo della guancia, il paziente non diede alcuna risposta.

"Non salirò su un tavolo o su una sedia", sussurrò il bambino di dieci anni. "E non urlerò. Non mi interessa se mi sentono o meno".

"Finché io e McDonnell possiamo sentirti", gli disse, sistemando alcune sedie in modo che fossero rivolte verso il punto in cui aveva detto a Cuffe di stare in piedi. Lasciandolo fare, Wynne si sedette accanto al paziente.

"E tu terrai il tempo".

"Ti dirò quando la tua ora sarà finita", disse rassicurando suo figlio.

"E se sono nel bel mezzo di una storia?".

"La finirai".

Il ragazzo scosse la testa. "Ma alcuni racconti sono brevi. Non sarebbe giusto se...".

"Cuffe", lo avvertì, interrompendolo. "Inizia subito".

Un'espressione accigliata, qualche spostamento da un piede all'altro e poi aprì il libro, lo sfogliò, trovò una pagina di suo gradimento e iniziò.

Wynne era li per assistere il figlio durante il compito piuttosto che per ascoltare la storia, ma la postura di Cuffe cambiò non appena ebbe iniziato. Si animò, eccitato dal testo.

"Perché il Sole e la Luna vivono nel cielo", lesse. "Molti anni fa il Sole e l'Acqua erano grandi amici e vivevano insieme sulla Terra. Il Sole faceva visita all'Acqua, ma l'Acqua non ricambiava mai le sue visite".

Cuffe fece una pausa e alzò lo sguardo verso Wynne e il paziente, per vedere se aveva la loro attenzione.

"Alla fine il Sole chiese all'Acqua perché non veniva mai a trovarlo a casa sua. L'Acqua rispose che la casa del Sole non era abbastanza grande e che se fosse andata con la sua famiglia, avrebbero cacciato il Sole".

Cuffe non mostrò alcuna esitazione o difficoltà nella lettura. Con grande sorpresa di Wynne, era più che abile. Parlava con voce chiara e senza alcuna timidezza. La nonna del ragazzo aveva insegnato a Cuffe a leggere e scrivere in Giamaica, ma Wynne non aveva mai immaginato che sarebbe stato così bravo.

Catturato dallo sforzo, guardò e ascoltò la storia mentre suo figlio leggeva drammaticamente, parlando con varie voci per rappresentare i personaggi.

"Sì, entra pure, amico mio", disse Cuffe con voce acuta al Sole.

Wynne sentì quella che sembrava una risatina dell'uomo seduto accanto a lui e capì che McDonnell era impegnato ad ascoltare.

"Quando l'Acqua fu all'altezza della testa di un uomo, l'Acqua disse al Sole...". Cuffe fece una pausa mentre un altro paziente prendeva posto. "Vuoi che vengano altri membri della mia famiglia?".

McDonnell scosse la testa in risposta al Sole.

"Sì", rispose Cuffe con enfasi. "Perché il Sole non sapeva fare di meglio. Così l'acqua entrò, finché il Sole e la Luna, sua moglie, dovettero appollaiarsi in cima al tetto".

Altri pazienti si unirono a loro e Wynne vide che un altro si era allontanato dalla finestra e si trovava abbastanza vicino da poter sentire. Qualcuno fece un rumore dietro di lui e fu zittito quando Cuffe continuò.

"L'acqua traboccò ben presto dalla sommità del tetto e il Sole e la Luna furono costretti a salire in cielo, dove sono rimasti da allora".

Subito parole di elogio e "Udite, udite!" riecheggiarono dai pazienti riuniti. Cuffe alzò lo sguardo, con un sorriso all'angolo della bocca. Wynne fece un cenno di approvazione e vide il ragazzo rivolgersi a qualcuno in piedi dietro di lui. Alzò lo sguardo e vide Jo. Si alzò immediatamente in piedi.

"La lettura di Cuffe è stata meravigliosa", sussurrò. "Dovete essere orgoglioso".

"Grazie", disse, incontrando i suoi brillanti occhi marroni. "Vi sono grato per...".

"Sta ricominciando", interruppe lei. "Posso unirmi a voi?".

"Certo". Rimanevano solo due posti a tavola e, mentre le porgeva la sedia, vide Dermot avvicinarsi. Wynne guardò intorno a sé tutte le sedie occupate e inviò al dottore un finto sguardo di compassione prima di sedersi accanto a lei nell'ultima sedia.

May McGoldrick

"'Clever Jackal Gets Left Out'", disse Cuffe, annunciando il titolo della prossima storia.

Capitolo Dodici

QUANDO JO RICEVETTE l'invito del dottor McKendry a recarsi nelle Highlands, non avrebbe mai immaginato che il suo soggiorno nell'Abbazia sarebbe sfociato in un'amicizia con il dottore. Conversavano facilmente, condividendo opinioni e idee, ma la loro relazione finiva lì. Anche se lui fingeva di corteggiarla quando erano in presenza di altri, non c'era alcuna scintilla di attrazione. Erano amici e solo amici. Ma lei cominciava a pensare che gli altri non vedessero il loro rapporto sotto la stessa luce.

Seduta a cena martedì sera, Jo assistette alla discussione tra lo scudiero e la signora McKendry sulle virtù del matrimonio. Le loro opinioni furono appoggiate dal vicario, che continuò ad esaltare le belle qualità del dottore. Mentre parlavano, i tre lanciavano continuamente a Jo sguardi complici e carichi di significato. Chiaramente, l'unica cosa che rimaneva da concludere era la decisione della data e la lettura dei bandi.

Avrebbe voluto liquidare l'argomento come se fosse in linea con la natura scherzosa della famiglia, ma l'atteggiamento feroce di Wynne dall'altra parte del tavolo le disse che anche lui si era lasciato andare a questa idea sbagliata.

Non avrebbe dovuto avere importanza. Avrebbe potuto ignorarlo e lasciare che la conversazione seguisse il suo percorso delirante fino a quando non avesse fatto il suo corso e si fosse dissolta nel nulla. Tuttavia, il fatto che il suo nome venisse coinvolto o anche solo messo in giro in un pettegolezzo non le andava mai a genio. Jo aveva una grande stima per il dottore, ma voleva che si sapesse che non esisteva alcuna intesa tra loro due.

"Dottore", disse durante una momentanea pausa, "spero di rimanere qui abbastanza a lungo per conoscere questa eccezionale giovane donna di cui la sua famiglia è così entusiasta".

McKendry stava per parlare, ma lei lo interruppe.

"Posso solo immaginare le sue virtù". Si fermò solo un attimo, sentendo gli occhi della compagnia su di lei. "A parte la sua bellezza, la immagino come una giovane donna nel fiore della primavera. Un uomo della vostra età e della vostra posizione vorrebbe sicuramente una compagna che condivida il suo desiderio di avere una casa piena di bambini". Al contrario di una zitella che ha un'età superiore a quella fertile, pensò. Era un dato di fatto che aveva accettato. "Penso anche che debba essere una ragazza del posto, di buona famiglia, perché sono certa che l'isolamento degli inverni delle Highlands potrebbe essere logorante per chi non è robusto come i McKendry".

Jo alzò il suo bicchiere di vino. "Se posso essere così audace. . . Ai McKendry. *Slàinte mhath ... Slàinte mhòr*".

Risate e commenti sorpresi seguirono immediatamente il suo omaggio alla famiglia e ai suoi legami giacobiti. Sperava che le sue parole avrebbero messo a tacere l'argomento del matrimonio e riorientato la conversazione, ma il dottore alzò il bicchiere nella sua direzione.

"La donna su cui ho messo gli occhi è davvero bellissima. Per quanto riguarda l'età, che sia in primavera o in autunno o in una via di mezzo, per me non fa differenza. Non cerco eredi, Lady Josephine. Sono impegnato in questo ospedale. Il mio tempo è occupato dai pazienti che hanno bisogno delle mie cure e delle mie attenzioni".

"Ascoltate, ascoltate", esordì il vicario. "Il lavoro di un uomo è...".

Dermot interruppe lo zio e continuò. "Le qualità di intelligenza e di empatia verso gli altri della mia futura moglie sono impareggiabili. In tutti i miei viaggi, non ho mai incontrato una donna come lei".

Invece di sentirsi lusingata dai complimenti che le venivano rivolti, Jo era imbarazzata e sconcertata. La famiglia di Dermot, invece, avendo ricevuto tutto l'incoraggiamento di cui aveva bisogno, non fece altro che intensificare i propri sforzi per trovare una partner.

La conclusione della cena non sarebbe potuta arrivare abbastanza presto.

Più tardi, mentre le donne aspettavano che gli uomini si unissero a loro nel salotto, Jo rimase in piedi vicino alle finestre a guardare i giardini. Non poteva sopportare di raggiungere la signora McKendry e i suoi ospiti per paura di diventare vittima di sciocche domande sul suo fantomatico fidanzamento.

Ridicolo, pensò, osservando i cespugli e le siepi nella luce morente. Ma non aveva senso rimproverare il Dr. McKendry per tutto questo. Tutto ciò che diceva era innocuo; era solo nella percezione degli ascoltatori che le sue parole acquistavano un significato specifico. Inoltre, se ne sarebbe andata entro la fine della settimana.

Jo era già li da sei giorni. Inviando un'altra lettera a sud a Baronsford e una a nord a Torrishbrae, aveva promesso alla sua famiglia che avrebbe continuato il suo viaggio tra qualche giorno. Le dispiaceva che il signor Barton non fosse migliorato dal primo giorno. Lui la fissava. Disegnò. Le teneva la mano. Eppure, nel profondo del suo cuore, sentiva un legame tra loro. Oppure lo immaginava.

Il viaggio di Jo nel villaggio e il colloquio con il vicario non avevano prodotto alcuna informazione. Non esistevano registrazioni della storia della famiglia Barton presso la chiesa di Rayneford. Il castello di Tilmory era a quattro miglia di distanza, ma la tenuta aveva un piccolo villaggio e una chiesa propria dove venivano registrati nascite, morti e matrimoni. Per quanto lo volesse, però, non aveva il diritto di andare lì e indagare sugli affari privati della famiglia.

Gli uomini entrarono nel salotto proprio mentre Jo scorgeva la caratteristica figura del Capitano Melfort fuori dai giardini.

Il suo desiderio di parlare con lui superò qualsiasi preoccupazione di cortesia nei confronti degli altri. Non volendo fare un'uscita in grande stile, sussurrò alla signora McKendry una scusa inventata in fretta e furia e scappò.

Mentre si affrettava a raggiungere i giardini, Jo lo vide in un lungo viale di alti ligustri. Per metà corse e per metà camminò per raggiungerlo.

Lui doveva averla sentita, perché quando girò l'angolo, andò a sbattere contro il suo ampio petto. Le sue mani la presero e la fermarono.

"Cosa ci fate qui fuori?"

"Avevo bisogno di parlare con voi".

Il suo volto era preoccupato ma calmo e lei fu colpita dalla somiglianza di questa situazione con un'altra di molto tempo fa. Jo si accorse improvvisamente del suo tocco sulle braccia. Nonostante le maniche lunghe del suo vestito, formicolava nel punto in cui lui la teneva. Il calore delle sue mani attraversava il velluto come se fosse una garza, accarezzando la pelle sottostante.

Erano troppo vicini. Con un piccolo sforzo, poteva attirarla a sé nella luce che si affievoliva, premendola contro il suo petto.

All'improvviso, voleva che accadesse. Voleva avvicinare le sue labbra a quelle di lui e scoprire se il sapore e la consistenza della sua bocca erano quelli che ricordava. Voleva sentire il suo corpo muoversi contro il suo. Voleva sentire il brontolio del desiderio nella sua gola.

Il suo viso si scaldò e arrossì quando si rese conto che, indipendentemente da ciò che diceva o da come si comportava, era ancora sotto l'incantesimo di quell'uomo. E lo desiderava.

"Di cosa avete bisogno di parlarmi?".

Forse era la sua immaginazione, ma le dita di lui tracciarono un lento percorso intimo lungo la lunghezza delle braccia di lei prima che le sue mani scendessero sul fianco.

Indietreggiò di un passo e fu sollevata nel trovare una panchina di pietra vicino a loro. Si sedette, diffidando delle proprie ginocchia. Appoggiò i palmi delle mani sulla guancia per raffreddare il bruciore.

"Vi sentite male?" chiese avvicinandosi. "Devo chiamare aiuto? Devo chiamare Dermot?"

"Per l'amor del cielo! Non anche voi?", lo rimproverò. "Non ho bisogno di vedere il dottor McKendry. Sto benissimo. Sto solo cercando di riprendere fiato dopo avervi rincorso ".

"Non c'è bisogno che mi rincorriate", rispose dolcemente. "Sono qui".

Jo alzò lo sguardo su di lui. Un sorriso sornione si intrecciò con le sue labbra, trasmettendo un significato più profondo dietro le sue parole.

"Ma cosa dovete dire che richieda una conversazione privata?".

"Volevo raccontarvi quello che è successo con Cuffe oggi pomeriggio".

Il suo atteggiamento si indurì. "C'è stato un problema? È andato via prima? Ho ricevuto una comunicazione su un potenziale cliente a cui dovevo rispondere immediatamente. Altrimenti sarei stato presente alla sua lettura".

"Non è successo nulla di spiacevole", disse rapidamente. "Stavo per tessere le sue lodi".

Emise un respiro di sollievo e si sedette accanto a lei. Anche se si trovava a una distanza rispettabile, era comunque troppo vicino per essere confortante. Poteva sentire il calore del suo corpo irradiarsi nell'aria notturna.

"Allora ditemelo", disse dolcemente, mentre i suoi occhi la incantavano di nuovo. "Mi piace sentire le cose belle; solo che ultimamente non sono abituato a sentirle".

I ricordi si riaffacciarono e lei ricordò una panchina in un giardino, il braccio di lui intorno alla vita di lei. Nella dolce oscurità di quella notte d'estate, Wynne la attirò sulle sue ginocchia e la baciò mentre il tempo cessava di esistere.

Un luccichio di divertimento balenò nei suoi occhi e Jo temette che anche lui stesse pensando a quel momento.

Lei staccò lo sguardo dal suo viso e fece entrare aria fresca nei polmoni. "Vediamo. Cuffe è arrivato all'ora stabilita e, come sempre, si è fermato al tavolo. Oggi c'erano quattro pazienti in attesa".

"Quattro?" Chiese Wynne, ovviamente entusiasta.

Jo li nominò e continuò. "Lesse tre storie con la stessa drammaticità. A un certo punto l'intera sala era in silenzio e aspettava di sentire la fine del racconto".

"Mi fa molto piacere", rispose. "Non so se Cuffe ve ne abbia parlato, ma da quando gli hai dato il permesso, sta passando un po' del suo tempo con Cameron a trascrivere i racconti su un quaderno. E sta facendo grandi progressi".

"Me l'ha detto". Lei sorrise. "Ma ho altro da raccontare".

"Altro?"

Mentre Jo raccoglieva i suoi pensieri prima di raccontare a Wynne il seguito, ricordò la calda vampata di felicità che l'aveva attraversata quel pomeriggio quando si era immaginata di far parte del futuro di Cuffe. Ma era un pensiero sciocco.

"Quando ha finito di leggere, il signor McDonnell si è avvicinato con una pila di lettere in mano".

"McDonnell, il fabbro? Riesce a malapena a parlare".

"Non ero abbastanza vicina per sentire cosa veniva detto o come l'uomo comunicava con lui, ma i due si avvicinarono a un tavolo. Per un po' di tempo rimasero seduti l'uno accanto all'altro mentre Cuffe leggeva tranquillamente ogni lettera".

"McDonnell ha una madre troppo anziana per recarsi all'Abbazia", disse Wynne. "Sapevo che riceveva delle lettere, ma non ho mai pensato che potesse non leggerle".

Quella mattina, mentre era seduta con Charles Barton, Jo aveva tenuto d'occhio i due al tavolo. Era impressionata dalla pazienza di Cuffe nei confronti del signor McDonnell.

"Vostro figlio è rimasto lì molto più a lungo di quanto voi abbiate richiesto", disse, felice di poter tranquillizzare Wynne.

Lui aspettò che lei dicesse di più, ma lei era arrivata alla fine della sua storia.

"Grazie per essere venuta qui".

Una finestra si aprì nel salotto e le melodie di un pianoforte si diffusero nell'aria notturna. Era ora di andare, ma lei rimase.

"Perché avevate bisogno di dirmi tutto questo stasera?".

Se solo fosse stata abbastanza forte da dire la verità su ciò che aveva nel cuore. Il rifiuto in sala da pranzo non era per il bene dei McKendry, ma per Wynne. Rimanendo li fuori, stava alimentando l'inferno che si stava creando tra loro.

"Ho pensato che voleste saperlo".

Si piegò in avanti sulle ginocchia. Il suo viso si avvicinò. Il suo sguardo blu intenso catturò e trattenne il suo. "Avreste potuto parlarne quando stavamo andando tutti a cena".

"Non spetta a me condividere pubblicamente qualcosa che riguarda vostro figlio", gli ricordò. "Non conoscevo gli ospiti dei McKendry. E poi, dovreste essere voi a condividere questa cosa".

Una bugia, in parte.

"Vi ho visto difendere lui e *sua* madre pubblicamente quando pensavate che il signorotto e sua moglie fossero ingiusti. Neancheli conoscevate".

"Non era esattamente la stessa cosa". Lei lo fulminò con lo sguardo. "Cosa state cercando di dire, capitano Melfort?".

Lui intrecciò le sue dita con quelle di lei. Lei guardò l'intreccio, dimenticandosi di respirare finché lui non ritirò la mano.

"Sto dicendo che avevate un secondo fine per venire a cercarmi stasera".

Lui la sfidava a dire la verità, ma lei era una codarda. Jo lo desiderava, eppure aveva troppa paura di agire, anche se nascosta con lui in un labirinto, nascosti dagli alberi. Aveva iniziato un gioco pericoloso, ma era una dilettante. Non sapeva come portarlo a termine.

Jo si rassegnò al suo piano stupido e impulsivo e si voltò verso le finestre illuminate dalle candele del salotto. Era ora di andare e lei si alzò in piedi. Lui la seguì immediatamente.

"La signora McKendry si starà chiedendo cosa mi sia successo", mentì. "Dovrei darle la buonanotte, capitano".

"Non ancora".

Il suo cuore si allarmò quando lui fece un passo verso di lei. Lui sapeva la verità. Aveva capito tutto di lei. Avrebbe potuto raccontare la storia di Cuffe domani o la volta successiva che lo avrebbe visto.

La sua altezza e la sua forza gli davano un vantaggio schiacciante, ma non era Wynne che Jo temeva. Era sè stessa. *Aveva* un secondo fine.

"Cuffe è qui da più di due mesi", disse. "E nonostante glielo abbia chiesto in numerose occasioni, non è mai venuto con me a vedere cosa sto progettando per Knockburn Hall. Ha accettato di andarci domani".

"Sono molto felice di sentirlo", rispose lei brillantemente, mentre si rimproverava di aver immaginato una relazione romantica in giardino mentre lui voleva solo raccontarle di una gita con suo figlio.

"Ma ha una condizione".

"Una condizione?" chiese lei, osando guardarlo negli occhi.

"Voi".

"Io?"

"In realtà, entrambi vogliamo che voi veniate", disse lui, sollevandole il mento quando lei cercò di distogliere lo sguardo. Non riusciva a trovare il suo equilibrio in questa conversazione. Sapeva solo che il suo cuore stava per sfondare le pareti del petto.

"Non credete che questa sia l'occasione perfetta per un padre e un figlio di condividere una passeggiata insieme? Non dovreste rovinare tutto portando un'estranea...".

"Vi voglio lì", disse lui, fermandola.

Jo sapeva che questa era la sua ultima possibilità di ritirarsi in un rifugio sicuro di rispettabilità. Non poteva farlo. Il suo cuore non avrebbe permesso altri rifiuti. Non ora. Aspettando e desiderando, il suo sguardo cadde sulle sue labbra.

Abbassò lentamente la testa fino a che le sue labbra non sfiorarono le sue e si aprì una caterva di ricordi. Il suo bacio era caldo e sottile, delicato come la loro prima volta, eppure la commuoveva in modo del tutto inaspettato.

Il tocco delle loro bocche risvegliò sensazioni che Jo pensava non avrebbe mai più provato. Il battito martellante del suo cuore, il calore del suo ventre, la febbre bruciante della sua pelle.

E lei li accolse. Ne voleva nulla di più.

Come se le leggesse nel pensiero, Wynne si chinò di nuovo in avanti e sfiorò con le labbra la pelle sensibile della fronte, della guancia e del mento. La stava stuzzicando, spingendola a rompere i vincoli che la legavano, a cedere agli impulsi che le sembravano così naturali in quel momento, a ricambiare il bacio.

La disfatta di Jo avvenne quando la punta del dito di lui le accarezzò il bordo dell'orecchio e scese lentamente lungo la gola fino alla scollatura del vestito.

Lo baciò.

Mentre le sue labbra premevano contro quelle di lui, cercò di ingannare sè stessa pensando che un bacio sarebbe stato sufficiente. Era avventato, indulgente, un tentativo di placare una sete che, nel profondo, sapeva non sarebbe mai stata soddisfatta. Ma prima che potesse allontanarsi da lui, sentì la sua mano che le cullava la nuca. E poi lui la stava baciando con una tale passione che Jo si sentì sopraffatta da un desiderio dilagante.

Qualsiasi brandello di controllo a cui si era aggrappata si sgretolò. Gli avvolse le mani intorno al collo e le dita si infilarono nei suoi capelli. Gli mordicchiò il labbro inferiore, sfidando il *suo* controllo e desiderando che le mostrasse di più.

Lui gemette mentre approfondiva il bacio, la sua lingua stuzzicava gli angoli della sua bocca. Le sue labbra si aprirono alla sua avanzata e lei si accorse del calore pulsante concentrato nel suo ventre. Sentì un suono soddisfatto in fondo alla gola di lui mentre la sua bocca diventava più esigente.

Jo non riusciva ad avvicinarsi abbastanza a lui. Le sue braccia si spostarono più in alto intorno al suo collo, il suo corpo si strinse al suo finché non ci fu più un filo d'aria tra loro. Stava correndo e fermarsi non era un'opzione.

Le mani di Wynne scivolarono lungo la sua schiena e sulla curva delle sue natche, premendole contro la sua eccitazione. Avrebbe dovuto essere spaventata. Da qualche parte nella sua mente stava suonando un allarme ovattato. Ma non aveva paura. L'accoppiamento delle loro bocche la eccitava. Il tocco delle sue abili mani che accarezzavano i lati dei suoi seni fece sorgere in Jo il dubbio che lui potesse prenderla li, nell'oscurità di quel giardino.

E poi le venne in mente che chiedersi era diventato in qualche modo sperare.

Una porta si aprì e si chiuse da qualche parte in lontananza e lei sussultò. Premendo una mano contro il suo petto, si ritrasse, inorridita dalle sue azioni, scossa da ciò che stava per fare e con il fiatone.

Il passare degli anni non significava nulla. La loro passione bruciava ancora, tanto da consumarli. L'innocenza della giovinezza era sparita, sostituita da una tempesta di fuoco di bisogni.

"Wynne, non posso farlo". La sua voce tremava. "Non dovremmo farlo".

"Mi dispiace". Il respiro affannoso di lui si accordò con quello di lei. Si passò una mano frustrata tra i capelli e guardò in direzione del suono.

"Io . . . Devo andare". Lei cercò di allontanarsi, ma lui le afferrò la mano.

Jo stava morendo di fame e lui era il suo sostentamento. Stava morendo di sete e Wynne era l'unico che poteva placarla.

"Venite con noi domani".

Il suo cuore traditore aveva già deciso.

"Lo farò", sussurrò.

Capitolo Tredici

Wynne non era sicuro se si trattasse di voler fare la cosa più onorevole o se fosse il diavolo che era in lui.

Trovando Dermot nel suo ufficio, si affacciò alla porta. L'ambiente si riempiva ogni giorno di pile di libri, diari e ritagli di carta. Il dottore aveva chiaramente rinunciato a sedersi mentre lavorava perché la sua sedia, come tutte le altre nella stanza, era piena di volumi, registri e attrezzature mediche che Wynne non riusciva nemmeno a identificare.

"Se mai dovessimo avere un incendio, potranno vedere il tuo ufficio bruciare a Edimburgo".

Dermot era in piedi alla scrivania vicino alla finestra e scriveva su un quaderno. Grugnì in segno di riconoscimento.

Wynne non fece alcun tentativo di entrare. Non c'era un percorso percorribile attraverso il disordine del pavimento. "Naturalmente, anche tu andrai in fiamme. Ti ricorderemo come la Giovanna d'Arco della professione medica".

Un altro suono arrivò dalla zona della finestra.

"Sarò fuori questa mattina, Joan. Volevo solo fartelo sapere".

Un altro grugnito.

"Ho già detto alla signora McKendry di non aspettarsi il nostro ritorno prima di mezzogiorno".

"Noi?" La testa del dottore si sollevò dal suo lavoro, i suoi occhi curiosi. "Chi viene con voi?"

"Non ti preoccupi per me?" Wynne si accigliò. "Non mi chiedi dove sto andando o il motivo?".

"Puoi andare all'inferno. Se tu venissi inghiottito da un mostro del lago, nessuno sentirebbe la tua mancanza", dichiarò Dermot prima che un mezzo sorriso gli si affacciasse sul viso. "Da quando sei diventato un fiore così delicato? Aspetta, non mi interessa avere una risposta nemmeno a questo".

Si chiedeva se il suo rivale sapesse perché Jo avesse lasciato i commensali in anticipo la sera prima e dove fosse andata. Wynne lo sapeva e quello fu un bacio che non avrebbe mai dimenticato.

"Molto bene, allora. Partiamo".

"*Chi* viene con te?" Dermot ripeté la domanda. "E cosa c'entra Giovanna d'Arco in tutto questo?".

"Porto Cuffe e Lady Jo a Knockburn Hall".

Il dottore gettò la penna e cercò un modo per raggiungere la porta. "Aspetta che prenda il mio cappello. Vengo anch'io".

"Resta dove sei", ribatté Wynne. "Cappello o non cappello, non sei invitato".

"Ma io insisto".

"Puoi insistere quanto vuoi. Non sei..."

Dermot scavalcò una barricata di riviste mediche su un mucchio più piccolo di giornali, che si staccarono immediatamente da sotto i piedi.

D'istinto, Wynne si tuffò per aiutarlo, ma era troppo tardi. Dermot atterrò sul pavimento in una posizione molto scomoda, in mezzo alla valanga di libri e documenti caduti.

"Porca miseria. Aiutami ad alzarmi. Credo di essermi slogato qualcosa".

"Non mi sorprenderebbe". Wynne incrociò le braccia sul petto e si appoggiò allo stipite della porta. "Ma non essendo un medico, non lo so".

"Ho sicuramente rotto la cucitura dei miei pantaloni, te lo assicuro".

"Sembra una cosa piuttosto seria. In effetti, è l'ultimo chiodo della bara. Non verrai".

"Guarda qui", sbottò Dermot, piantando le mani sul pavimento e lanciando un'occhiata attraverso la stanza. "Hai dimenticato la nostra conversazione?".

"Ne abbiamo avute molte, dottore. Fortunatamente per te, non ne ricordo la maggior parte". Mentre iniziava a uscire dall'ufficio, Wynne si fermò, decidendo che il suo rivale aveva bisogno di un chiarimento. "Ma ricordo la conversazione a cui ti riferisci. E per modificare le osservazioni conclusive di quella discussione, *non* ti presenterai con lei alla porta della chiesa. Sempre che tu riesca a stare in piedi".

Il volto di Dermot era l'immagine della sorpresa mentre cercava una risposta.

"Ma mentre siamo via, cerca di fare qualcosa di utile per questo ospedale che ti sta tanto a cuore". Wynne chiuse la porta e si avviò verso le scale quando dall'ufficio giunse il suono di un altro schianto e di un'imprecazione soffocata.

Sei giorni fa, quando l'Highlander aveva espresso le sue intenzioni, Wynne non sapeva cosa pensare di Jo. Di certo non era in grado di spiegare a qualcun altro cosa significasse per lui. Ma guardandola, parlandole, conoscendola in quei giorni e soprattutto dopo il loro bacio in giardino della sera prima, si sentiva molto meglio. Non sapeva ancora cosa li aspettasse in futuro, ma non aveva intenzione di lasciare che lei subisse pressioni per sposarsi con quel mascalzone del suo amico.

Sedici anni prima, aveva fatto un pessimo lavoro nel rompere il suo fidanzamento con Jo. Imperdonabilmente scarso. A Wynne non importava nulla delle sue origini, ma non aveva scelta. Credeva ancora di proteggerla da un trattamento abominevole da parte della sua famiglia e da una terribile infelicità durante i suoi lunghi periodi di assenza. Con la guerra in corso e i suoi doveri navali, non avrebbe potuto darle la vita che meritava.

Le loro vite erano diverse ora, ma mentre usciva di casa, Wynne si chiese cosa lo stesse motivando. Erano le azioni di Dermot o un risveglio dentro di sé a spingerlo? Lei era bella, realizzata e ricca, una donna che qualsiasi uomo avrebbe voluto. Ma per lui era Jo. Proprio come l'aveva conosciuta. Non faceva differenza se si conoscevano da sei giorni o da sedici anni. Qualcosa si era riacceso tra loro. Era come se il tempo non fosse mai passato. Ma lui credeva che non avrebbero potuto andare avanti, non finché lei non gli avesse permesso di spiegare il passato e non lo avesse perdonato.

La sua offerta iniziale, di fingere che si fossero appena conosciuti, non gli andava più bene.

Wynne ammirava la donna che era diventata. Era attratto da lei come l'ape dal fiore. E se la sua reazione in giardino lo dimostrava, nemmeno lei era immune da lui.

Il loro bacio aveva scatenato in lui un fuoco che era stato quasi impossibile da contenere. Se non fosse stato per lo sbattere di una porta e per la minaccia che qualcuno li raggiungesse, avrebbero potuto spingersi troppo oltre. Ed era sbagliato perché non si erano ancora lasciati il passato alle spalle. Portare Jo in un giardino o nel suo letto senza offrirle un futuro non era quello che aveva intenzione di fare.

Per fortuna, la ragione e la rispettabilità aevano rialzato le loro teste severe e proibitive e lei non era riuscita ad allontanarsi da lui abbastanza velocemente. Nonostante le sue parole, lui percepì che il passato era ancora ben presente tra loro. Il pessimo ritiro della sua offerta di matrimonio. La famiglia di lei. La sua stessa famiglia. Il duello con suo fratello Hugh.

Jo era cambiata e, come Wynne si rese conto, anche lui. Prima del suo arrivo, pensava di conoscere sé stesso e di sapere quale sarebbe stato il suo futuro. Ora non era più sicuro di quello che voleva. Negli ultimi giorni, un dolore profondo nella pancia aveva iniziato a rodere e stava peggiorando. Come se fosse un giovane toro in primavera, le pulsioni del desiderio lo affliggevano e non si fermava nella sua ricerca. Ma a quale scopo?

Aveva bisogno di conquistarla, ma non le avrebbe fatto ancora del male.

Cuffe e Jo lo stavano aspettando vicino alle vasche dei pesci. Quando Wynne si avvicinò, la sua attenzione si spostò sui due. Suo figlio era così sicuro di sé mentre le parlava. Incontrava lo sguardo di Jo direttamente, cosa che faceva ancora raramente quando parlava con Wynne.

Dal canto suo, Jo si illuminò come l'acqua frizzante alle sue spalle. L'entusiasmo le illuminava il viso per qualsiasi cosa il ragazzo le stesse comunicando.

L'immagine era perfetta. Una visione di armonia. I due erano più a loro agio l'uno con l'altra di quanto non lo fossero con Wynne.

Il suo rapporto con Cuffe era migliorato di dieci volte solo nell'ultima settimana, ma la decisione del ragazzo di parlare non lo faceva sentire un padre fidato. Il ragazzo continuava a lamentarsi e a mettere in discussione la sua autorità e a negoziare ciò che Wynne gli diceva di fare. Non aveva dubbi che suo figlio volesse ancora tornare in Giamaica, il luogo che considerava la sua vera casa.

La conversazione si interruppe quando si accorsero del suo arrivo. Imperterrito, Wynne chiese loro di cosa trovassero interessante parlare in una mattina così bella.

"Cuffe mi ha detto che tra ieri sera tardi e stamattina presto ha finito di copiare le storie di Ohenewaa in un volume tutto suo", rispose Jo mentre si avviavano verso Knockburn Hall.

Un ulteriore promemoria del suo fallimento come genitore. Gli mancavano così tanti gradini nella scala della paternità. La sera prima, invece di dire frettolosamente "buonanotte" dalla porta, avrebbe potuto entrare nella stanza di Cuffe e parlargli. Avrebbe potuto sentire dalle labbra di suo figlio la notizia di quel traguardo.

Ormai era troppo tardi, pensò, ma mentre camminavano si complimentava con loro.

Cuffe rallentò quando raggiunsero la seconda peschiera. Un ragazzo delle cucine stava pescando con la rete nelle acque basse. Tirando le lenze, il giovane chiuse la rete intorno alla sua preda e tirò fuori una dozzina di trote di buone dimensioni che erano destinate alla tavola dell'Abbazia. Wynne capì che si trattava di uno dei ragazzi con cui suo figlio aveva litigato e fu sollevato nel vedere che non c'era ostilità tra loro.

"Ora che ho finito di leggerli tutti", disse Cuffe, rivolgendosi solo a Jo, mentre proseguivano, "non riesco a decidere quale dei racconti sia il mio preferito".

"La storia di Fulmine e Tuono era una di quelle che mi piacevano particolarmente quando ero piccola", rispose lei.

Da un'area paludosa all'estremità superiore dello stagno, il suono di mille rane riempì l'aria, inducendo Cuffe a gettare uno sguardo in quella direzione.

"'Essere banditi in cielo'", disse mentre continuavano a camminare. "Le storie contengono un sacco di scacciate".

"Sono storie che le persone si raccontavano per spiegare la natura e mantenere l'attenzione dei più piccoli".

"Quasi tutte insegnano una lezione", osservò. "E vengono imparate in modo doloroso".

"È vero anche nella vita, no?", chiese. "Ma alcuni racconti sono edificanti e piuttosto divertenti".

Wynne decise di avventurarsi nella conversazione.

"E tua nonna, Cuffe?" chiese. "Avrà avuto delle storie che ti ha raccontato quando stavi crescendo".

La vecchia alzata di spalle era tornata, ma Wynne non si sarebbe lasciato scoraggiare così facilmente.

"Com'erano queste storie?"

Cuffe raccolse un bastone, battendolo a terra mentre camminavano, e Wynne e Jo si scambiarono un'occhiata sopra la testa del ragazzo.

"Di che parlavano?" Chiese Jo. "Qualche lezione delle storie di Ohenewaa era simile a qualcuna della tua nonna?".

"Diceva sempre che i suoi racconti erano di saggezza", rispose lui con un sorriso. "Sei più intelligente adesso?" diceva dopo una storia. La vecchia Hige è fuori stasera. Meglio restare a casa'".

"Che cos'è La vecchia Hige?" Chiese Wynne.

Cuffe lo ignorò e trascinò il suo bastone sul terreno.

"La vecchia Hige è una strega", disse Jo a Wynne. "Si libera della sua pelle e vola di notte. A volte si trasforma in un gufo".

"Come fate a saperlo?" Chiese Cuffe, alzando lo sguardo con ammirazione.

Lei alzò le spalle e sorrise. "Avanti, racconta a tuo padre cosa fa la vecchia Hige".

Troppo eccitato dalla storia per ricordarsi che stava cercando di non essere gentile con Wynne, Cuffe snocciolò la sua spiegazione.

"Succhia il respiro delle persone mentre dormono. Le piacciono soprattutto i bambini".

"Come ti proteggi?" Chiese Wynne. "Può essere uccisa?"

Cuffe guardò prima Jo, ma quando lei alzò le spalle, decise di continuare.

"Si libera della sua pelle quando vola. Ed è allora che puoi batterla". Parlava come se fossero informazioni che tutti conoscevano. "Se trovi la sua pelle, mettici sopra sale e pepe. Poi non può rimettersela perché si brucia. È così che muore".

Wynne sorrise e guardò Jo. "L'avevate già sentita?"

"Una sua versione. Ho sentito le storie sulla vecchia Hige con nomi diversi. Nei racconti di Ohenewaa si chiamava Sukuyan e non viaggiava come un gufo ma come una palla di luce, in cerca di sangue da succhiare".

"Ma vostra sorella non l'ha scritto nel libro", disse Cuffe, tendendo una mano per aiutare Jo ad aggirare un punto basso e umido del sentiero.

"Credo che Phoebe fosse troppo spaventata per scriverlo su carta". Jo sorrise. "Anche da adulta, passa la maggior parte del tempo a vivere nella sua immaginazione. Non mi sorprenderebbe se di notte si coricasse ancora guardando la finestra e aspettandosi che la vecchia Hige piombi e le rubi il respiro o il sangue".

Raggiunsero il tronco che attraversava il ruscello e Cuffe lo attraversò di corsa prima di tornare rapidamente a tenere la mano di Jo mentre lei lo attraversava.

Mentre riprendevano il cammino, Wynne cercò di far parlare suo figlio. "Forse dovresti aggiungere a questa raccolta le storie che ti raccontava tua nonna. O forse potresti fare un libro a parte".

Il cenno di Jo gli fece capire che aveva dato un buon suggerimento, quindi fu sorpreso quando gli occhi di suo figlio si rattristarono.

"Non le ho ascoltate abbastanza per conservarle nella mia memoria", disse a bassa voce prima di rivolgersi a Jo. "Hai potuto ascoltare Ohenewaa per anni e anni".

"No, non fu così, anche se avrei voluto. Abbiamo perso Ohenewaa quando mia sorella Phoebe, colei che ha messo su carta i racconti, era più giovane di te adesso".

"Come faceva a ricordarsi?".

"Scriveva quello che poteva e lo abbelliva mentre scriveva. Quelli che leggete sono racconti di racconti di racconti".

"Quindi non sono esattamente come li hai sentiti?".

Jo scosse la testa. "No, ma eravamo tutti molto sollevati che l'avesse fatto, perché ora una donna che abbiamo amato rimarrà per sempre nelle nostre menti e nei nostri cuori. E anche la prossima generazione di bambini Pennington la conoscerà".

Cuffe sembrò soddisfatto della risposta, ma non disse nulla del suggerimento di Wynne di scrivere le storie di Nanny.

Camminarono in silenzio per un po', finché non videro le mura di pietra di Knockburn Hall. Mentre passavano davanti al frutteto, Cuffe parlò.

"Come l'hai persa?"

Jo lanciò un'occhiata a Wynne sopra la testa del ragazzo prima di rispondere. "Ohenewaa è morta di vecchiaia".

"In Scozia?"

Lei annuì. "Sì, è sepolta in un cimitero nella nostra casa ai Borders".

Cuffe si fermò, rivolto verso di lei. "Perché? Non voleva tornare a casa sua?".

Quando Jo esitò, Wynne sapeva che era assalita dai ricordi dell'anziana donna. Aveva sentito tante storie su di lei. In tutti gli aspetti che contavano, Ohenewaa era stata un membro della famiglia Pennington.

"Ha scelto il luogo che desiderava chiamare casa", disse infine Jo. "Ohenewaa era una donna libera da prima che io nascessi. Veniva dall'Africa occidentale, ha subito la brutalità degli schiavisti nelle Indie Occidentali ed è venuta a vivere con noi quando è stata libera. Avrebbe potuto andare ovunque avesse voluto e ha custodito ferocemente questa libertà. Ma ha scelto di rimanere con noi. Ha scelto di vivere il resto della sua vita dove si trovavano mia madre e i suoi figli, di far parte delle nostre vite. Noi l'abbiamo amata e lei ci ha amati".

Cuffe scrollò le spalle e tracciò un disegno sull'erba con il suo bastone prima di incontrare nuovamente lo sguardo di Jo.

"Ma che dire dell'altra famiglia, delle persone che ha lasciato in Africa o nelle isole? Non credi che abbiano sentito la sua mancanza? Non avevano bisogno anche loro di lei?".

Il bambino non attese una risposta, si girò e si allontanò da loro.

Wynne vide la preoccupazione sul volto di Jo mentre Cuffe si dirigeva verso l'enorme edificio.

"Sta ancora lottando", sussurrò, toccandole la mano.

"Lo so". Lei sorrise tristemente e unì il suo braccio a quello di lui. "Ma non ha tutti i torti. Io e i miei fratelli e sorelle, i miei genitori, mia nonna prima che morisse - tutti quelli che hanno conosciuto Ohenewaa - ci siamo sentiti così fortunati ad averla nella nostra vita, ma pensavamo solo a noi stessi".

Non c'era nulla che Wynne potesse dire per consolare Jo. Non aveva risposte, né saggezza da condividere. Provava la stessa impotenza che aveva provato per mesi di fronte all'infelicità e alla rabbia di suo figlio. Per Cuffe non c'erano altre scelte se non la vita che gli stava offrendo. La Giamaica non era un luogo sicuro per lui. Ma pronunciare queste parole o parlarne non era sufficiente.

Le pareti della casa scintillavano al sole del mattino. Wynne pensò che avrebbe potuto trasferirsi li con Cuffe prima di allora. Avrebbe potuto far installare le finestre e acquistare i mobili e questo sarebbe stato sufficiente. Ma aveva rimandato, inventando scuse, dicendo a sé stesso che stava aspettando che la nuova ala fosse completata. Tutte bugie. Non vivevano li perché nessuno dei due era pronto. Come poteva trasferire suo figlio dall'Abbazia, per quanto imperfetta fosse la sua sistemazione, a un guscio di casa senza cuore?

Mentre rifletteva su questo, vide suo figlio andare direttamente alla porta, spingerla e sparire all'interno.

Un tempo la sua vita era incentrata sul tenere sotto controllo, proteggere e mettere al sicuro le persone che amava. Questo aveva guidato le sue decisioni sulla vita con Jo. Su chi avrebbe cresciuto suo figlio. Ma a cosa era servito? Non si sentiva più pieno della casa vuota che gli si prospettava davanti.

Mentre salivano l'ultima breve salita verso la porta, Cuffe riapparve. Senza degnarli di uno sguardo, girò intorno al lato della casa fino al punto in cui un'area verde e incolta scendeva verso uno stagno. Lì si buttò a terra, abbracciò le ginocchia al petto e guardò attraverso l'acqua nelle torbide profondità della foresta delle Highlands.

L'aria di tristezza e di sconfitta di Wynne era palpabile per Jo mentre si trovava con lui davanti alla porta di Knockburn Hall. Non disse nulla, ma continuò a guardare suo figlio seduto da solo sulla collina.

Lei capiva i suoi sentimenti. Cuffe era una figura piccola e triste, seduto nella fitta ombra dei castagni, con la testa appoggiata sulle ginocchia. Aveva gettato il suo berretto da qualche parte e stava strappando dei ciuffi d'erba.

Wynne si destò e fece un respiro profondo prima di rivolgere la sua attenzione a lei.

"Siamo qui", disse a bassa voce. "Potremmo anche entrare. Vi piacerebbe vedere l'interno della casa?".

Lei scosse la testa e gli mise una mano sul braccio. "Andate da lui. Parlategli".

"Cuffe non vuole parlare con me. Sa già che non gli darò quello che vuole. Non posso rimandarlo indietro".

Stava invecchiando, le rughe di preoccupazione gli increspavano la fronte.

"Andate a sedervi con lui allora", suggerì, facendo un movimento in direzione del bambino. "Ha bisogno di sapere che capite capisci che sta soffrendo".

"A quale scopo?"

Poteva sentire il comandante della marina nel pronunciare quelle parole. Era frustrato. Sapeva che quello che funzionava con alcuni uomini, instillare l'obbedienza nei loro figli, non era il modo di fare di Wynne. Suo padre, anche se burbero e irascibile, era un uomo affettuoso con idee molto diverse su quale dovesse essere il ruolo di un genitore.

"Lasciate semplicemente che parli della vita che si è lasciato alle spalle. Fatelo parlare con le sue parole di ciò che lo fa soffrire", disse. "Forse potrete imparare come migliorare le cose per lui e per voi".

Con delicatezza e senza preavviso, le sollevò il mento e le posò un casto bacio sulle labbra. Lo sguardo di tenerezza nei suoi occhi le tolse il fiato.

Mentre lui si dirigeva verso suo figlio, Jo rimase al suo posto, sperando che potessero abbattere i muri che li separavano.

Wynne raggiunse Cuffe e i due scambiarono qualche parola. Dai suoi gesti, sembrava che stesse chiedendo il permesso di raggiungere suo figlio. Le sembrò che il mondo si fermasse. Alla fine, vide una leggera scrollata di spalle e tirò un sospiro di sollievo mentre lui si sedeva sull'erba.

Non volendo intromettersi nella loro privacy, entrò in casa.

Come in molte case torri, le scale in pietra correvano lungo le pareti esterne e lei salì su un pianerottolo e, attraverso una porta ad arco, entrò in un grande salone con un cavernoso camino in fondo.

Un medaglione in pietra scolpita sopra il camino raffigurava due unicorni che reggevano uno scudo con il leone rampante degli Stewart e Jo si ritrovò a fissarlo con aria assente. Per quanto si sforzasse di concentrarsi sulla pietra o sulla pianta dell'edificio, la sua mente tornava continuamente alla conversazione che avevano avuto andando li e a quella che stava avvenendo in quel preciso momento.

Non riusciva a ricordare una domanda sulla sua infanzia che l'avesse sconvolta come quella di Cuffe. Per tutti gli anni in cui Ohenewaa aveva fatto parte della sua vita, raramente aveva immaginato la vita dell'anziana donna al di fuori del mondo in cui vivevano. L'Hertford-shire, Londra e Baronsford costituivano l'intero universo per Jo fino a quando non era cresciuta. Era il luogo in cui vivevano, il luogo a cui appartenevano. Non ricordava di aver mai chiesto a Ohenewaa se avesse un'altra famiglia, persone che la aspettavano e speravano che un giorno sarebbe tornata, come diceva Cuffe. Dopo la sua morte, Jo non ricordò alcuna conversazione su dove dovesse essere sepolta, ma solo che sua madre voleva che Ohenewaa fosse sepolta con la famiglia. Jo non sapeva se i suoi genitori adottivi avessero mai chiesto all'anziana donna cosa desiderasse.

Jo cercò di scrollarsi di dosso questi pensieri e tornò verso le scale. L'odore della pietra e dei fuochi antichi le riempì i sensi mentre saliva al livello successivo e pensò a tutte le persone che aveva conosciuto e che avevano perso le loro famiglie e le loro case a causa di atti di violenza. Gli africani liberati e gli isolani con cui aveva vissuto a Melbury Hall che avevano assistito a crimini indicibili contro di loro. Le donne e i bambini scozzesi, emarginati dalla società, che trovarono rifugio nella residenza da lei fondata nella casa-torre vicino a Baronsford. Persino sua cognata Grace, che aveva assistito all'omicidio del padre per mano di alcuni assassini, per disperazione si nascose in una cassa che veniva spedita verso una destinazione sconosciuta. Tutti loro erano stati separati irrimediabilmente dal loro passato, con solo la minima possibilità di sopravvivere al presente, affrontando un mondo in cui il futuro era oscuro e tetro.

Al piano superiore, Jo entrò in un lungo corridoio, illuminato da un'apertura in pietra all'estremità. Le porte conducevano a quelle che immaginava fossero camere da letto. Mentre entrava e usciva dalle stanze, pensava alla sua madre naturale. Aveva parlato con i servi e i contadini che erano presenti all'epoca della sua nascita. Tutti avevano una storia, anche le persone altezzose come Lady Nithsdale, e Jo le aveva impresse nella sua memoria.

Nessuno di loro aggiunse molto a ciò che Jo aveva sentito dalla sua madre adottiva: le parole di una donna anziana e alcune affermazioni di una ragazza morente e dagli occhi selvaggi le cui uniche paure erano per il suo bambino appena nato.

Tutto ciò che la povera creatura disse fu che si chiamava Jo...

Non so se fosse una creatura fatata o se fosse stata scacciata a causa del bambino che si gonfiava in lei...

Pensava di non avere un uomo da cui andare e di non avere un marito da lasciare. Per lo meno, non ha mai menzionato alcun...

Terrorizzata . . teneva quel plaid fangoso addosso come un sudario.

"Quella povera gente, cacciata dalle proprie case durante la bonifica delle Highlands, era stata spogliata di tutto", le disse la sua madre adottiva. "E ciò che li attendeva alla fine del viaggio sembrava essere solo altra miseria, sempre chenon morissero sulla strada stessa. Furono strappati ai loro parenti, alla loro terra e alle loro case. Eppure, erano orgogliosi. Jo morì con la sua piccola figlia fasciata di tartan in un braccio, mentre l'altra mano stringeva la mia. Tu eri la sua bambina".

Jo si asciugò le lacrime sul viso e guardò dalla piccola finestra il padre e il figlio seduti sulla collina sottostante. Anche la sua vita era una storia di spostamenti. Senza la donna che l'aveva accolta e cresciuta, anche lei sarebbe sicuramente morta in un fosso fangoso su una strada che non portava da nessuna parte.

Ma la madre naturale di Jo apparteneva a qualcuno, da qualche parte, . Dovevano esserci persone che si preoccupavano per lei, che l'amavano, che si chiedevano con timore di cosa ne fosse stato di lei.

Forse, pensò, esisteva ancora un uomo che si preoccupava per lei. Un uomo che anni dopo, nonostante una mente gravemente danneggiata, continuava a tratteggiare all'infinito la donna che aveva perso.

Mentre osservava Wynne e Cuffe seduti insieme, i raggi di sole si riversavano sulla casa-torre e illuminavano l'area erbosa intorno a loro. Le spalle del bambino tremavano mentre il padre parlava con fermezza. Poi Wynne mise un braccio intorno al figlio e lo attirò a sé.

Una singola lacrima scivolò lungo la guancia di Jo. Lei amava Wynne. E non aveva mai smesso di amarlo. Mai. Non in tutti gli anni in cui la speranza era svanita.

Quando Wynne si avvicinò per la prima volta a suo figlio, pensò che non avrebbero parlato affatto. Ma Jo aveva ragione. Cuffe voleva parlare con lui, con qualcuno, e una volta iniziato, le porte si aprirono.

Gli era bastato chiedere della Giamaica, del villaggio nelle foreste montuose sopra Falmouth. Della casa in cui Cuffe aveva vissuto con sua nonna. Non aveva bisogno di dire altro, perché suo figlio parlò della nonna fino a quando la nostalgia e il dolore non lo soffocarono.

Gli alberi, l'erba, lo stagno, i capelli scuri appoggiati alla spalla di Wynne divennero una macchia mentre lottava contro l'emozione cruda che le parole e le lacrime di suo figlio avevano scatenato in lui. Aspettò, lasciando che la tranquillità del bosco e dell'acqua calmassero i singhiozzi di Cuffe prima di parlare.

"Vuoi stare con lei, lo so. Senti che il tuo posto è aiutare tua nonna". Wynne forzò le parole attraverso la stretta in gola. "Ma l'ultima lettera di Nanny prima che ti mandassi a chiamare mi ha convinto che la sua unica speranza, la sua più grande preghiera, era che tu venissi a vivere qui".

"Ma perché?"

"Perché era preoccupata per te".

"Ma sono preoccupato per *lei*!", gridò.

"Tua nonna ha visto arrivare altri problemi sull'isola e temeva che tu ne fossi coinvolto".

"Ne starò fuori. Non farò nulla per farla preoccupare".

"Nanny ha già vissuto dei problemi in passato. Sa come i giovani uomini e ragazzi ne vengano coinvolti, che lo vogliano o meno. È la natura della guerra e lei ha detto che la guerra sta per arrivare tra i Maroon e i proprietari delle piantagioni". Wynne strofinò la schiena del figlio. "La nonna mi ha detto che sarebbe morta se ti avessero preso le autorità o se ti avessero ferito per esserti unito a loro".

"Se mi lasci tornare indietro, giuro che non farò nessuna di queste cose". Cuffe si staccò e gli rivolse occhi supplichevoli. "Le starò vicino, te lo prometto. Non lascerò nemmeno il villaggio".

Sapeva che suo figlio era molto più maturo dei suoi anni. Cuffe era cresciuto sentendo parlare o assistendo con i propri occhi alla spietatezza dei proprietari terrieri. L'ingiustizia lo avrebbe inevitabilmente spinto a resistere.

Erano passati più di sette anni da quando la tratta degli schiavi era stata resa illegale, ma poco era cambiato nelle isole. Wynne era un militare e credeva nella lotta dei Maroon. Anche lui aveva visto i mali della schiavitù in prima persona. Troppi in Inghilterra traevano profitto dallo sfruttamento degli esseri umani e troppi chiudevano un occhio.

Più che gli abolizionisti di professione e gli idealisti del Parlamento, i Maroons furono la forza più forte che si oppose al male della schiavitù in Giamaica. Nelle isole dello zucchero erano conosciuti come i Figli della Nebbia. Ed erano temuti. Spuntando dal nulla, attaccavano un mercante di schiavi, liberavano un carico di schiavi diretto a una piantagione e poi sparivano. Quando arrivavano le rappresaglie, tutti venivano trascinati in battaglia: ogni uomo, donna e bambino. E questo era ciò che la nonna di Cuffe temeva di più.

Wynne rispettava la lotta, ma non poteva permettere a suo figlio di parteciparvi alla sua età.

"Non lo dico bene", disse, cercando le parole che potessero aiutare Cuffe a capire. "La decisione di portarti in Scozia è stata presa per darti una casa sicura, ma non è tutto. Averti qui riguarda anche tua nonna e me. Si tratta di essere una nonna e un padre. Si tratta di preoccuparsi così tanto da morire prima di permettere che a tuo figlio venga fatto del male".

Tirò di nuovo Cuffe a sé e, con suo grande sollievo, il ragazzo glielo permise. Wynne non era stato il padre che avrebbe dovuto essere, ma ora avrebbe rimediato.

"Finché non sarai cresciuto", gli disse, "il tuo posto è con me. Ma ti prometto che ti insegnerò tutto ciò che devi sapere per sopravvivere nel mondo in cui sceglierai di vivere. Imparerai a pensare, a cavalcare e a combattere. Allenerai la tua mente e il tuo corpo. Diventerai forte, acuto e lucido. Diventerai un leader di cui gli uomini potranno fidarsi. E quando sarai pronto, quando sarai abbastanza grande, potrai scegliere dove andare".

Wynne sapeva che questa non era la risposta che Cuffe sperava.

"So che ti manca tua nonna", disse dolcemente. "Puoi scriverle. So che lei ti risponderà".

"Ma il tempo che passa è lento", disse Cuffe, allontanandosi di nuovo. "Se non la vedo, ho paura di dimenticarla".

"Mai. La nonna ti ha cresciuto. Ti ha reso il ragazzo bello e forte che sei. Finché vivrai, lei sarà parte di ciò che sei e di tutto ciò che farai".

Cuffe allungò le gambe davanti a sé e fissò la fila di alberi oltre lo stagno. Le sue lacrime si erano asciugate e i singhiozzi si erano attenuati, ma il dolore traspariva ancora dal suo volto.

Jo gli aveva detto di ascoltare e parlare con suo figlio. Aveva ascoltato e poi aveva anche parlato. Sperava che Cuffe sapesse che capiva il dolore di suo figlio.

Avevano fatto un grande passo avanti in pochissimo tempo, ma sapeva che quel momento era solo una tappa di un lungo cammino.

"Molte cose nella vita richiedono scelte difficili", disse Wynne con calma. "Ne hai molte davanti a te".

Fu sorpreso quando lo sguardo di Cuffe si spostò su di lui.

"Quali scelte difficili hai fatto?"

"Troppe per essere contate".

"È stata una scelta difficile portarmi qui?".

Wynne scostò la chioma per vedere gli occhi marroni e attenti di suo figlio. "No. Non è stato affatto difficile".

"Dimmi una scelta difficile che hai fatto. Una che ha cambiato la tua vita".

Lo sguardo di Wynne si spostò verso l'edificio in pietra alle loro spalle. "Ho rotto il mio fidanzamento con Lady Jo sedici anni fa".

Cuffe si girò per dare un'occhiata alla casa. "Tu e Lady Jo? Perché l'hai fatto? Cosa c'è di sbagliato in te? Come hai potuto lasciarla andare?".

Wynne non poteva non essere d'accordo. *Cosa c'era di sbagliato in lui?*

"L'ho abbandonata perché temevo per lei", rispose infine. "L'ho lasciata andare perché non potevo proteggerla".

Capitolo Quattordici

Giovedì mattina Jo non aveva ancora informato i suoi ospiti della sua difficile decisione di partire dopo due giorni per Torrishbrae. Aveva avuto intenzione di fermarsi solo brevemente mentre passava per di la. Ma guardando i pazienti che si godevano il sole primaverile e si affaccendavano intorno allo stagno più vicino agli edifici dell'Abbazia, Jo poteva quasi sentire i legami invisibili che si erano già creati.

Seduta su una coperta al riparo di un grosso masso, guardò Charles Barton. I lividi dell'attacco della settimana scorsa si stavano attenuando e, fortunatamente, non c'erano state conseguenze gravi. Stava disegnando furiosamente accanto a lei. Il suo compito era quello di mettere ogni disegno sulla pila crescente sotto la roccia che usavano per fissare i fogli contro la brezza. Mr. Fyffe ballava, suonando il suo violino immaginario, e Mr. Stevenson era seduto tranquillamente accanto a una schiera di narcisi, con un inserviente al suo fianco. Una dozzina di altri uomini erano sparsi lungo il bordo dello stagno, con le canne da pesca in mano.

Le peculiarità del comportamento dei pazienti della dependance erano diventate sempre meno strane per lei. Jo si sorprendeva di quanto rapidamente si accettassero le loro stranezze e le loro differenze. Mentre li osservava, un grido attirò il suo sguardo sullo stagno:

un paziente aveva pescato una trota, che si era posata sull'erba alla luce del sole, per la gioia di tutti.

Hamish, il direttore della fattoria, la salutò mentre, insieme a un assistente, ispezionava le sponde del laghetto dirigendosi verso la piccola diga. Normalmente Cuffe sarebbe stato con lui in questa occasione, ma quella mattina era impegnato con suo padre.

Il suo compagno interruppe i suoi pensieri, porgendole un altro disegno, che lei prese doverosamente.

Lo scudiero e sua moglie erano implacabili nei loro sforzi per far pressione sul caso matrimoniale del nipote, ma Jo sentiva che il Dr. McKendry si divertiva troppo a recitare il ruolo di un pretendente respinto quando aveva un pubblico. L'aria di esagerazione della sua sofferenza ricordava a Jo gli spettacoli comici del teatro di Drury Lane. Tuttavia, il calore e l'ospitalità della sua famiglia erano superati solo dalle loro involontarie gaffe sociali e dalla loro passione per i pettegolezzi locali.

Jo si era affezionata a quel posto, certo, ma più di tutti gli altri, era quasi insopportabile pensare di lasciare Wynne e Cuffe. Tuttavia, avevano bisogno di tempo per loro stessi.

La conversazione tra padre e figlio che avevano condiviso a Knockburn Hall aveva segnato un nuovo capitolo per entrambi. La sera prima Cuffe aveva persino deciso di unirsi alla famiglia per la cena. E poi, quella mattina, erano andati insieme al villaggio per il mercato del giovedì.

Jo era contenta che fossero andati da soli. Entrambi le avevano chiesto di accompagnarli, ma per quanto volesse andare, non poteva. Non andando, dava ai due la possibilità di costruire il loro rapporto. Questi momenti insieme erano fondamentali per loro e lei non si sarebbe permessa di intromettersi.

Il dolore che la tormentava quando pensava di andarsene era tornato. Il breve tempo trascorso insieme a Wynne aveva riacceso la scintilla che non si era mai spenta. Ma forse non era necessario che questo fosse un addio definitivo. Si sentiva meglio pensando che nulla le avrebbe impedito di tornare lì tra circa un mese, quando sarebbe tornata a Baronsford.

Due volte al giorno si era seduta con Charles Barton, alla ricerca di qualsiasi indizio che potesse avere su sua madre, ma non aveva scoperto nulla di più. Tuttavia, non si stava arrendendo. Poteva solo sperare che lui continuasse a migliorare fino a quando lei sarebbe tornata.

E quando si trattava di Wynne, non aveva intenzione di interpretare il suo comportamento nei suoi confronti come qualcosa di più di un'amicizia. Il momentaneo scoppio di passione che avevano condiviso in giardino era stato semplicemente un impulso fugace da parte di entrambi. Era un bene che lui non avesse fatto altre avances, perché lei non si fidava del suo cuore. Forse quando lei se ne sarebbe andata, però, la distanza e la separazione di un mese avrebbero permesso loro di avere una prospettiva più chiara sulla realtà della loro situazione.

Era immersa in queste meditazioni quando Charles Barton cercò di passarle un altro disegno. Senza preavviso, il foglio volò via nella brezza e si diresse verso l'acqua. Jo saltò in piedi, salutò un addetto vicino e si mise alla ricerca del disegno. Lo inseguì e afferrò il foglio in cima all'argine prima che volasse via sulla superficie scintillante.

Guardando quell'ultimo disegno, Jo si stupì nel vedere che per la prima volta non era raffigurata una giovane donna che le somigliava. Era Jo stessa. La treccia appuntata dietro la testa, le linee intorno alla bocca sorridente che indicavano la sua età, lo stile dell'abbigliamento. Charles aveva disegnato il vestito, la giacca spencer e lo scialle che indossava quel giorno. Anche la cuffia di velluto e pizzo abbinata, che al momento si trovava sulla coperta, era riconoscibile nella sua mano.

La speranza ammorbidì la delusione che era arrivata ad accettare. Si girò e trovò l'uomo più anziano che la guardava.

"Mi vedi", disse sorridendo. "*Mi* stai disegnando".

Forse era la sua immaginazione, ma avrebbe giurato di aver visto il minimo cenno di comprensione nei suoi occhi.

Stava rispondendo. Forse la nebbia in cui si era perso si stava diradando?

All'improvviso, il violinista danzante spuntò dal nulla e sfiorò inavvertitamente la spalla di Jo mentre gli passava accanto.

Agitare le braccia non servì a nulla mentre scivolava all'indietro. Era troppo tardi. Il suo tallone inciampò in qualcosa e lei fece un passo indietro nel vuoto. Si scontrò con l'acqua come un albero abbattuto e sprofondò sotto la superficie. La freddezza dello stagno la sconvolse e ingoiò una boccata d'acqua. Jo era un'abile nuotatrice, ma non c'era bisogno di tali abilità. Una volta che riuscì a mettere le gambe sotto di sé e ad alzarsi, l'acqua le arrivava a malapena al petto. Non avrebbe avuto problemi a uscire dallo stagno se non fosse stato per due uomini che le si erano buttati addosso.

Le urla selvagge dell'uomo più vicino la stordirono.

"Jo... Jo ... salva Jo". Charles Barton urlò, agitando le braccia in segno di disperazione. Proprio dietro di lui, Hamish era in piedi fino alla vita e gridava agli inservienti di portare coperte e aiuto.

"Salva Jo", gridò Barton, camminando nell'acqua per raggiungerla.

L'aveva vista. Stava urlando il suo nome.

"Sono qui", disse lei, scostando i capelli e l'erba dal viso e prendendo la mano dell'uomo. "Non è successo nulla. Sono con te. Proprio qui con te".

Hamish afferrò l'uomo più anziano da dietro e cercò di guidarlo verso gli altri inservienti che accorrevano per aiutarlo.

Barton si oppose e gridò con voce angosciata. "No... Jo! Garloch!"

Lo seguì, non volendo lasciarlo andare. Le spezzava il cuore vederlo così sconvolto.

Hamish e un addetto trascinarono Charles verso una sponda più graduale per aiutarlo a uscire dall'acqua. Nel frattempo, l'uomo anziano continuava a gridare e lei lottava per raggiungerlo. Jo stava per uscire dallo stagno quando Wynne arrivò, sguazzando nell'acqua e avvolgendole una coperta intorno alle spalle.

In lontananza, Jo poteva ancora sentire Charles Barton gridare le stesse parole in continuazione.

"Garloch! Garloch!"

"Il capitano Melfort sta camminando nel corridoio come un orso, signora", disse Anna, senza nemmeno cercare di nascondere la sua gioia mentre intrecciava frettolosamente i capelli bagnati di Jo. "Potrebbe buttare giù la porta se non ci sbrighiamo. E anche il dottore è là fuori e sostiene che dovrebbe vederti per primo, essendo lui il medico e tutto il resto".

Dovranno aspettare entrambi, pensò Jo. Lei stava benissimo. Un tuffo veloce in uno stagno per pesci nel mese di maggio non era peggiore di una nuotata nelle fredde acque del fiume Tweed, e lei lo faceva da quando era bambina. Era fatta di una pasta più resistente di quanto quei due le dessero ad intendere.

Asciugata, vestita e di nuovo presentabile, uscì dalla sua stanza pochi minuti dopo e trovò i due uomini che stavano ancora pattugliando il corridoio. Il dottor McKendry fu il primo a raggiungerla.

"Siete terribilmente pallida, signora. È stato uno shock. Dovreste senza dubbio essere a letto. L'ultima cosa che vogliamo è che questo si trasformi in febbre cerebrale. Permettetemi di..."

"Febbre cerebrale? *Sono* certo che l'università di medicina di Edimburgo non ti ha insegnato nulla sulla cura degli esseri umani", sbraitò Wynne, spintonandolo. "Puoi lasciare Lady Jo nelle mie mani. Sembra che stia perfettamente bene. Ma credo che una di quelle mucche rosse arruffate che si aggirano nei dintorni possa avere bisogno di te".

"Essere amministratore dell'ospedale non fa certo di te un esperto di medicina".

"E che tipo di competenza ti permette di passare da un'immersione in uno stagno di pesci alla febbre cerebrale? Hai almeno parlato con la paziente per chiederle come sta?".

"Ecco fatto", si complimentò Dermot. "Ammetti che è una paziente. In tal caso Lady Josephine è sotto le mie cure".

La porta dietro di lei si aprì e apparve Anna con le braccia piene dei vestiti bagnati di Jo. Vedendo l'assembramento nel corridoio, cambiò rapidamente idea e scomparve di nuovo all'interno.

"Se posso, signori", disse Jo, approfittando della momentanea pausa nel battibecco degli uomini per intervenire. "Sono in perfetta salute, dottore, e le assicuro che non c'è bisogno di cure mediche. Ma la cosa più importante è che sono preoccupata per il signor Barton. Come sta?"

Wynne si mise accanto a Jo e guardò Dermot, come se pretendesse una risposta da parte sua.

"A parte la sua frenetica preoccupazione per voi, sembra aver superato abbastanza bene l'incidente. Hamish lo ha riportato in reparto ed è rimasto con lui finché non si è calmato. Mentre venivo qui, uno degli assistenti stava aiutando Barton a indossare abiti asciutti".

La porta dietro di lei si aprì leggermente e la cameriera fece capolino. Prima che Jo potesse dirle che era sicuro passare, la donna rientrò e richiuse la porta.

"C'è un luogo più adatto per parlare?" chiese.

Il cambiamento nello schizzo di Charles Barton quella mattina. Il modo in cui si era tuffato nello stagno quando aveva pensato che lei stesse annegando. E la parola che aveva gridato. Aveva diverse domande da porre al dottore, ma non era quello il luogo adatto per porle.

"Certo." Dermot indicò il corridoio. "Possiamo andare nel mio ufficio".

Il borbottio di Wynne indicava che non la riteneva una buona idea, ma rimase vicino a lei mentre seguivano il dottore. Arrivati all'ingresso, Jo osservò il giovane che si muoveva nell'ufficio, cercando di liberare un po' di spazio sul pavimento per permetterle di camminare. Sembrava che il posto fosse stato attraversato da una tempesta. Trovare una sedia libera da pacchi, libri e pile di carta sarebbe stato un problema.

La voce di Wynne sopra la sua spalla era un curioso mix di derisione e trionfo. "Lasciate perdere questa scena di caos. Venite con me".

Quando le prese la mano, Jo gli permise di condurla nel corridoio, presumendo che il dottore l'avrebbe seguita.

L'ufficio di Wynne era l'epitome dell'ordine e della pulizia. Non poté fare a meno di sorridere per il contrasto. Ogni cosa aveva un posto ben definito nella sua area di lavoro. La scrivania, le sedie e gli scaffali sembravano essere esattamente al loro posto. Un mappamondo terrestre si trovava in un angolo con una mappa del mondo incorniciata sulla parete sopra di esso. Sopra la scrivania, una stampa colorata raffigurava la Battaglia di Trafalgar ed era chiaro che i francesi erano stati duramente sconfitti.

Jo era impressionata ma non sorpresa. Conosceva Wynne abbastanza bene da capire che l'ordine di questa stanza rifletteva la sua personalità. Gli piaceva pianificare. Gli piaceva l'ordine. La soddisfazione arrivava solo quando i pezzi di un puzzle si allineavano e soddisfacevano le sue aspettative. Anche da giovane, era scoraggiato dagli imprevisti. Ricordava che lui le disse che la chiave per una nave ben ordinata dipendeva dalla disciplina e dall'addestramento. Il mare era spesso imprevedibile e per questo un ufficiale in comando aveva il dovere di controllare ciò che poteva, mantenendo i suoi uomini e le sue attrezzature in perfetta forma.

Jo pensò al suo rapporto con Cuffe. Suo figlio gli stava già dando qualche lezione sull'imprevedibilità di un bambino che cresce e sull'importanza della flessibilità.

Wynne le offrì un posto vicino alla scrivania, ma lei lanciò un'occhiata al corridoio.

"Che fine ha fatto il dottore?" chiese. "Non doveva raggiungerci qui?".

"Probabilmente si è già dimenticato della nostra presenza. Immagino che in questo momento sia in piedi nel suo ufficio, con un libro infilato sotto il braccio mentre legge un altro libro che ha raccolto dal pavimento". Lanciò un'occhiata sofferta alla porta. "E quando avrà finito di leggere il brano che lo ha colpito, vedrà il suo registro o libro mastro in un angolo sotto una risma di carta e si ricorderà che aveva intenzione di consultare un articolo di giornale che aveva a che fare con la malinconia o la frenologia o qualcosa del genere. E poi, naturalmente, potrebbe trovare un pacco di lettere a cui aveva intenzione di chiedermi di rispondere un mese fa o giù di lì. Quell'uomo è incapace di mantenere l'ordine".

La mente di Jo andò alla sorella minore, Millie, e alla sua ossessione di creare ordine. Il dottor McKendry avrebbe rappresentato una valida sfida per il suo talento.

Wynne fece una pausa quando Jo si sedette sulla sedia offerta.

"Vi prego di non dire che ve l'ho detto, ma nonostante le mie lamentele e le mie angherie, so che quell'uomo è il miglior medico che si possa trovare ovunque. Molti marinai devono la vita a McKendry".

"Non pensate che si unirà a noi?". Chiese Jo.

"Stavo solo scherzando. Sarà qui a breve, ve lo assicuro".

Erano amici strani, pensò, ma sicuramente completavano i punti di forza l'uno dell'altro.

"Com'è andata la vostra gita al villaggio con Cuffe questa mattina?", chiese.

La piega della fronte scomparve quando Wynne si sistemò su una sedia. Sul suo volto si leggeva soddisfazione. Jo sapeva già che quello sguardo significava che era soddisfatto di suo figlio.

"Il vicario ha parlato a Cuffe di recente di un'anziana vedova che vive alla periferia del villaggio. Aveva intenzione di acquistare alcune cose da portare a lei". I suoi occhi blu incontrarono i suoi dall'altra parte della stanza. "È un bravo ragazzo".

Nella sua mente vedeva il padre e il figlio seduti insieme vicino al laghetto di Knockburn Hall. Lo sapeva allora e lo sapeva adesso. Con l'impegno di Wynne, la loro relazione sarebbe fiorita.

Il silenzio momentaneo nella stanza fu rotto dal Dr. McKendry che entrò con un pacco che gettò sulla scrivania di Wynne. Avvicinò una sedia a Jo e vi si gettò.

"Sono piuttosto sollevato di trovarvi qui, signora", disse con una nota di scusa che non corrispondeva al luccichio malizioso dei suoi occhi. "Temevo che questo furfante fosse fuggito con voi".

"Puoi annullare le ricerche, McKendry", rispose Wynne. "L'unico pericolo che ha corso è stato quello di una creatura selvaggia che vive in quella zona selvaggia che tu chiami ufficio".

Ignorando l'amico, Dermot si concentrò esclusivamente su di lei. "Siete sicura di sentirtvi abbastanza bene da poterti alzare?".

"Vi assicuro di sì", gli disse Jo.

"Cos'è questo?" Chiese Wynne, tenendo in mano il pacco.

"Inspiegabilmente", rispose il dottore, "è stato in qualche modo smarrito nel mio ufficio. Non so quando sia arrivato, ma è indirizzato a te".

Wynne lanciò a Jo un'occhiata cospiratoria e ispezionò il pacchetto prima di metterlo da parte. "Sì. Palline da golf che ho fatto arrivare da St. Andrews come regalo per lo scudiero . . . circa sei mesi fa".

"Ma sono felice di vedere che non state male peggiorata per la vostra avventura di stamattina", le disse Dermot.

Uscendo dalla vasca dei pesci, Jo era stata troppo agitata per il benessere di Charles Barton per preoccuparsi di sé stessa. Wynne era stato lì a sostenerla, ordinando immediatamente agli altri di assicurarsi che il paziente fosse portato in reparto e che il dottor McKendry fosse informato. Mentre accompagnava Jo a casa, le aveva mormorato parole di rassicurazione ed era rimasto con lei finché Anna non aveva preso il controllo.

"A proposito di quell'avventura", disse Wynne, attirando l'attenzione dell'amico, "le azioni di Fyffe...".

"Erano del tutto involontarie", intervenne Jo. "È stato un incidente e in gran parte per colpa mia. Ero troppo vicina al bordo e non ho prestato attenzione".

"Fyffe è esuberante ma innocuo", riconobbe il dottore. "È per questo che non assegniamo un assistente specifico per sorvegliarlo. Tuttavia, considerando gli eventi di oggi, dovremo essere più vigili".

"Naturalmente dovete fare ciò che ritenete più opportuno, ma non era certo una minaccia", affermò Jo, raccontando esattamente ciò che era successo e poi parlando del disegno che aveva in mano quando era caduta nello stagno.

Il dottore era particolarmente interessato alla sua osservazione sul cambiamento di Charles Barton.

"Senza dubbio il signor Barton è ormai abituato alla vostra compagnia. E ci sono abbastanza persone che si rivolgono a voi come Lady Josephine o Lady Jo in sua presenza. È possibile che il vostro nome gli sia rimasto impresso", suggerì Dermot. "Ma l'idea di disegnare voi anziché ciò che conserva nella sua memoria è molto eccitante. Sembra che la cortina che separa il ricordo dal reale stia cadendo sempre di più".

"Ma cos'è Garloch?" chiese lei, pensando alle parole che aveva gridato. "Barton continuava a dire 'Garloch'".

"Garloch?" Wynne ripeté, guardando il dottore. "Non è il nome di un villaggio a nord di qui?".

Dermot annuì. "Sì, circa tre ore di carrozza se il tempo è buono. Il posto non è nemmeno la metà di Rayneford. La maggior parte delle fattorie è dedicata all'allevamento di pecore, credo. Non ci vado da quando ero ragazzo. C'è un bel fiume che attraversa la zona e nel quale i miei zii andavano a pescare prima di essere colpiti dalla febbre del golf. A parte questo, non so molto del posto. Posso chiedere al vicario o al signorotto; forse ne sapranno di più".

"Ma perché il signor Barton avrebbe gridato quel nome?".

Il dottore scrollò le spalle. "Difficile dirlo. Garloch è piuttosto lontano dal Castello di Tilmory".

"Dite che è a circa tre ore a nord da qui?".

"Infatti", rispose Dermot. "State pensando di andarci?".

Jo decise che era giunto il momento di comunicare loro la sua decisione di partire. "Dato che dite che questo villaggio è nella direzione in cui sto viaggiando, farò una sosta lì sabato quando riprenderò il mio viaggio verso Torrishbrae".

La protesta del dottore fu immediata e veemente, ma Jo si concentrò sull'espressione sempre più cupa di Wynne. Lui sostenne il suo sguardo. Immaginò le domande che gli frullavano in testa. Si alzò bruscamente e andò alla finestra.

"Ma non potete andarvene adesso", esclamò Dermot. "Abbiamo bisogno di voi qui. I progressi del signor Barton dipendono chiaramente dalla vostra presenza".

Il dottore continuò a protestare. Osservando il profilo di Wynne, vide il serrarsi della sua mascella.

"La mia famiglia mi aspetta a Sutherland", disse in tono ragionevole, rivolgendosi a Wynne. "E credo di aver fatto tutto il possibile qui".

"Non direi. Abbiamo finalmente rotto il suo silenzio. E un'altra settimana di ritardo nella vostra partenza potrebbe fare una differenza sostanziale nelle condizioni del signor Barton". Dermot si rivolse al capitano come se notasse per la prima volta il suo silenzio. "Parlale, Melfort. Parla in modo razionale. Sei bravo in questo genere di cose. Non vuoi che Lady Josephine rimanga?".

Lui le lanciò un'occhiata da sopra la spalla. I suoi occhi blu penetranti rivelarono i suoi desideri prima che le parole lasciassero le sue labbra. "Lo voglio".

"Ecco fatto", annunciò il dottore come se non aspettasse altro.

Jo scosse la testa, pensando ancora che fosse più saggio mettere un po' di distanza tra loro. Si stavano muovendo troppo velocemente.

Wynne si girò dalla finestra e si unì alla conversazione. "Quel villaggio non è sulla vostra strada. Dovrete comunque viaggiare verso la costa per andare a nord verso il Sutherland. Ma se restate, verrò con voi a Garloch e tornerò qui. In questo modo avrete l'opportunità di indagare e vedere quale legame esista tra Barton e il villaggio".

L'offerta di Wynne di accompagnarla aveva senso. Una donna inglese sconosciuta che si ferma in un villaggio fuori mano nelle Highlands molto meno senso rispetto alla prospettiva di essere accompagnata da lui, considerando il suo legame con l'Abbazia e i McKendry.

"Ma cosa faremo una volta arrivati lì?", gli chiese. "Non sappiamo nemmeno se c'è una taverna o una locanda dove poter chiedere del signor Barton".

"Quasi tutti i villaggi delle Highlands hanno una chiesa". Wynne guardò Dermot, che fece un cenno di conferma. "Questo ci darà un punto di partenza. Possiamo chiedere al parroco cosa sa. Forse potremo anche ottenere da lui una lettera di presentazione".

"Odio pensare che voi dobbiate lasciare gli impegni che avete qui", insistette lei, con le pulsazioni che le salivano al pensiero di rimanere da sola con lui per un giorno intero.

"Avete proprio ragione", concordò Dermot. "Me ne occuperò io. Posso far scrivere una lettera a mio zio e accompagnare Lady Josephine a Garloch".

Jo ritenne molto interessante la risposta del capitano, che prima le rivolse uno sguardo interrogativo, come se cercasse la sua approvazione, e poi annuì.

"Mio caro McKendry. Di recente, a cena, ti ho sentito affermare in modo eloquente il tuo impegno per questo ospedale. Della tua devozione verso i pazienti che hanno bisogno delle tue cure e delle tue attenzioni. Lady Josephine non ti permetterebbe mai di sacrificare il tuo prezioso tempo". Wynne riportò l'attenzione su Jo. "Sabato sono libero, signora. Possiamo partire all'alba e tornare prima del tramonto, se siete d'accordo".

Jo accettò l'offerta, un po' stupita dalla facilità con cui era stata convinta a prolungare ancora una volta il suo soggiorno. Avrebbe dovuto inviare un'altra serie di lettere alla sua famiglia, informarla dei suoi piani e cercare di evitare qualsiasi riferimento al Capitano Melfort.

Capitolo Quindici

IL VENERDÌ SERA, Wynne si fermò nella stanza di Cuffe per chiedergli se volesse accompagnarli nella loro escursione del mattino seguente.

"Cosa spera di trovare a Garloch?".

L'intuito di Cuffe lo sorprendeva costantemente. Infatti, più Wynne trascorreva del tempo con lui, più si rendeva conto di quanto il ragazzo fosse avanti per i suoi dieci anni.

"Spera di scoprire chi è. È possibile che qualcuno in quel villaggio possa spiegare il legame tra sua madre e il signor Barton".

"Che importanza ha?"

"Perché ha ancora bisogno di sapere da dove viene. È molto importante per lei, anche se è cresciuta in una famiglia che la ama profondamente". Wynne ha ricordato la paura del figlio di dimenticare la nonna. "Tu e io sappiamo da dove veniamo e chi sono i nostri genitori. Questa conoscenza ci ancorerà in qualche modo. Ci dà un legame con un certo luogo e con certe persone. Lady Jo sarebbe molto rincuorata di avere una parte di quello che abbiamo tu e io".

"È una brava persona", disse Cuffe. "Vedo come si arrabbia a volte quando è seduta con il signor Barton e lui non risponde. Lei ci prova sempre, fa sempre domande. Ma lui è in un mondo tutto suo".

Si sedette a gambe incrociate sul letto, studiando Wynne in silenzio. Negli ultimi giorni, le difficoltà degli altri avevano fatto breccia nella corazza nella vita del ragazzo. Aveva iniziato ad aiutare McDonnell con le sue lettere, leggendole al fabbro all'inizio. Ma ora rispondeva alla madre per conto dell'uomo e questo non era un compito facile. Inoltre, il vicario aveva detto a Wynne che suo figlio aveva chiesto informazioni su altre persone bisognose nel villaggio e nei dintorni. Sembrava particolarmente interessato ad aiutare le donne anziane e le giovani madri che non avevano abbastanza cibo per sfamare le loro famiglie.

"Dovreste andare a Garloch solo voi due, capitano", disse infine Cuffe. "E forse, mentre siete lì, puoi convincerla a rimanere all'Abbazia. Credo che sarebbe un bene per lei e per te. Per tutti noi".

La mattina seguente, mentre riponeva la spada e le pistole sotto il sedile della carrozza, Wynne pensava ancora all'incoraggiamento del figlio a conquistare Jo.

Non esisteva alcun dubbio, né nella sua mente né nel suo cuore, che la volesse. L'aveva sognata migliaia di volte. Da quando era arrivata, la cercava continuamente o teneva d'occhio i suoi spostamenti in ogni momento. Era tornata nella sua vita e il suo effetto su di lui era più forte di quello che aveva avuto sedici anni prima.

Il suo sangue pulsava ogni volta che ricordava di essere tornato dal villaggio con Cuffe e di essersi imbattuto nel pandemonio della peschiera. Quando aveva sentito il suo nome gridato con tanta angoscia e le strazianti suppliche per salvarla, era diventato lui stesso un pazzo finché non l'aveva vista in piedi a guadare l'acqua.

Poi, l'annuncio della sua partenza creò scompiglio nella mente di Wynne. Fu colpito dalla paura di averla trovata solo per perderla di nuovo. Temeva che, una volta tornata tra le braccia protettive della sua famiglia, il suo legame con lei si sarebbe interrotto per sempre.

Come vedovo alla sua età, con ricchezza e un posto nella società, Wynne avrebbe probabilmente potuto sposarsi di nuovo. Ma non era mai stato pronto a fare quel passo. Non avrebbe mai preso in considerazione un matrimonio insensato. Non desiderava una sposa bambina, indipendentemente dalla sua dote o dalla sua posizione. I suoi obiettivi erano sempre stati più alti. La devozione per suo figlio gli imponeva di scegliere una donna con una mente forte e un cuore gentile.

Nella lista delle donne che desiderava, Jo Pennington occupava il primo e unico posto.

Lasciando il cocchiere e lo stalliere con la sua carrozza e i quattro cavalli, Wynne risalì la mezza dozzina di gradini che portavano all'annesso nord.

Jo era la donna giusta per lui, ma temeva che una proposta di matrimonio in quel momento non avrebbe fatto altro che provocare un rifiuto. Poteva parlarle dei suoi sentimenti per lei, poteva rivelarle i veri meccanismi del suo cuore, ma il loro futuro era nelle mani di lei. Si era già allontanato da lei quando erano giovani. Questa volta, spettava a Jo decidere se dovevano riprovarci. Tutto ciò che poteva fare era essere li. Doveva decidere se un futuro con lui fosse degno di una seconda possibilità.

Quando raggiunse il fondo della tromba delle scale, vide Jo che scendeva le scale da sola.

"Non portate la vostra cameriera?" chiese dopo che si erano scambiati i saluti.

"Come sapete, signore, ho superato i trent'anni", rispose con leggerezza. "Non ho bisogno di preoccuparmi di una reputazione danneggiata".

"Il vostro coraggio ti fa onore, Lvady Jo", disse con finta serietà mentre la conduceva nel cortile.

"E lei, capitano? È preoccupato?"

Wynne finse di essere rassegnato al destino mentre la accompagnava in carrozza. "In più di un'occasione, il dottor McKendry ha detto che sono un fiore delicato quando si tratta della mia reputazione. Ma nel suo caso, signora, farò un'eccezione e cercherò di resistere".

Salendo e sedendosi di fronte a lei, ammirò il sorriso che si intesseva sulle labbra di Jo. Era una donna che sembrava pronta ad affrontare qualsiasi situazione. Il cappello di velluto nero e il vestito da carrozza verde intenso che indossava sotto il mantello erano tanto belli quanto appropriati, pensò.

Nonostante l'ora mattutina, era fresca e pronta per la loro avventura. Quel giorno era un regalo inaspettato. Loro due soli, insieme, in viaggio.

Gli uomini di servizio salirono in cima e si sentì il cocchiere chiamare i suoi quattro cavalli: "Cammina, cammina". Mentre la carrozza procedeva, Wynne vide Jo guardare fuori dal finestrino verso l'Abbazia.

"Vi prego, non dirmi che quel vostro spasimante con la luna sta correndo dietro a noi in camicia da notte?".

"Non prendetemi in giro", lo rimproverò, anche se il rimprovero non raggiunse i suoi occhi castani. "Il dottore non è innamorato della luna. Almeno non a causa mia. E *non è* il mio spasimante".

"Beh, ha imparato a fare lo sguardo triste", le disse. "Mi dispiace raccontare storie fuori dalla scuola, ma ieri sera, dopo che voi signore avete lasciato la sala da pranzo, il furfante ha cercato in tutti i modi di convincere il vicario a *dargli* la lettera di presentazione. La sua performance avrebbe superato quella di Garrick stesso".

"Ma siete riuscito ad ottenere la lettera?".

"Fortunatamente, ho ancora la capacità di superare McKendry". Wynne si accarezzò la tasca con la lettera. "Ho promesso al vicario di portargli un nuovo set di mazze da golf Denholm la prossima volta che torno da Edimburgo".

"Non l'avete fatto", sussultò lei. "Non c'è bisogno che facciate una cosa del genere. Me ne occuperò io. Prenderò accordi per far costruire i club non appena tornerò. Mi dispiace tanto di avervi imposto...".

"Tutto questo è stato fatto modo scherzoso", disse dolcemente. "Il vicario non si aspetta alcuna ricompensa".

Le sue guance si arrossarono in modo grazioso e i suoi occhi lampeggiarono di rimprovero mentre lei gli dava uno schiaffo sul ginocchio e sorrideva. Il tempo tornò a scorrere all'indietro per lui. In passato si era comportata spesso esattamente così ogni volta che lui l'aveva stuzzicata o irritata. Wynne ricordò che poi la tirava sulle ginocchia e la baciava, implorando il suo perdono.

Era tentato di farlo anche in quel momento. Era la prima volta che rimanevano davvero soli dopo il bacio in giardino.

La sua pelle arrossata si intonava al colore del sole nascente e si chinava verso la finestra. Si chiese se anche lei stesse ricordando quei momenti passati.

Mentre era distratta, Wynne studiò il suo profilo. La forma del suo viso, dagli zigomi alti alla pienezza delle labbra. Era più bella di quanto la sua memoria non ricordasse. Il suo sguardo si spostò sui riccioli scuri che sfuggivano al cappello di velluto e scivolò più in basso verso il vestito, soffermandosi per un istante sui suoi seni. Aveva sentito la loro pienezza quando li aveva sfiorati con le dita in giardino.

I due erano vicini per età, ma non per esperienza, ne era certo. Era stato sposato. E negli anni precedenti e successivi alla sua defunta moglie Fiba, aveva avuto delle relazioni con delle donne. Lo sguardo di Wynne si spostò ancora una volta sul suo corpo, sul suo viso, sulle sue labbra dischiuse e si chiese se fosse possibile che fosse ancora innocente come lo era stata anni prima. Per lui non faceva differenza. La risposta appassionata di lei al suo bacio risvegliava il desiderio nei suoi lombi anche in quel momento. Lei aveva voluto di più, come lui.

Si spostò sulla sedia, improvvisamente a disagio per la direzione dei suoi pensieri e la reazione del suo corpo. Aveva bisogno di rivolgere la sua attenzione altrove e trovò subito un argomento più potente di qualsiasi altro per frenare la risposta del suo corpo.

"Vostro fratello", disse. "Il Visconte Greysteil, Lord Justice del Tribunale Commissariale di Edimburgo. Sa che sono l'amministratore dell'Abbazia?".

I suoi occhi scuri abbandonarono la vista delle dolci colline e si rivolsero a lui. "Il dottor McKendry non ha parlato di voi quando ha comunicato con me per la prima volta".

"Ha agito su mia raccomandazione. Ma da quando siete arrivata, avete inviato diverse lettere a Baronsford, non è vero?". Aggrottò un sopracciglio, in attesa di una risposta.

"Vi importa se mio fratello lo sa?".

Wynne accarezzò il sedile. "Viaggio sempre con un paio di pistole, quindi sono preparato, nel caso in cui decidesse di inseguirvi qui. Greysteil ha mancato il mio cuore la prima volta. Se avrà una seconda occasione, potrebbe non sentirsi così generoso".

Stava scherzando, ma gli occhi di Jo si annebbiarono al ricordo. "Pensavo che non avremmo parlato del passato".

"Questo era prima", disse dolcemente. "Ora lo trovo inevitabile".

Le sue sopracciglia si aggrottarono e riportò lo sguardo fuori dalla finestra.

"Non lo biasimavo allora. Non lo biasimo ora. Stava difendendo il tuo onore. Se avessi avuto una sorella come te, avrei fatto la stessa cosa".

Lei continuò a sedersi in silenzio, ma Wynne sapeva che non aveva giorni, settimane o mesi per conquistarla. Lei avrebbe potuto decidere domani di lasciare l'Abbazia e a lui sarebbero rimasti solo ricordi e rimpianti. Quella era la sua occasione per parlare.

"Il mio modo di rompere il nostro fidanzamento non è stato corretto. Lasciarvi una lettera anzichè di incontrarvi e dirvelo di persona".

"Sapevate che Hugh ha perso la moglie e il figlio durante la guerra nella penisola?", interruppe lei, con voce grave. Stava forzando un cambio di argomento. "Morirono di febbre da campo".

Wynne lo sapeva. Sua cognata non gli mandava solo notizie di Jo. Veniva anche regolarmente informato dei successi e delle sconfitte di Greysteil.

"Ha sofferto terribilmente. L'intera famiglia ha pianto la loro morte per anni". Le sue parole erano segnate dalla tristezza. Il suo riferimento al passato risvegliava molto più che la tragedia della loro separazione.

"L'anno scorso, però, è arrivata un'altra occasione di felicità nella sua vita. Si è sposato di nuovo e ora lui e sua moglie hanno una figlia neonata".

Osservando lo sguardo implorante di Jo, annuì e accettò la sua richiesta di interrompere il tentativo di parlare della loro rottura, almeno per il momento. Non era pronta a riaprire la ferita del loro passato. Allo stesso tempo, sapeva che nessuno dei due avrebbe potuto riparare completamente finché la cicatrice non fosse guarita.

"È vero", chiese invece, "che la sua nuova moglie è arrivata a Baronsford in una cassa?".

Il sollievo si rifletteva nei suoi occhi e nel sorriso che improvvisamente le abbellì le labbra. "Chi sono le vostre spie, capitano Melfort? Come fate a saperlo?"

"Mio fratello John e sua moglie hanno acquistato Highfield Hall vicino a Baronsford non molto tempo fa", spiegò. "Non fanno parte della cerchia di amici dei Pennington, giustamente, ma sono davvero poche le notizie su di voi e sulla vostra famiglia che non mi arrivano attraverso le loro lettere".

"Allora saprete anche del matrimonio di Gregory?".

"Deve essere una notizia abbastanza recente, perché non l'avevo sentita. L'ho saputo solo quando avete detto allo scudiero e alla signora McKendry che vostro fratello minore ora vive a Sutherland".

Forse non ne aveva parlato nelle *sue* lettere. Sua cognata conosceva bene la storia tra i Melfort e i Pennington. Capiva perché erano l'unica famiglia di quella parte dei Borders a non essere invitata ai balli estivi e natalizi di Baronsford. Tuttavia, il suo disappunto per essere stata esclusa dai festeggiamenti più pubblici del matrimonio del visconte nel villaggio di Melrose traspariva chiaramente dalla sua lettera. Non sarebbe stato molto gentile stuzziccarlaa anche per questo matrimonio.

La carrozza proseguì, salendo sulle colline che sovrastano la valle del fiume Don, e Jo sembrò persa nei suoi pensieri mentre guardava le aspre foreste e la campagna ricoperta di ginestre. Pensando ancora a suo fratello John e a sua moglie, Wynne rifletteva sui loro ripetuti inviti a portare Cuffe a sud, a Highfield Hall. Volevano fargli conoscere il resto della sua famiglia. Avevano un figlio di circa dodici anni e una figlia di nove. Due settimane prima non avrebbe mai preso in considerazione l'idea di riunirli tutti. Ora, invece, si sentiva piuttosto ottimista al riguardo.

E tutto grazie alla donna seduta di fronte a lui.

"Se posso chiederlo, Jo, come stanno i vostri genitori?". Durante il periodo in cui avevano pensato che Wynne si sarebbe presto unito alla loro famiglia, il conte e la contessa gli avevano mostrato solo gentilezza.

I suoi occhi si illuminarono di piacere. "Mio padre finge di essere duro d'orecchi per ottenere più attenzione, ma mia madre è una maestra in questo gioco. Le loro discussioni e l'affetto che provano l'uno per l'altra sono ancora una grande fonte di intrattenimento per la famiglia".

Da giovane, Wynne aveva considerato i Pennington il modello di famiglia felice. Così diversa dai Melfort.

La sua voce era premurosa quando continuò. "So che sono passati anni da quando avete perso i vostri genitori, ma mi è dispiaciuto sapere della loro scomparsa".

Chinò la testa in segno di riconoscenza, ma in cuor suo provò solo pietà per il vecchio baronetto e sua moglie.

"Mi ero allontanato da loro per diversi anni quando sono morti. Lui se ne andò per primo, mia madre un anno dopo. Sembra molto duro da parte mia dirlo, lo so, ma erano persone sole e amareggiate fino alla fine".

Non gli chiese di più, ma Wynne sentiva che meritava di sapere la verità su di loro.

"Siete molto gentile a nominarli, ma dovevate sapere che erano contrari a noi. All'inizio la cosa è stata più lieve; offendere la propria famiglia ha i suoi rischi. Ma la loro opposizione non ha fatto che peggiorare, in privato, man mano che i discorsi diventavano più velenosi".

Ricordava molto chiaramente le discussioni, le minacce, il tormento quotidiano di ripetere qualsiasi pettegolezzo maligno che circolava in una cerchia sociale o in un'altra. La dote di Jo era stata allettante, ma avevano cambiato idea di fronte alle chiacchiere sul suo passato.

Wynne studiò Jo in silenzio. Era stata troppo generosa per lamentarsi delle loro sottili offese, ed era troppo educata per riconoscere ora ciò che entrambi sapevano essere la verità.

"Dopo essermi ripreso dalla ferita e aver preso il mare, mio fratello si innamorò della figlia di un ministro della Cornovaglia. Era una giovane donna di nessuna importanza sociale e con una dote molto bassa. Come potete immaginare, la loro disapprovazione fu feroce. Minacciarono di privarlo della sua eredità, ma John era molto più forte di me: respinse i loro tentativi di intimidazione e scoprì il loro bluff. Sposò la donna che ancora ama".

"Sono felice che Sir John abbia trovato la felicità".

Wynne annuì. "Due bambini vivaci e una bella vita".

Guardandola, si chiese come si fosse sentita quando aveva saputo che si era sposato e aveva avuto un figlio. Lei non voleva parlare del passato, ma quelli erano gli eventi che avevano portato le loro vite a quel punto. E non gli restava più molto tempo per dirle le cose che aveva bisogno di condividere.

"Dopo la morte di mio padre, mia madre mi scrisse e mi disse che il mio matrimonio con Fiba, la madre di Cuffe, era stato la causa della sua morte".

"Oh no", mormorò lei, toccandogli il ginocchio.

Scrollò le spalle. "In quel momento le sue parole mi ferirono, ma ero già stato scottato in passato. Non avevo rimpianti per aver sposato Fiba. Il mio piano era di lasciare la marina e stabilirmi in Giamaica. Non pensavo che sarei mai tornato in Inghilterra. Nella mia mente avevano cessato di esistere molto tempo prima".

"Mi dispiace".

Wynne capì quanto fossero sentite le parole di Jo. Aveva trascorso tutta la sua vita alla ricerca dei suoi veri genitori. Mentre lui aveva festeggiato il giorno in cui aveva potuto finalmente voltare le spalle ai suoi, libero e senza vincoli.

"Ho ancora mio fratello", le disse. "E la nostra amicizia mi dà un grande piacere".

"Vi prego di accettare le mie più sincere scuse", disse. "Io e la mia famiglia abbiamo trattato vostro fratello e sua moglie in modo ingiusto. Potete star certo che andrò a trovarla e le presenterò Grace, mia cognata, quando tornerò a Baronsford".

Wynne la osservò attentamente. Il rossore che le sbocciava sulle guance, gli occhi scuri pieni di compassione, la gentilezza che lui già conosceva permeava il tessuto stesso della sua esistenza.

Aveva citato la madre di Cuffe per nome. Aveva ammesso di essersi prontamente allontanato dalla sua famiglia per sposarla, anche se solo pochi anni prima era stato troppo debole per affrontare Jo e permetterle di partecipare a qualsiasi decisione sul loro futuro. L'aveva privata di una vita. Le aveva tolto la voce. Aveva fatto ciò che pensava fosse meglio senza pensare a come la sua scelta avrebbe influenzato la sua vita.

Eppure si stava scusando con *lui*.

"Non potevo proteggervi", disse, pronunciando le parole che aveva nel cuore. "Stavo per partire per la guerra. Non mi sono mai interessati i vili pettegolezzi. Niente di tutto ciò. Ma sapevo quanto i miei genitori si sarebbero comportati in modo mostruoso con voi. Sposandovi, vi avrei gettata nella fossa dei leoni".

"Vi prego, Wynne. Non..."

"Dobbiamo", lo interruppe lui, osservando una singola lacrima sfuggire all'angolo dell'occhio scintillante di lei e scivolare lungo la guancia.

"Voi vi siete mantenuta distaccata e lontana dalle bugie, mentre io volevo fare a pezzi chiunque dicesse una parola di troppo su di voi. Eravate gentile e indulgente mentre io mi infuriavo interiormente contro quelle vipere sorridenti che non erano abbastanza degne di allacciare le vostre pantofole. Ma nemmeno io ero degno. Ero impotente, Jo. Ero impotente nel proteggervi dalla tristezza che voi nascondevate con tanto coraggio di fronte a ogni aggressione".

"Wynne, fermatevi", sussurrò. "Vi prego..."

"Non posso. Dovete ascoltarmi". Più di ogni altra cosa, voleva spostarsi e sedersi accanto a lei. Prenderla tra le braccia e chiederle perdono. Ma non poteva. Non quando c'erano altre cose da dire.

"La mia giovinezza, il mio orgoglio, la mia convinzione che non sareste stata in grado di sopravvivere se non ci fossi stato io a proteggervi mi hanno portato all'atto egoistico di allontanarmi. Ho deciso per entrambi che sareste stata molto meglio senza di me, senza il nostro matrimonio. E ho fatto male. Ma non posso dare la colpa alla mia famiglia. La colpa è mia. Alla fine, ho pensato solo a me stesso. Come se fossi io quello ferito da tutto quello che è successo. Il modo in cui vi ho lasciata, Jo, è stato sbagliato e doloroso. So di avervi causato più dolore di quanto meritavate".

Dal giorno in cui era arrivata all'Abbazia, Jo aveva pensato che il suo cuore si sarebbe spezzato se avessero parlato del loro passato. Ma si sbagliava. Li erano in gioco due cuori.

Mentre parlava, ogni parola era intrisa di cruda emozione. La sua frustrazione per la situazione che stavano affrontando era ancora così viva in lui. Lo vedeva nell'assetto delle sue spalle, nella rotazione della testa, nello sguardo indagatore che tornava costantemente sul viso di lei. Aveva portato la colpa per tanti anni e lei sapeva che non poteva permettere che questo continuasse.

"Erano coinvolti due giovani, Wynne. Due", ripeté, forzando le parole per superare il nodo in gola. Fece una pausa, raccogliendo le forze e volendo continuare.

La sua mano raggiunse la sua e le loro dita si intrecciarono. Sapeva sempre quando lei aveva bisogno di lui. Che fosse in una sala da ballo quando voci maligne la stavano distruggendo o nel reparto di un manicomio quando si era trovata ad affrontare l'ostilità della famiglia Barton.

"Nel corso degli anni", disse, "ho analizzato attentamente le mie azioni e il mio carattere. Agli occhi della mia famiglia, ero la persona ferita, quella lasciata indietro, la vittima. Ma, dopo aver fatto un esame di coscienza, mi sono resa conto di essere stata la principale responsabile della fine del nostro fidanzamento".

Wynne iniziò a negare la sua affermazione, ma questa volta Jo lo mise a tacere.

"Ero timida, mi vergognavo del mio passato. E ho permesso che le voci, le insinuazioni e le calunnie mi influenzassero. Mi sono ritirata piuttosto che sfidare le persone odiose che diffondevano il veleno". Incontrò i suoi occhi turbati. "La mia scusa era che non avevo una base solida su cui poggiare. Non sapevo nemmeno io cosa fosse vero, quindi come potevo combattere le bugie?".

Anche dopo la loro rottura, Jo aveva continuato a evitare il confronto con le malelingue

. Nella sua mente, trovava sempre un modo per sminuire l'insulto, allontanarsi e ritirarsi nel silenzio. Le faceva male sapere che aveva costretto gli uomini della sua famiglia a diventare ancora più protettivi. Ancora oggi, nessuno osava sussurrare una parola su di lei in presenza di Hugh, Gregory o dei suoi genitori. Ma quando non erano presenti, il comportamento di molti altri conoscenti era molto diverso.

"So che nella mia esitazione a combattere gli insidiosi maldicenti così diffusi nel ton, vi ho impedito di difendere il mio onore e di parlare per me. Non ero abbastanza forte e ho reso impotente anche voi". Disse la verità che le ci erano voluti anni per capire. "Ora so che non avreste mai potuto stare a guardare e permetterlo. Vi ho chiesto di essere qualcosa che non potevate essere. Così facendo, vi ho allontanato".

Le sue mani erano calde quando si chiusero intorno alle sue dita gelide.

"Potete dire tutto quello che volete, ma la colpa è ancora mia", disse. "Ero giovane e impaziente. Ero quasi impazzito per il pensiero della guerra e della morte e non riuscivo a pensare al domani. Quando arrivò l'ordine di salpare, fui preso dal panico. I miei doveri non mi avrebbero riportato a casa per un po' di tempo, questo lo sapevo. Cosa sarebbe successo se ci fossimo sposati e voi aveste scoperto, dopo la mia partenza, di essere incinta? Di certo non mi fidavo del fatto che i miei genitori vi avrebbero trattata come dovevano. E cosa sarebbe successo se fossi morto in mare? Avevo più domande e insicurezze di quante ne potessi sopportare".

"Eravamo entrambi così giovani".

"Ma invece di darvi voce in capitolo su quale dovesse essere la nostra decisione, *ho* scelto per entrambi. *Ho* deciso che il nostro matrimonio sarebbe stato un disastro".

Eppure, pensò Jo, avrebbe fatto in modo che funzionasse, anche in sua assenza. Lo amava e ciò che non era disposta a fare per sé stessa, lo avrebbe fatto per lui. Ma non aveva senso dire nulla di tutto ciò in quel momento.

"Volevo che tutto fosse perfetto", continuò Wynne. "Nell'imprudenza della mia giovinezza, pensavo che se non fossi riuscito a rendere le cose perfette, non avrei potuto sottoporvi a quella che ero certo sarebbe stata una dura realtà. Mi ci sono voluti anni per capire che la perfezione è un obiettivo, ma non è sempre un disastro non raggiungerlo. Ad essere sincero, ci sto ancora lottando quando si tratta di Cuffe e della sua vita qui in Scozia. Ho dovuto imparare di nuovo chi era mio figlio. Dovevo ricordare sua madre e cosa avrebbe voluto per lui".

Si sedette.

Jo tenne gli occhi sul suo viso. Le scuse di Wynne erano state a nome di un giovane che le aveva proclamato il suo amore e poi aveva vacillato. Da allora, un'altra donna lo aveva aiutato a diventare una persona migliore. Quello che vedeva ora era un uomo fermamente in controllo del proprio destino.

"Mi parlerete di Fiba?".

Si agitò sul sedile. Un momento di inquietudine oscurò la sua espressione.

"Perdonatemi. Non vi sto chiedendo di ficcare il naso nella vostra vita. Non avrei dovuto..."

"No. *Dovreste* saperlo", le disse, rilassandosi. "Quando ci siamo conosciuti, Fiba era stata sposata con un ufficiale della marina inglese ma era rimasta vedova da poco. Io stavo assumendo il comando della *Carnatic*, che all'epoca era in fase di allestimento".

Lo sguardo di Wynne si spostò verso la finestra e Jo quasi sentì l'ondata di ricordi che gli tornavano alla mente. Cuffe era un bambino estremamente bello e poteva solo immaginare quanto dovesse essere affascinante sua madre.

"Veniva da una famiglia maroon e, nonostante facesse parte della società inglese durante il suo matrimonio, si mantenne fedele al suo popolo".

Jo sapeva che il numero di persone come Fiba in Giamaica era solo una frazione della moltitudine di persone ridotte in schiavitù.

"Cuffe ha una natura di combattente leale. Dopo che io e Fiba ci siamo legati, ho capito che aveva un'altra vita rispetto a quella che viveva apertamente. Ho chiuso gli occhi di fronte a ciò che vedevo. Stava trasmettendo ai Maroon che vivevano nel Cockpit informazioni sui commercianti e sui proprietari delle piantagioni".

"Era davvero coraggiosa", disse ammirata. Quanto era stata diversa la sua vita da quella di Fiba. Quanto fossero insignificanti le sue aspirazioni per un'eroina come la madre di Cuffe. "Posso capire perché vi siete allontanato dalla vostra famiglia per sposare una donna così speciale".

I suoi intensi occhi blu trovarono e mantennero il suo sguardo.

"Il matrimonio non faceva parte dei nostri piani. Nessuno di noi due lo voleva o ne aveva bisogno". Fiba era finanziariamente indipendente dopo la morte del suo primo marito e amava le sue nuove libertà. E i miei doveri mi riportavano raramente in Giamaica. Ad essere sincero, ho avuto molte difficoltà a convincerla a sposarmi dopo aver scoperto che era incinta".

Jo non si sarebbe aspettata niente di meno da lui. Il suo senso dell'onore non era mai cambiato nel corso degli anni. Nella loro relazione di tanto tempo fa, non si era mai approfittato di Jo.

"Portare in grembo vostro figlio non l'ha convinta a sposarvi?".

"Il rifiuto di Fiba non riguardava me. Per la prima volta nella sua vita, era riuscita ad aiutare il suo popolo. Sposare un altro ufficiale inglese non faceva che complicare le cose. Per quanto riguardava il nostro bambino, aveva intenzione di crescerlo da sola e sosteneva che sull'isola c'era un gran numero di bambini di razza mista".

È triste che Cuffe abbia perso una madre così forte prima di avere la possibilità di conoscerla.

"Come l'avete convinta alla fine?".

"Le ho parlato di voi".

"Di me?" chiese lei, confusa.

"Le ho raccontato di una bambina che era cresciuta alla ricerca di risposte. Di una giovane donna che non riusciva a capire il valore delle proprie qualità e del proprio carattere solo a causa di domande sulle proprie origini. Le dissi che non volevo che un mio figlio soffrisse come avevate sofferto voi".

Jo pensò a tutto quello che aveva detto su Fiba. Una rivale. Una donna che avrebbe dovuto disprezzare, forse addirittura odiare. Aveva sposato l'unico uomo che Jo avesse mai amato. Avrebbe dovuto invidiare Fiba per la moltitudine di giorni che aveva potuto trascorrere con lui. Aveva così tanti motivi per provare la più profonda antipatia nei suoi confronti. Eppure, non poteva. Avevano amato lo stesso uomo e quello che Jo sentiva non era altro che un legame di parentela.

Capitolo Sedici

Garloch aveva molto di più da offrire di quanto suggerito dal vicario.

L'impervia strada delle Highlands che avevano seguito scendeva in una valle cittadina, protetta dai venti del nord da un'aspra cresta di montagne. Una strada per le carrozze, senza dubbio costruita dall'esercito per spostare le truppe durante l'insurrezione giacobita, seguiva la riva di un lungo e stretto lago che si estendeva a ovest, mentre una serie di negozi, cottage e una venerabile locanda per le carrozze si raggruppavano intorno alla croce del mercato nel centro del villaggio. Un secondo fiume confluiva in quella parte della città, scendendo dalle alture più elevate e scorrendo sotto un ponte di pietra che sembrava abbastanza nuovo. La piccola chiesa in pietra, oggetto del loro viaggio, si trovava in un'ombrosa radura fiorita sotto la confluenza delle acque.

Andando direttamente in chiesa, Wynne scese per parlare con un anziano signore chino su un terreno ben curato nel cortile dell'edificio religioso.

"Quello è il signor Kealy", disse l'abitante del villaggio in risposta alla sua domanda sul prete. "Non viene qui se non una volta ogni due settimane, ma siete fortunato, signore. Il giovane è arrivato per la funzione di domani".

Dopo qualche altra domanda, Wynne riuscì ad appurare che Kealy era il curato che divideva il suo tempo viaggiando tra due chiese della zona, mentre il rettore della grande parrocchia si occupava di una sola chiesa in un villaggio lontano.

"Se avete voglia di sgranchirvi le gambe lungo il sentiero del fiume o di rifocillarvi alla locanda, dovrebbe tornare a breve. È in visita a uno dei parrocchiani", suggerì l'uomo più anziano.

Wynne comunicò questa informazione a Jo mentre la aiutava a scendere dalla carrozza. Ammirò il suo profilo mentre alzava il viso verso il cielo e chiudeva gli occhi, inspirando profondamente.

Tra loro erano state dette molte cose. Finalmente gli aveva permesso di parlare del passato e gli aveva chiesto di sua moglie, ma le sue domande non finirono lì. Tra le altre cose, voleva sapere se Fiba avesse avuto la possibilità di tenere in braccio Cuffe e per quanto tempo fosse vissuta dopo averlo partorito.

Tre giorni, le disse. Era vissuta per tre giorni dopo il parto.

Un bambino che perde la madre alla nascita era qualcosa di molto familiare per Jo e questo fatto non sfuggiva a Wynne. Era il motivo per cui era venuta nelle Highlands. Il loro viaggio verso Garloch si basava su molte incognite; le grida incoerenti di Charles Barton non potevano certo essere considerate qualcosa di solido. Ma non aveva intenzione di lasciare nulla di intentato nella sua ricerca. Lii, in quel villaggio, credeva che avrebbe trovato delle risposte su sua madre.

"Vi va di andare alla locanda o andiamo a fare due passi?", chiese quando lei rivolse i suoi bellissimi occhi marroni su di lui.

"Camminiamo", rispose lei, unendo il proprio braccio a quello di lui. Seguendo il muro di pietra che delimitava il kirkyard, si diressero verso il fiume. Il sentiero era ben frequentato e passarono accanto a pinete e casolari. Campi verdi punteggiati di pecore e ornati di fiori gialli si estendevano su prati ondulati su entrambi i lati del fiume costeggiato da boschi.

Il sole splendeva e Wynne si chiese se lei sapesse quanto lui avesse apprezzato il regalo che gli aveva fatto. Si era tolto un peso ora che aveva avuto l'opportunità di spiegare le sue azioni e di scusarsi per esse. L'assoluzione di Jo era più di quanto avesse mai sperato.

"So che questo è un giorno importantissimo per voi", le disse quando si fermarono su una prospettiva sopra un'ansa del fiume. "Credete che qui troverete una chiave che potrebbe aprire una porta sul passato. Ma a prescindere da dove porterà la giornata, spero che sappiate che sono con voi. E non parlo solo di questo villaggio o di oggi. Intendo qualsiasi cosa di cui abbiate bisogno, ogni volta che mi chiamerete, in qualsiasi modomi permetterete di aiutarvi".

Wynne non voleva che si creassero equivoci sulle sue intenzioni. Non voleva perdere Jo. Allo stesso tempo, capiva che lei aveva molti pensieri per la testa. Le prese la mano e la guardò negli occhi.

"Jo, c'è molto altro che vorrei dire".

Inaspettatamente, lei lo abbracciò e premette il viso contro il suo cuore. Le braccia di Wynne si strinsero intorno a lei e lui la abbracciò. Quante volte nella loro giovinezza aveva fatto così! Quando erano soli e lei era scossa o turbata, si girava improvvisamente e lo abbracciava in quel modo. Stringerlo anche solo per un momento sembrava rassicurarla sul fatto che lui era lì con lei.

"Mi dispiace", mormorò lei, liberandolo rapidamente come faceva sempre.

Ma Wynne non era pronto a lasciarla andare. Le sue braccia rimasero intorno a lei, tenendola contro di sè.

"Io non sono dispiaciuto", rispose lui, sorridendo al suo viso all'in su. "Vi fa comunque sentire meglio?".

"Molto meglio. Grazie". I suoi occhi brillanti luccicarono di lacrime non versate. "Ho riposto così tante speranze nel trovare una risposta. E ora, mentre la possibilità di scoprire la verità si fa più forte, mi sento così insicura. Non è più solo una questione di sapere. Cosa succederà se la risposta non dovesse piacermi?".

"Ha importanza?" chiese. "Qualunque cosa veniate a sapere oggi o domani o l'anno prossimo, non cambia la persona che siete. E non cambierà nulla per coloro che vi amano".

Jo sorrise e annuì.

"Tutti noi dobbiamo fare ciò che sappiamo essere giusto", continuò. "Percorrere la strada che dobbiamo percorrere. Anche dire le parole che avremmo dovuto dire molto tempo fa. Lo state facendo. State inseguendo una risposta che ha un significato importante per voi.

Ma se non troverete nulla alla fine di questo viaggio, non avrete perso nulla nella ricerca".

Le sollevò il mento e le asciugò una lacrima dalla guancia.

"Siete più vicina ora che mai, Jo".

"Lo so", acconsentì lei, sembrando soddisfatta.

Tornando sui loro passi, avevano appena raggiunto il muro di pietra del kirkyard quando un giovane magro che indossava un abito scuro e un gilet scese di corsa verso di loro.

Il curato li salutò e si presentò. L'anziano con cui avevano parlato prima lo aveva informato che degli sconosciuti lo stavano aspettando.

Wynne consegnò al signor Kealy la lettera di presentazione fornita dallo zio di Dermot e il curato ne scrutò rapidamente il contenuto.

"Sarà un piacere assistervi in ogni modo possibile, signora", disse, rivolgendosi a Jo mentre dava un'occhiata all'orologio da tasca. "Purtroppo al momento ho solo pochi minuti a disposizione. Ho un impegno precedente che devo rispettare, ma potrò aiutarvi quando avrò adempiuto a questo obbligo".

"Certamente. Ma potrebbe dirci se avete dei documenti che potrebbero aiutarci?" chiese.

"È proprio così. E io sono stato particolarmente diligente durante il mio mandato qui". Kealy fece una pausa e guardò Wynne. "Devo dire, però, che non è sempre stato così. Purtroppo, negli ultimi anni conosco un curato che è stato... beh, meno devoto, come dire?".

Wynne e Jo si scambiarono un'occhiata quando il giovane fece loro cenno di seguirlo lungo il sentiero verso la chiesa.

Il curato si rivolse di nuovo a lei. "Che cosa sperate di trovare esattamente, signora?".

"Vorrei iniziare cercando il nome di un signore che potrebbe avere qualche legame con Garloch. Posso anche fornire l'età del signore, se può essere d'aiuto".

Varcando il cancello del cimitero, Wynne fu colpito dal numero spropositato di tombe.

"Teniamo i registri delle nascite, dei battesimi, dei matrimoni e delle sepolture in una cassetta di sicurezza con due serrature", disse Kealy. "Tutti gli abitanti della parrocchia sono lì. Da quando la legge è cambiata sei anni fa, utilizziamo i registri ufficiali della King's Printer e una volta all'anno invio un duplicato dei nostri registri all'ufficio di Aberdeen".

"E a quanto tempo fa risalgono questi documenti?". Gli chiese Wynne.

"Beh, ad eccezione del mio predecessore, i curati e i rettori hanno tenuto registri eccezionali che risalgono agli anni precedenti l'Unione. Quindi, direi più di un secolo".

Il giovane si fermò e guardò con attenzione le tombe intorno a loro. Molte delle lapidi più vecchie, vicine alla chiesa, erano cadute o erano storte.

"Ma naturalmente bisogna tener conto dei danni causati dalla grande alluvione. E non si può dire quanto accuratamente siano stati tenuti i registri subito dopo".

"La grande alluvione?" Chiese Jo.

"Non il diluvio di Noè, signora, ma una versione altrettanto terribile che colpì Garloch, dice la gente. Fu molto prima della mia epoca, ma i parrocchiani ne parlano ancora. Il cimitero della chiesa fu inondato. Potete vedere i danni alle pietre qui. L'acqua raggiunse anche la chiesa e la sagrestia fu gravemente danneggiata. In realtà, siamo fortunati che la scatola dei registri non sia andata completamente perduta".

"Quando è avvenuta l'inondazione?" Wynne prese la mano di Jo nella sua, ricordando l'agitazione di Charles Barton per l'annegamento di Jo.

"Fatemi pensare". Il curato fissò il cielo per qualche istante, come se cercasse di ricordare l'anno. "Mi imbarazza dire che non sono in grado di dirvelo, ma...".

"Avete un anno approssimativo?". Jo insistette.

Il giovane diede un'occhiata alle tombe più vecchie.

"Da questa parte, se non vi dispiace". Fece cenno di seguirli. "Molti sono morti in quell'alluvione. E non solo gli abitanti del villaggio, a quanto ho capito. Persone innocenti che viaggiavano sono state colte di sorpresa e spazzate via. Molti sono stati sepolti in quella sezione laggiù".

Wynne mise una mano sulla schiena di Jo, invitandola a seguire il curato.

Kealy si inginocchiò accanto a una delle prime tombe che raggiunsero e spinse via vecchie foglie e detriti.

Wynne lesse l'iscrizione ad alta voce. "Qui giace il corpo di John Campfield. Ha lasciato questa vita il 4 maggio 1781".

Il curato si spostò sulla tomba successiva. "La stessa data. Maggio 1781. Devono essere stati il mese e l'anno dell'alluvione. Ne sono sicuro".

Wynne si voltò verso Jo, il cui volto aveva assunto una tonalità cinerea. Entrambi conoscevano bene il significato della data.

Nel maggio del 1781, sua madre era vicina al momento del parto. Un mese dopo, nei Borders, molto più a sud, partorì sua figlia nel fango sotto un carro.

Jo fece scorrere le dita lungo il braccio di Wynne e lui capì, coinvolgendo immediatamente la loro guida in una conversazione.

Sentimenti che accompagnavano la perdita e il ritrovamento. Un'ondata di emozioni spaventose. Il battito del cuore di Jo risuonò in uno spazio vuoto scavato nel suo petto. Si allontanò. Aveva bisogno di respirare, di fare pace con le informazioni che aveva ricevuto. Non c'era ancora un collegamento sicuro. Niente di più certo delle grida di Charles Barton.

Jo passò davanti a una tomba dopo l'altra, alcune con nomi ed età, altre ornate da antichi simboli celtici e croci. Alcune erano scolpite con forme consumate che il suo sguardo acquoso non riusciva a mettere a fuoco. I nomi sulle pietre non significavano nulla per lei.

Guardò il villaggio oltre il fiume e si chiese se sua madre avesse vissuto li. Forse questi nomi significavano tutto per lei. Un'amica d'infanzia. Una bambinaia. Un'impiegata nella bottega della modista. O forse era solo una viaggiatrice di passaggio. Si voltò per vedere il curato che si allontanava in fretta e Wynne che si dirigeva verso di lei attraverso l'erba.

Dove sarebbe stata oggi senza di lui?

"Kealy è certo che non troveremo alcuna traccia di Charles Barton nei libri. Dalle informazioni che ci sono state date quando è arrivato all'Abbazia, so che è nato al Castello di Tilmory", le disse. "Il curato sostiene che hanno la loro parrocchia e la loro chiesa. Tuttavia, gli ho chiesto se potevamo dare un'occhiata ai registri più vecchi che ha".

"La coincidenza è stridente", ha detto. "La data".

Wynne annuì. "Ha accettato di farci cercare nei registri delle nascite, dei battesimi e dei matrimoni". Le offrì il braccio mentre camminavano. "Se è originaria di qui, quante persone pensate che troveremo con il nome Josephine?".

"Ma non sappiamo se è nata a Garloch". Fece un respiro profondo, cercando di rimanere calma.

"Siamo qui. Dovremmo perseguire ogni possibilità".

Aveva ragione. Jo stava lasciando che i suoi nervi avessero la meglio su di lei. Questa chiesa. Poteva essere la chiesa di sua madre.

"Avete detto che Lady Millicent parlava sempre di lei come di una persona piuttosto giovane", proseguì. "Ho dato al curato un range di circa sei anni che vorremmo esaminare".

Lei alzò lo sguardo, provando ammirazione per lui e gratitudine per la sua presenza. "Quando possiamo cercare i registri?".

"Il signor Kealy ha promesso che quando saremo andati alla locanda e avremo mangiato qualcosa, avrà concluso i suoi affari e sarà pronto a procedere".

"I registri sono qui in chiesa?" chiese.

"No, mi ha detto che da quando c'è stata l'alluvione i libri sono stati conservati nella canonica, sulla collina, lontano dal fiume".

Seguì il suo sguardo fino a un piccolo cottage in pietra. Il posto sembrava ordinato ma non occupato e si ricordò che il curato si recava in paese solo due volte al mese. La chiesa in sé sembrava tenuta meglio.

Dopo l'acquisto di Highfield Hall da parte di Sir John Melfort, Jo si era spesso chiesta se avrebbe incontrato Wynne nella chiesa di Melrose Village. Non ci andava mai senza pensarci. Lo stesso timore la perseguitava durante gli incontri sociali con i vicini. Nella sua immaginazione, lui era felicemente sposato e sarebbe rimasto sconcertato nel vederla. L'incidente sarebbe stato terribilmente doloroso e le avrebbe lacerato il cuore ancora una volta.

Quanto si sbagliava.

"Non so dirvi quanto vi sia grata", disse senza una punta di imbarazzo. "Siete premuroso, attento, affidabile e saggio. In breve, siete indispensabile, Capitano Melfort".

Lui sorrise, facendo scorrere il pollice sulla mano di lei prima di portarne il palmo alle labbra. "L'ultima è la parola che mi piace di più. Mi fa molto piacere pensare che mi troviate necessario nella vostra vita".

Ma lui era molto di più.

"Cosa state dicendo?", osò chiedere.

"Vi chiedo se, una volta tornati all'Abbazia, potrò avere l'onore di incontrarvi e rendervi note le mie intenzioni".

Lei studiò il sorriso che gli increspava il bel viso. "Vediamo. Abbiamo conversato molte volte in privato, siamo stati da soli in una stanza, abbiamo viaggiato senza accompagnatori in carrozza, ci siamo chiamati per nome, ci siamo corrisposti e ci siamo scambiati regali, abbiamo ballato più di due set in ogni serata...".

"E vi ho toccata intimamente, se posso essere così audace da ricordare". Abbassò la testa e sfiorò le sue labbra, facendole mancare il respiro, prima di raddrizzarsi di nuovo.

"Siete davvero coraggioso, capitano".

Chinò la testa. "Mi inchino al vostro rimprovero, signora".

"E ricordo che ci siamo scambiati molti sorrisi e sospiri".

"E state arrossendo", disse lui, accarezzandole la guancia. "Ditemi, però, che siete propensa ad accettare la mia proposta".

A Jo sembrava di essere entrata in un sogno. Wynne la voleva.

Sedici anni fa, la sua felicità con lui era stata distrutta a causa delle sue origini sconosciute. Ora, lì a Garloch, dove avrebbe potuto scoprire la verità su sua madre, le veniva offerta anche una seconda possibilità di essere felice.

"Sono molto propensa, Capitano", disse lei, facendogli scivolare le braccia intorno alla vita. "Ma vi prego, non scrivetemi per avere il permesso dei miei genitori di venire a trovarmi e porgere i vostri omaggi. Prima devo dare molte spiegazioni".

Capitolo Diciassette

Jo e Wynne tornarono dalla locanda per trovare la porta della canonica aperta e il signor Kealy che accendeva un piccolo fuoco, nonostante il clima caldo. Non servì a diminuire l'odore umido e soffocante del piccolo cottage, ma gli sforzi del curato furono molto apprezzati.

Dopo averli fatti accomodare a un tavolo vicino a una finestra soleggiata, scomparve in un'altra stanza per poi tornare poco dopo, portando con sé una grande scatola di legno. Jo osservò ogni suo passo, studiò le mani pallide del curato mentre iniziava a tirare fuori i vecchi registri parrocchiali. Il cuore le salì in gola.

"I registri più recenti sono organizzati molto meglio", disse loro. "Ora utilizziamo un sistema più evoluto con pagine a righe".

"Sono gli anni di cui abbiamo parlato prima, signor Kealy?". Chiese Wynne.

"Certo, Capitano", rispose il giovane, prendendo i libri che contenevano gli anni precedenti e controllando le date di entrata fino a trovare i due volumi pertinenti. "Ecco qua".

Ne aprì uno e lo posò sul tavolo, dando l'altro a Wynne.

"Nessun cognome. Solo Josephine, avete detto?".

La difficoltà della ricerca divenne subito evidente. I volumi che contenevano gli anni della nascita di sua madre erano stati inzuppati durante l'alluvione e non sembrava che qualcuno li avesse aperti per decenni. L'odore di muffa saliva dalle pagine rigide, molte delle quali erano incollate tra loro. Nonostante l'estrema cura del curato, i bordi della carta si incrinavano e si sbriciolavano quando li maneggiava. I danni causati dall'acqua avevano fatto sì che l'inchiostro sulle pagine si offuscasse e colasse. Intere pagine erano illeggibili. Il registro che stava sfogliando Wynne non era in condizioni migliori.

Jo iniziò a sentirsi male mentre cercava di leggere i registri insieme a loro. Le era stato affidato il compito di annotare qualsiasi informazione rilevante, ma non era ancora emerso nulla.

"Ci sono delle copie di questi?" Chiese Wynne.

"Molto probabilmente no", disse Kealy. "Anche se credo che in passato la procedura fosse quella di far copiare i registri di ogni anno e inviarli agli uffici del vescovo di Aberdeen. Sì, ne sono certo".

"E di chi era il compito?" Chiese Jo speranzosa.

"L'impiegato della parrocchia, credo. Ma guardando le condizioni di questi registri e la calligrafia disordinata, devo pensare che fossero a corto di aiuto qualificato come lo siamo noi adesso". Scosse la testa. "Non mi sorprenderebbe se pochissimi dei registri di questo periodo fossero stati copiati e inviati al vescovo".

Furono interrotti varie volte da parrocchiani che si presentavano alla porta con problemi che richiedevano l'attenzione del curato. Per tre volte, li lasciò soli per continuare a leggere le voci sui registri. Jo immaginava che il signor Kealy dovesse svolgere tutti i compiti del rettore e per un misero stipendio. Aveva già notato che non poteva permettersi una cameriera.

Mentre il pomeriggio continuava a trascorrere, Jo si fece forza della presenza di Wynne e delle sue attenzioni nei suoi confronti. La loro conversazione precedente, la sua offerta di matrimonio e il tempo trascorso insieme alla locanda le avevano dato nuova vita e nuova speranza.

Mentre stavano camminando per il villaggio prima di andare in canonica, lui le aveva raccontato dell'incoraggiamento di Cuffe per conquistarla. Lei, a sua volta, suggerì che forse loro tre sarebbero potuti tornare ai Borers. Mentre lei parlava con la sua famiglia, Wynne avrebbe potuto presentare a Cuffe suo fratello, sua moglie e i suoi figli. Sperava che potessero ricucire la frattura tra i Melfort e i Pennington. Anche se non lo disse, la prospettiva che Hugh e Wynne si trovassero faccia a faccia le fece venire le palpitazioni.

Prima di sedersi a cercare nei registri, Jo non immaginava che nei sei anni compresi nella loro ricerca fossero nati e battezzati così tanti bambini. Quando chiese spiegazioni, il signor Kealy le spiegò che, poiché il villaggio si trovava sulla strada delle carrozze, molte famiglie continuavano a passare per Garloch a causa della tragedia degli sgomberi che si verificavano soprattutto più a nord. Per questo motivo, il numero di nomi presenti nei registri era molto più alto di quanto ci si potesse aspettare.

Un altro problema che rallentava la ricerca era che occasionalmente due o più bambini venivano battezzati insieme e i loro dati venivano inseriti contemporaneamente. Wynne aveva condiviso una voce in cui i figli e le figlie più grandi di una famiglia venivano menzionati insieme ai più piccoli.

Passò un po' di tempo prima che il curato si fermasse, indicando con il dito una pagina.

"Finalmente!" esclamò. "Josephine. Vedete? Questa voce è difficile da leggere perché l'inchiostro è sfocato e sbiadito, ma ne sono certo. Josephine Young".

Per un attimo Jo perse la capacità di respirare. A differenza di Mary, Elizabeth e Margaret, Josephine non era un nome comune.

Quasi subito, Wynne indicò una seconda Josephine.

"Il nome citato in questo volume si riferisce a una bambina nata nel 1764", le disse. "Josephine Sellar".

Con il cuore in fibrillazione e la mente in subbuglio per tutte quelle possibilità, copiò sulla carta ciò che riuscì a leggere da entrambi i registri.

Il nome del bambino. Nascita legittima o naturale. Data del battesimo. Nome e professione del padre. Nomi dei testimoni e del ministro che ha celebrato il battesimo. Il nome della madre era illeggibile in una delle due voci.

"Ah, ecco una Josephine che conosco", disse subito dopo il curato, mostrandole con entusiasmo un'altra menzione. "Avevo dimenticato che il nome di battesimo della signora Clark è Josephine".

"Vive nel villaggio?" Chiese Jo.

"Sì, gestisce la biblioteca circolante. Dovreste fermarvi a vederla. È una donna deliziosa e molto preparata sulla storia della parrocchia. È anche molto felice di condividerla, se capite cosa intendo. Credo che abbia vissuto nel villaggio per tutta la vita".

La signora Clark non poteva certo essere sua madre, pensò Jo. Ma forse sarebbe stata una buona fonte di informazioni non riportate nei registri della chiesa. Guardò fuori dalla finestra il sole del tardo pomeriggio e riconobbe l'ironia di sperare di ottenere informazioni da una pettegola del villaggio.

Quando finirono di sfogliare i libri, sulla pagina di Jo erano annotati i dati di quattro bambine di nome Josephine. Cinque, se includeva la signora Clark.

"Young, Sellar, Scott e Brown", l'ecclesiastico lesse i nomi ad alta voce. "Non so come possano riferirsi a lei, signora, ma abbiamo parrocchiani con questi nomi di famiglia che vivono ancora nella zona".

Jo non sapeva se ci fossero motivi sufficienti per festeggiare. I pezzi del puzzle si stavano rivelando, ma lo sfondo su cui tutto si sarebbe potuto incastrare era oscuro.

"Tenete qui i registri dei matrimoni?". Chiese Wynne.

Il signor Kealy aveva iniziato a sostituire i volumi nella scatola.

"Sì, certo. Quali anni ti interessa vedere?".

"Il 1781, l'anno del diluvio, e il 1780", gli disse Jo.

"Se volete scusarmi un attimo, credo di averli su uno scaffale...".

Mentre l'ecclesiastico andava a recuperare i documenti, Jo rivolse a Wynne uno sguardo di gratitudine. Era soddisfatta di aver trovato un possibile cognome per sua madre. Ma a lui era venuto in mente anche di ontrollare i registri matrimoniali per non lasciare nulla di intentato mentre erano li.

Quando il signor Kealy tornò e posò il libro sul tavolo, il suo volto tradiva lo sgomento.

"Che sfortuna", disse, posandolo sul tavolo. "Avrebbero dovuto includere gli anni che vi interessano, ma temo che ci sia rimasto ben poco".

L'alluvione aveva quasi distrutto quel volume e il trascorrere del tempo aveva fatto il resto. I parassiti avevano rosicchiato parti della copertina e della carta. Le pagine erano strappate e molte sembravano mancare. L'inchiostro era colato e quello che rimaneva era spesso sfocato e illegibile. Esaminarono quello che poterono, ma non trovarono nulla di utile.

Il curato diede un'occhiata all'orologio. Erano già quasi le cinque. "Mi dispiace, signora, ma credo che qui abbiamo fatto tutto il possibile".

Prendendo la lista, studiò i nomi che avevano raccolto e procedette a spiegare dove vivevano le famiglie all'interno del villaggio. Due dei nomi avevano diversi rami della famiglia nella zona.

"So che si sta facendo tardi e che volevate tornare a Rayneford stasera, ma domani è domenica. Tutte queste famiglie dovrebbero andare in chiesa", suggerì il giovane. "Se volete restare, posso presentarvy tutti loro domani dopo la funzione".

Lo sguardo di Wynne a Jo provocò in lei una reazione che non aveva nulla a che fare con la loro ricerca e tutto a che fare con la permanenza di loro due nel villaggio quella notte. Non c'erano il signorotto e la signora McKendry a intromettersi nelle loro conversazioni e a cercare di tenerli lontani. Nessun ospite a cena. C'era la questione del decoro, ma cosa le importava della sua reputazione?

E Wynne le aveva già chiesto di sposarlo.

La pressione del ginocchio di lui, contro il suo, sotto il tavolo fu la sua rovina e le sue viscere si sciolsero.

"La locanda dove vi siete rifocillati prima offre una sistemazione confortevole. Vi inviterei a rimanere qui, ma come potete vedere, ho poco da offrire. Da quando la mia governante se n'è andata, temo che la casa non sia adatta agli ospiti".

"Grazie, signor Kealy", rispose Wynne. "Ci penseremo".

Poiché un gruppo di ufficiali dell'esercito in viaggio aveva già prenotato la sala da pranzo privata della locanda, Wynne e Jo furono fatti accomodare nella sala pubblica, che si adattava perfettamente alle loro esigenze. Lui l'aveva convinta che avrebbero dovuto cenare a Garloch prima di decidere se restare o tornare all'Abbazia.

"E Cuffe?" Chiese Jo, parlando sopra il rumore degli abitanti del villaggio e di una folla di viaggiatori che si erano fermati a mangiare, mentre i cavalli della carrozza venivano cambiati.

"Il ragazzo starà bene. Ho lasciato che fosse Dermot a occuparsi di lui e il buon dottore prende questa responsabilità molto seriamente. Non ve l'ho detto prima, ma grazie a voi e al suo successo nella lettura del reparto, Cuffe ha accettato di seguire Dermot mentre si occupa dei suoi compiti".

"Immagino che il dottor McKendry sia un insegnante entusiasta".

Arrivò un cameriere con le bistecche e il pesce.

Wynne era tentato di fare un commento ironico sull'entusiasmo del suo ex rivale, ma non poteva più farlo. Aveva l'affetto di Jo e questo era tutto ciò che contava.

"Si può contare sul fatto che Dermot dedichi a mio figlio ogni attenzione".

Mentre mangiavano, Jo divenne silenziosa e questo lo preoccupò. Tuttavia, non interruppe i suoi pensieri. Sapeva che la sua mente doveva essere in subbuglio per tutto quello che era successo quel giorno, dalla conversazione nella carrozza alle informazioni che avevano raccolto in canonica. E per quanto riguardava sua madre, non aveva ancora delle risposte definitive.

Lui le aveva fatto la proposta e lei aveva accettato. Era solo moderatamente preoccupato che la famiglia di lei non accettasse la loro decisione, ma dovevano considerare come avrebbero organizzato la loro vita insieme. Non voleva che lei sentisse di dover fare un sacrificio per adattare la sua vita a quella di lui, ma non voleva nemmeno che la polvere del passato le turbinasse intorno. E questo sarebbe successo se avessero vissuto a Londra o nei Borders.

Sedici anni prima, l'incertezza della sua nascita era stata la fonte della sua infelicità. Oggi, si trovavano davanti a molte porte e Wynne avrebbe fatto tutto il necessario per aiutarla ad aprirle tutte.

"Se dovessimo rimanere, incontrare tutte queste persone domani non porterebbe a nulla", disse infine, posando il coltello. "L'unica cosa che posso chiedere loro è cosa sia successo alla *tua* Josephine. Ma cosa li spingerebbe a rispondere a questa domanda? Non ho nulla da offrire in cambio delle loro confidenze familiari".

Wynne poteva capire la sua esitazione. Tuttavia, si trovò a dissentire.

"Potreste non arrivare mai più così vicino", le disse. "E il tempo diminuirà inevitabilmente le vostre possibilità di scoprire la verità. Domani, se restiamo, possiamo partecipare alla funzione, fare le presentazioni, porre le domande e tornare all'Abbazia. Ho già parlato con il locandiere e ci ha riservato due stanze, se decidiamo di prenderle".

Jo iniziò a dire qualcosa ma si fermò. Il suo sguardo era fisso su qualcosa alle sue spalle e un leggero rossore le stava salendo sulla guancia.

"Mi stanno fissando".

Wynne si girò e guardò. Una donna di mezza età era in piedi davanti alla porta, stringeva una grande borsa di tela e guardava nella loro direzione.

"Credo che mi conosca", disse Jo alzandosi in piedi.

Wynne si alzò quando la donna si avvicinò.

"Mi scuso per essere stata così sfacciata, signora. Capitano". La signora fece un inchino e capirono che era la signora Clark.

"Mi è capitato di incontrare il signor Kealy poco fa e mi ha detto del vostro interesse per quel nome. Mi ha detto che probabilmente sareste stati qui. Naturalmente, ho dovuto dare un'occhiata". La donna si premette una mano sul petto. "Guardandovi da lontano, signora... per un attimo ne sono stata certa. Lei è molto più giovane di lei, ovviamente. Ah, ma so che deve trattarsi di un errore. I miei occhi non sono più quelli di una volta".

"Vuole unirsi a noi, signora Clark?". Wynne offrì il suo posto.

La donna lanciò un'occhiata alla porta. "Grazie, Capitano, ma no. Ho altre due consegne da fare e il mio vecchio mi aspetta fuori. Il curato ha detto che forse verrete alla funzione domani. Forse allora potremo chiacchierare".

"Mi dite almeno a chi pensate che io assomigli?". Chiese Jo mentre la donna si girava per andarsene.

La signora Clark studiò il volto di Jo in silenzio per qualche attimo prima di parlare.

"Josephine. Josephine Sellar. Una ragazza della mia infanzia".

La donna più anziana scosse la testa e alzò una mano rugosa prima che uno dei due potesse chiedere di più.

"Mi dispiace, signora. Ma è solo la fantasia di una vecchia signora. Non può essere parente di una signora inglese. Non è possibile. Non fate caso alla mia stupidità. A domani, allora".

Senza un'altra parola, si affrettò a sparire dalla porta, ignorando le suppliche di Wynne di restare.

Quando guardò Jo, le lacrime stavano scorrendo incontrollate sul suo viso.

Capitolo Diciotto

Josephine Sellar.

Lei aveva un nome. Sua madre aveva un nome.

Josephine Sellar.

Sua madre aveva un villaggio. Una famiglia. Persone che si prendevano cura di lei. Si ricordavano di lei.

Gli occhi di Jo bruciavano per le lacrime. Chiudendosi nella stanza che Wynne aveva preso per lei, si abbandonò al fiume di emozioni che aveva soffocato per gran parte della sua vita. Pianse per sé stessa. E pianse per la giovane donna che non era riuscita a tenere in braccio sua figlia per più di un giorno.

Josephine Sellar. Aveva diciassette anni quando partorì. Spaventata, affamata, malata, sola.

Le donne e le ragazze che arrivavano alla Tower House erano spesso distrutte, solitarie e spaventate. Per Jo, ognuna di quelle donne era sua madre. Si è seduta con loro. Aveva pianto con loro. Aveva ascoltato mentre superavano gradualmente la loro vergogna e la loro paura e le rivelavano i dettagli della loro vita. Mentre parlavano, Jo si chiedeva quale viaggio doloroso fosse parallelo al percorso di sua madre. E mentre ascoltava, faceva silenziosamente lo stesso giuramento a ciascuna di quelle donne: nessuna di loro sarebbe morta come sua madre, stringendo il suo neonato nel fango mentre un mondo insensibile guardava altrove.

Camminava per la stanza, infreddolita e scossa, ricordando le insinuazioni, lamentando gli anni persi in cui non era riuscita a lottare per sua madre. Il senso di colpa le strinse il cuore e soffocò i respiri nel suo petto.

Pensò alla tomba nel cimitero di Melrose. La tomba che visitava ogni domenica quando era a Baronsford. L'unico vero legame che aveva con il passato.

JO. Due lettere e la data di morte della madre. Nient'altro. Nessun riconoscimento di una vita, solo una morte. Nessun riferimento a quando o dove fosse nata. Nessun nome di famiglia. Nessun marito. Nessun genitore.

Ma ora Jo sapeva di più.

Una cameriera bussò alla porta, dicendo che il capitano l'aveva mandata su per aiutarla a prepararsi per la notte. Jo la mandò via. Qualche tempo dopo, la stessa giovane donna si avvicinò per controllarla. Il capitano era preoccupato e le chiese se avesse bisogno di qualcosa. Jo la mandò via di nuovo.

Non sapeva per quanto tempo avesse singhiozzato in preda all'angoscia prima di rendersene conto. Sellar. Sellar. Perché era seduta li? Doveva vedere la famiglia subito. Voleva le risposte che solo loro potevano darle.

Senza curarsi del suo aspetto o del suo vestito spiegazzato, Jo uscì dalla sua camera da letto e bussò alla porta di Wynne. Lui apparve subito sulla soglia come se la stesse aspettando.

"Portami da loro", glichiese, guardandolo tra le lacrime. "Per favore, portatemi alla fattoria dei Sellar. Devo parlare con loro".

"Amore mio, vi capisco", disse dolcemente. "Ma l'ora è tarda. Domani..."

"Ci andrò da sola", esclamò, girando i tacchi. Tuttavia, non aveva fatto più di due passi lungo il corridoio quando Wynne la prese e la riportò a sé.

"Devo farlo, Wynne. Devo andare ora". Lottò per liberarsi. "Ho bisogno di risposte".

Il rumore degli stivali che salivano le scale la spaventò e Jo lasciò che lui la tirasse nella sua stanza e chiudesse la porta.

"So che avete bisogno di risposte. E le avrete. Ve lo giuro. Ma non stasera", disse, con la voce densa di emozione. "Domani non lasceremo Garloch finché non avrete incontrato e parlato con tutti quelli di cui avete bisogno. Ve lo prometto. Vi do la mia parola".

"Ma domani potrebbe non arrivare mai", singhiozzò mentre lui la stringeva forte tra le braccia.

L'impeto delle lacrime, il dolore che saliva dalle crepe del suo cuore martoriato, il bisogno di svuotare lo sconfinato pozzo di tristezza era un dolore che non aveva mai provato.

Lui le sussurrava parole tranquillizzanti, cercava di asciugare le lacrime ma appena iniziava a calmarsi, iniziava un'altra ondata che la travolgeva, annegandola.

"Parlatemi, amore mio", le mormorò contro l'orecchio. "Ditemi cosa state provando. Forse renderebbe questo dolore più facile da sopportare".

Premette il viso contro il suo petto. Il battito costante del suo cuore, la forza calda delle sue braccia intorno a lei, fecero svanire per un attimo i suoi problemi. Per un solo istante, il dolore sparì. Cercò di allontanarsi, ma lui la trattenne.

"Restate. Lasciatemi fare".

Le lacrime di Jo bagnarono la sua camicia di lino e lei si rese conto che non indossava la giacca e il gilet. Le sue mani le massaggiavano la schiena. Le sue labbra le baciarono i capelli. La avvolse con il suo calore rilassante. Non avrebbe saputo dire per quanto tempo rimasero lì, ma gradualmente i singhiozzi si attenuarono. La marea di lacrime diminuì fino a quando rimasero solo poche gocce.

"Cosa è successo?", chiese dolcemente. "Pensavo che la scoperta del cognome di vostra madre sarebbe stata motivo di festa, ma la vostra reazione mi spezza il cuore".

Passò un po' di tempo prima che riuscisse a fidarsi della propria voce.

"L'ho trovata", sussurrò. "Ho imparato il suo nome solo per capire che l'ho davvero perduta per sempre. Per tutta la mia vita mi è stato detto che non c'era più. Eppure, l'ho cercata. Ho cercato qualcuno che mi somigliasse. Creando un mondo tutto mio, ho immaginato una donna che avesse i miei capelli, i miei occhi, che parlasse come me. Nel profondo del mio cuore, mi sono ritagliata uno spazio protetto per credere che non fosse davvero morta. Quando sono arrivati i disegni di Charles Barton, quella convinzione si è fatta sempre più strada dentro di me".

"Posso solo immaginare lo shock". Continuò a stringerla e ad accarezzarla.

"Stasera, dandole un nome, un villaggio, persone che la conoscevano, tutto è diventato finalmente, irrevocabilmente reale. Sono in lutto perché se n'è andata prima che la conoscessi".

Jo si staccò dalle sue braccia. Si sentiva inorridita per essere crollata in quel modo davanti a lui. I suoi occhi erano quasi chiusi. La stanza era piccola, un letto e una cassettiera costituivano l'intero arredamento. Non c'era spazio per camminare.

Lei gli prese la mano e lo tirò verso il letto, sedendosi sul bordo.

Rimase in piedi.

"Siediti con me".

Lui esitò. Lei non era così addolorata da non capire il perché. Stava cercando di essere un gentiluomo, anche in quel momento.

"Abbracciami, Wynne".

Si sentì sollevata quando lui si sedette accanto a lei e la strinse a sé.

Era più calma, più padrona del suo cervello, la sua mente era più chiara. Appoggiò la testa sulla sua spalla, inspirò il suo profumo e trovò conforto nel suo calore.

"Quando hai saputo che Lady Millicent non era tua madre?", chiese.

Le pagine del tempo volarono indietro fino a un giorno che non avrebbe mai dimenticato.

"Il fratello minore di Lord Aytoun, Pierce, e sua moglie, Portia, erano in visita a Baronsford. Lei era incinta e prossima al parto. Le donne erano riunite nella stanza preferita di mia madre, la biblioteca al piano superiore dell'ala ovest. Io e Hugh eravamo molto giovani. Stavamo giocando con dei giocattoli sul pavimento".

Gli raccontò di come i raggi dorati del sole si infrangevano attraverso le finestre aperte. Le donne ridevano felici della natura attiva del nascituro nel ventre di Porzia, i cui movimenti erano chiaramente visibili attraverso la stoffa del vestito. Jo si avvicinò alla zia, stupita dallo spettacolo.

"La mia curiosità mi spinse a chiedere a Lady Millicent: "Mi muovevo così quando ero nella tua pancia?"".

Ancora oggi Jo ricordava l'improvviso silenzio che calò nella biblioteca. Era come se tutta l'aria fosse stata espulsa dalla stanza.

"Ti ha risposto?" Chiese Wynne. "Te l'ha detto davanti agli altri?".

"Prima che potesse dire una parola, la madre di Portia rispose. 'Non sei sua, bambina', disse".

La tirò più vicino a sé. "Perché le persone si ostinano a essere crudeli?".

"Non è stata una crudeltà", gli disse Jo. "Stava lottando contro la demenza. Era sempre meno responsabile di ciò che diceva".

Non piangeva più, ma la vividezza di quel ricordo non la abbandonava.

"Ricordo di aver fatto i capricci davanti a tutti, chiedendo di sapere in quale pancia fossi cresciuta. E dov'era la mia *vera* madre?".

"Che cosa ha fatto Lady Millicent?".

"Se io ho versato una lacrima, lei ne ha versate dieci", gli disse Jo. "Mi ha portato fuori dalla biblioteca. Mi ha baciata, abbracciata e ha pianto per me. Mi spiegò che mia madre era in paradiso. Ma quello fu solo l'inizio delle mie domande".

Jo raccontò a Wynne dell'ansia paralizzante che provava ogni volta che doveva separarsi da Lady Millicent durante la sua crescita. Ogni giorno iniziava a preoccuparsi se i suoi genitori sarebbero stati via. O se sarebbe stata separata dai suoi fratelli.

"È stata mia madre come nessuna madre naturale può esserlo", sussurrò, sedendosi dritta e premendosi le dita sugli occhi gonfi. "Lei e mio padre sono sempre stati presenti. Mi hanno sempre amata. Mi hanno protetta, anche quando le voci durante la mia prima Stagione mi hanno fatto venire voglia di scappare per la vergogna. Non mi hanno mai fatta sentire un'estranea".

Jo fece alcuni respiri profondi, cercando di riprendersi dalla disperazione di poco prima.

"La mia reazione stasera..." Scosse la testa.

"Ieri sera stavo dicendo a Cuffe che parte della conoscenza di chi sei è sapere da dove vieni". Le nascose un ricciolo dietro l'orecchio. "La tua ricerca è servita a trovare la tua storia. Le storie hanno un inizio. Oggi hai avuto un buon inizio. Ma capisco il tuo senso di perdita e me ne dispiace".

Era così amorevole, così perspicace. Anni fa era stato così tra loro. Le loro menti e i loro cuori erano sinceramente aperti, in totale armonia. Lei poteva dirgli qualsiasi cosa. Aprire il suo cuore. Condividere con lui la sua lotta per appartenere e sentirsi legata a una società che la teneva a distanza. Lui aveva sempre capito. L'aveva sempre fatta sentire completa.

Si era tolta un peso dal petto. Poteva tornare a respirare.

"Mi dispiace di essermi comportata così male".

"Non l'hai fatto". Le sollevò il mento e il suo sguardo catturò e trattenne il suo prima di posare un bacio sulla sua fronte. "Ma ti è permesso se decidi di farlo".

"Devo avere un aspetto spaventoso".

"Sei bellissima", sussurrò, le sue labbra baciarono l'umidità delle sue guance mentre con le dita le pettinava le ciocche sciolte dei capelli.

Jo studiò la linea della sua mascella, la forma sensuale delle sue labbra, il blu profondo dei suoi occhi che le accarezzavano il viso prima di concentrarsi sulle sue labbra. Una fame sconsiderata la percorrse. Lo voleva. Aveva bisogno dei suoi baci. Dove prima regnava la tristezza, ora regnava la fame.

Si alzò e si spostò tra le sue ginocchia, osservando la sua espressione sorpresa.

"Baciami".

Sorrise, chiudendo gli occhi per un attimo e scuotendo la testa. "Jo ... questa stanza. Noi due da soli. Potrebbe non essere il massimo...".

Lei riconobbe il cambiamento nella sua voce. Anche lui la voleva.

"Molto bene. Allora dovrò baciarti io". Lei premette le labbra sulle sue.

La bocca di Wynne prese subito la sua ed esplose una scintilla dentro di lei. Il bacio fu rovente. Così diverso da quelli che si erano scambiati in giardino. Accoglieva, plasmava, esplorava. Ora era un uomo con tutto il tempo e la pazienza del mondo.

Era eccitata e accolse con favore il tocco leggero sulla sua spina dorsale quando lui la sfiorò. Lei si avvicinò e la sua bocca divenne possessiva. Persa nel bacio, Jo spostò le mani sulla sua camicia, tastando il petto e le spalle larghe, e poi gli passò le braccia intorno al collo.

Nel momento in cui lei si modellò su di lui, la sua bocca si aprì ulteriormente e la sua lingua divenne più esigente. La sua mano scivolò lungo la vita e le costole di lei, accarezzandole il seno attraverso il corpetto dell'abito. Le loro lingue giocarono una danza seducente fino a quando entrambi non tremarono per il desiderio.

Poi, terminò bruscamente il bacio e appoggiò la fronte contro la sua. Entrambi respiravano pesantemente.

Jo voleva di più. "Non voglio che ti fermi".

Le tirò giù le braccia dal collo.

"Jo", sussurrò laconico. "Non sai cosa stai facendo. Dovremmo aspettare".

Aveva aspettato abbastanza. Non avrebbe aspettato di più, pensò. Aveva trentasette anni. Wynne era l'unico uomo che avesse mai amato in vita sua. E per sedici anni, era stato l'unico uomo in tutti quei sogni da cui si era risvegliata eccitata.

Perché avrebbe dovuto aspettare?

"No", disse lei, spingendolo di nuovo sul letto. "Non si può aspettare. Ti voglio adesso".

Capitolo Diciannove

Era morto e andato in paradiso.

Dopo averle fatto la proposta di matrimonio quel giorno, il piano di Wynne era stato quello di fare tutto per bene. Si era impegnato a seguire tutte le regole consolidate del corteggiamento, del fidanzamento e del matrimonio. L'aveva privata delle gioie e dei festeggiamenti di ognuno di quei momenti quando aveva rotto il loro fidanzamento. Questa volta si sarebbe fatto perdonare. Ma i suoi piani e le sue buone intenzioni uscirono dalla porta - e si portarono dietro la maledetta porta, con tutti i cardini - quando lei si tolse le scarpe, salì sul letto e si mise a cavalcioni su di lui.

Wynne fu felice che Jo avesse dei progetti tutti suoi.

I capelli di Jo erano una massa scompigliata di riccioli scuri e lei tirò via le forcine rimaste, scuotendoli fino a farli ricadere sulle spalle. Il suo bel viso era arrossato, gli occhi gonfi e le labbra gonfie per i suoi baci. Il suo vestito... i suoi occhi scorsero la fila di bottoni sul davanti e l'impulso di toglierle ogni capo di abbigliamento dal corpo assunse un significato religioso.

Lei spostò il suo peso su di lui e lui gemette involontariamente.

Lei ignorò la sua sofferenza e iniziò a sfilargli la camicia dai pantaloni.

"Sai cosa stai facendo?".

Jo era sempre stata appassionata. Anche quando erano giovani, l'aveva visto e sentito. Ma questo superava le sue aspettative e i suoi sogni più sfrenati.

"Sai benissimo che è così". Si accigliò. "Potresti essere un gentiluomo e aiutarmi a togliere questa tua camicia".

Si aggrappò saldamente alla vita di Jo per impedirle di muoversi. Se avesse continuato così, la sua verga avrebbe fatto un buco nei pantaloni. Allora lei avrebbe capito che tipo di gentiluomo fosse in realtà.

Ogni fibra del suo corpo era percorsa dal desiderio di lei. Allo stesso tempo, ricordava la sua tristezza, il suo senso di perdita, il fiume di lacrime che si era fermato solo pochi istanti prima. Aveva avuto una giornata terribilmente emotiva. Sarebbe stato un mascalzone e una canaglia ad approfittarne e a fare l'amore con lei, quando era così vulnerabile.

"Se non ti togli questa, te la strappo", disse con notevole serenità.

Wynne voleva che si sentisse meglio. Voleva vedere un sorriso sul suo volto. Si disse che sarebbe andato solo fino a un certo punto, ma che sarebbe rimasto forte, in controllo. Si tirò la camicia sopra la testa e la gettò nella stanza.

Si pentì subito della sua decisione quando i suoi occhi marroni e lucenti si concentrarono sulla brutta cicatrice appena sopra il suo cuore.

"C'è mancato poco. Ti ha quasi ucciso".

Con un tocco leggero, le sue dita tracciarono il profilo del punto in cui il proiettile di Hugh era entrato nel suo petto. Vide le lacrime sgorgare nei suoi occhi.

"Ma non l'ha fatto", le disse Wynne. "C'è un foro corrispondente nella schiena da dove è uscito il proiettile. Sono sopravvissuto. Sono vivo e vegeto e sono tuo. Tutto tuo".

Per oggi, per domani e per sempre, pensò, raggiungendo e asciugando una lacrima dalla sua guancia setosa.

Per un lungo momento rimase immobile, i suoi occhi magnetici studiavano la cicatrice, le spalle e il petto di lui. Non aveva mai immaginato che uno sguardo potesse essere così potente da far reagire il suo corpo come in quel momento. Quando lo sguardo di lei tornò finalmente sul suo viso, lui era un uomo perso. Lei lo voleva.

Si sedette e lentamente, molto lentamente, iniziò a slacciare i bottoni del vestito.

"Jo", sussurrò lui, raggiungendola e cercando di prendere il controllo. Le dita di lei gli avvolsero i polsi e lo spinse indietro sul materasso.

Chinandosi su di lui, con le ciocche di capelli setosi che gli ricadevano sul petto e sul ventre, rivolse di nuovo la sua attenzione alla cicatrice, baciandola. Da lì, le sue labbra seguirono un percorso serpeggiante sulla sua pelle in fiamme, baciando, assaggiando, respirando delicatamente e facendolo impazzire gradualmente. I suoi fianchi si muovevano contro il rigonfiamento crescente della sua erezione. Voleva immergersi sotto quegli strati di gonne. Voleva toccarla, assaggiare la dolcezza del suo sesso delicato.

Lottava per mantenere un certo grado di controllo sulla sua immaginazione, perché i suoi pensieri non facevano che peggiorare la sua condizione. Lei lo stava facendo impazzire di desiderio.

La mano di lui cercò di raggiungere l'orlo della gonna, ma lei gli afferrò il polso e lo spinse via. "Non si muova, Capitano Melfort. Lo farò io".

Un'altra mezza dozzina di bottoni si staccarono e la parte anteriore del vestito si aprì per rivelare la curva del suo seno sopra la parte superiore del vestito. Un attimo dopo, le sue labbra erano di nuovo su di lui.

La pelle di lui si accendeva al suo tocco mentre la mano di Jo scendeva sul suo stomaco.

Wynne si fece forza, imponendosi che questi piaceri dovevano avere un limite. Cercò di pensare alle battaglie navali che aveva combattuto, ai sanguinosi abbordaggi, al mare agitato, alle bordate e alle navi in fiamme. Tutto tranne la morbidezza e la bellezza della donna seduta sopra di lui. I suoi muscoli erano flessi, duri come la roccia, e sentiva il bisogno primordiale di un maschio.

Non si rese conto di trattenere il fiato fino a quando la bocca di lei non tornò a posarsi sulla sua.

"Mi stai uccidendo, lo sai", mormorò laconico. "Ma questo tuo gioco ha conseguenze terribili, quindi forse dovremmo fermarci".

. . .

Fermarsi non era un'opzione.

I baci di Jo lo misero a tacere ancora una volta. Lo stuzzicò, facendo scorrere la lingua sulla sua carne. E come lei aveva chiesto, lui non si mosse. Aspettava. Questa posizione passiva lo eccitava. Lasciò che le labbra di lei si spostassero sul suo collo e lo baciassero fino all'orecchio. Gli morse il lobo dell'orecchio. Lui ringhiò in risposta. Sorridendo e sentendosi più audace, baciò di nuovo le sue labbra. Lasciò che la sua lingua giocasse di nuovo con la loro pienezza e questa volta si aprirono per lei e la sua lingua si addentrò e iniziò il suo viaggio di scoperta.

Il desiderio sfrenato di fare ciò che voleva, il potere di essere al comando, avendo deciso che nessuno dei due sarebbe uscito indenne da quella notte, era elettrizzante.

Jo temeva che si sarebbe scandalizzato se avesse saputo che la sua verginità era intatta. Non si era mai concessa a un uomo. Ma quella notte si sarebbe concessa a Wynne.

Quell'audacia la faceva sentire... forte. Era lei a comandare, ma il piacere le stava scivolando addosso troppo velocemente. Sentiva un formicolio nelle membra e un'urgenza che stava aumentando.

Jo si alzò di nuovo a sedere, facendo dei respiri profondi. Si slacciò faticosamente ciò che restava dei bottoni del vestito. Gli occhi si lui erano fissi su ogni movimento delle sue dita. I suoi fianchi si muovevano di tanto in tanto, rendendola consapevole dell'enorme rigonfiamento su cui era seduta.

Amava il suo sapore, la consistenza della sua pelle sotto la sua lingua. Il magnifico petto, il collo e la mascella forti, le labbra. Spinse il vestito su un braccio, poi sull'altro e infine sulla vita. I lacci della scollatura si sciolsero con uno strattone e la stoffa si aprì, mettendo a nudo i suoi seni.

Il suo sguardo si spostò sugli occhi di lui, che era un animale affamato.

. . .

Non poteva aspettare. Non avrebbe aspettato. La pelle perfetta esposta e il candore dei suoi seni lo lasciarono senza fiato.

"Prendimi", sussurrò.

Si sedette bruscamente, prendendo possesso della sua bocca. La sua lingua si tuffò nei morbidi recessi della sua bocca. Lei si inarcò contro il suo corpo mentre il palmo della mano si chiudeva sul seno sodo di lei. Lei gemette, facendolo impazzire.

Doveva andare piano e prendersi il suo tempo. L'impulso di strapparle i vestiti e di seppellirsi dentro di lei era troppo forte. Wynne la prese per la vita e un istante dopo lei era supina e lo fissava.

Chinandosi su di lei, studiò i suoi occhi, la curva della sua guancia, il colore delicato delle sue labbra, il gioco dei capelli scuri sulle lenzuola. Finalmente era uscita dai suoi sogni per entrare nella sua vita. L'avrebbe amata per l'eternità.

Questa volta la baciò più dolcemente e le loro bocche continuarono una danza d'amore mentre le loro anime si univano.

"Fai l'amore con me, Wynne", sussurrò contro le sue labbra.

"Lo farò... con calma".

Fece scivolare lentamente le labbra sul collo e sul seno. Spinse il cambio fino alla vita e la sentì ansimare mentre assaggiava e stuzzicava il capezzolo.

Voleva vederla tutta. Tornando sul pavimento, la spogliò lentamente. Mentre la spogliava, le sue mani sfioravano la pelle, il ventre fremente, la gamba e l'interno delle cosce fino a quando un dito sfiorò l'apertura del suo sesso.

Un attimo dopo, ancora in piedi accanto al letto, Wynne guardò l'incomparabile splendore del suo corpo nudo. Lei era la cacciatrice Diana, venuta sulla Terra per provare piacere e abbellire il mondo dei mortali.

Gettò via gli stivali, ma non si fidò di togliersi le mutande quando si sdraiò accanto a lei sul letto.

"Perché?"

"Più tardi", le disse. "Dopo che avrò finito con te".

Prima che lei potesse obiettare di nuovo, la mano di lui scivolò sulla perfezione simmetrica dei suoi seni e poi si spostò lentamente verso il basso. La sua bocca si riappropriò della sua, soffocando di nuovo il suo sussulto quando toccò il suo centro del piacere.

"Chiudi gli occhi e assapora ogni sensazione", le sussurrò Wynne all'orecchio e lei inarcò il corpo in risposta.

Jo chiuse gli occhi mentre la sua bocca scendeva fino al capezzolo. Sentì una beata follia mentre le labbra di lui la stuzzicavano. Ondate di calore si propagarono dai seni fino al cuore. Sollevò i fianchi, desiderando disperatamente che la sua mano fosse di nuovo lì.

Era un esperto. Sapeva cosa lei voleva. La sua mano calda e magica sfiorò lentamente il suo ventre, esplorandolo con calma fino a raggiungere l'attaccatura delle sue cosce. Lei gemette quando il dito di lui scivolò delicatamente tra le sue gambe e trovò il punto più delicato.

"Wynne". Il suo nome le sfuggì dalle labbra con stupore.

Lui iniziò ad accarezzarla e Jo dimenticò il suo nome. Il suo palmo premeva sul monte di venere, le sue dita si ritiravano e rientravano. La accarezzava così dolcemente, così perfettamente. Le sue gambe si tendettero e lei sentì una sensazione umida sotto il suo tocco. Jo si ritrovò senza fiato. Il suo corpo stava improvvisamente vibrando di nuove e brillanti sensazioni.

Tutti gli anni passati a sognare, a immaginare quell'uomo nel suo letto, nella sua vita, e l'esperienza reale di quel momento superava di gran lunga tutte quelle fantasie.

Le sue dita giravano e accarezzavano e una pressione insopportabile si faceva strada dentro di lei.

Era posseduta da lui. Aveva coinvolto il suo corpo in un mondo frenetico e senza tempo, un mondo di sensazioni e passione. Quando lei pensava che la liberazione fosse imminente, lui la sorprndeva scendendo di nuovo lungo il suo corpo, baciandole il ventre e scendendo ancora più in basso.

I suoi occhi si aprirono. Lo fissò, senza permettersi di respirare. Pregando che lui non si fermasse. Jo sussultò quando lui coprì il suo sesso con la bocca.

La sua lingua sostituì il suo dito, toccandola molto delicatamente, succhiando leggermente e stuzzicando.

Le mani di Jo si aggrovigliarono nei capelli di Wynne, cercando di avvicinarlo, desiderando che non finisse mai.

Improvvisamente il suo mondo si spaccò in un piacere incredibile che non aveva mai conosciuto prima e si sentì gridare.

L'orgasmo esplose dentro di lei con la potenza impressionante di un temporale estivo. L'aria intorno a lei si illuminò e non riuscì a respirare. E poi stava semplicemente fluttuando in un cielo cristallino, con i colori che non aveva mai visto prima che le lampeggiavano intorno mentre si librava. Gridò il suo nome e lottò ferocemente per raggiungerlo.

Wynne la strinse a sé mentre scendeva, baciandola dolcemente finché non si accorse che era ancora tra le sue braccia.

Le sensazioni nel suo corpo continuavano a diminuire a ondate, ma mentre lui si adoperava per togliersi ciò che restava dei suoi vestiti, lei sentì la propria eccitazione e il proprio desiderio crescere ancora una volta.

Lo sentì imprecare. Avrebbe voluto potersi togliere la biancheria molto più velocemente. Rabbrividì nell'attesa quando lui rimase meravigliosamente nudo accanto al letto.

"Fai l'amore con me, Wynne". Sollevò i fianchi, offrendosi a lui che si unì a lei.

Il disagio che provò quando lui entrò per la prima volta in lei fu netto e veloce e presto fu sostituito dalla meraviglia della loro perfetta aderenza. La nebbia di piacere frenetico che seguì la travolse in un'ondata dopo l'altra, sollevandola, frantumandola, fino a quando le sue ossa si dissolsero in liquido, la sua carne formicolò e si appagò.

Sdraiati insieme, scacciarono ogni spettro di tristezza e perdita. In quel momento tutto ciò che contava erano loro due. Tutto ciò che esisteva era l'affinità di due cuori e di due menti. Due corpi e due anime. L'indomani sarebbe stata una sfida. E il giorno dopo. E molti giorni dopo. Ma avrebbero avuto tempo, una vita intera insieme, per affrontare il mondo che li attendeva.

Per ora, per quella notte, ognuno viveva solo per l'altro e si crogiolava nel bagliore dell'amore.

Capitolo Venti

DAL FIUME si alzava una nebbia grigia, mentre il sole era solo un'opaca macchia di luce sopra i campi e i cottage che sembravano fantasmi. Le tombe logore e malconce del kirkyard erano scure per l'umidità. Perle di rugiada si aggrappavano ai ciuffi d'erba su entrambi i lati del sentiero e qua e là una macchia di narcisi chinava la testa, in attesa che il giorno si schiarisse. Jo doveva tenere sotto controllo le proprie emozioni. Era come se stesse andando al funerale di un amico e non poteva permettersi di crollare quando doveva essere forte.

Arrivarono presto per la funzione domenicale e camminarono in silenzio per un po' di tempo, finché lei non si accorse del rumore del fiume che scorreva sulle secche. Un cuculo chiamò da un boschetto sulla riva più lontana e la sensazione del braccio di Wynne legato al suo rafforzò la sua volontà.

Era ora di entrare.

Furono gli ultimi a entrare in chiesa. Quando si sedettero nell'ultima fila un braccio spettrale la avvolse, sorprendendola con il conforto e l'incoraggiamento che le trasmetteva. Mani spettrali le premettero il braccio e le toccarono delicatamente la guancia, riempiendola di un inaspettato senso di benvenuto. Jo sapeva che si trattava della sua immaginazione, dell'attesa di incontrare coloro che condividevano con lei il sangue degli stessi antenati, di avere una risposta alle domande che si poneva da tempo. Ma solo in parte. Sua madre era stata li.

Il curato iniziò la funzione, ma la mente di Jo non riuscì a comprendere le parole. Si chiese invece quante volte una bambina dai capelli scuri si fosse seduta in quella chiesa, forse proprio in quel banco. Forse la sua attenzione vagante era stata catturata dal legno scuro del sedile di fronte a lei e aveva fatto scorrere le sue piccole dita lungo le linee vorticose delle venature del legno. Forse si era esercitata a contare sulle file di pietre grigie che formavano gli archi delle finestre ed era stata distratta dal pensiero dei fiori primaverili nel cortile della chiesa.

Forse, mentre era seduta li con sua madre e suo padre, il cappotto logoro del vecchio contadino severo, seduto davanti a loro, aveva attirato la sua attenzione e aveva avuto la tentazione di tirare il nastro che gli teneva indietro i capelli. Forse la voce roca del cuato aveva attirato la sua attenzione e si era chiesta perché indossasse abiti così buffi e avesse una capigliatura così strana quando non aveva affatto quell'aspetto durante le sue visite a cena.

Con l'avanzare dell'età, il suo sguardo potrebbe aver vagato da un vicino all'altro. La sua amica Josephine, che aveva lo stesso nome e amava leggere. I due orribili ragazzi della fattoria vicina che la prendevano in giro nella piccola scuola in fondo al villaggio. Forse quei ragazzi crano diventati meno orribili con il passare del tempo.

Sua madre era stata li. Jo sentiva la sua presenza. Mentre studiava le spalle e gli occasionali profili delle persone presenti nella congregazione, si chiedeva chi di loro avesse conosciuto la piccola Josephine Sellar, l'avesse amata, avesse provato struggimento per lei, si fosse tormentato per la sua scomparsa.

La mano di Wynne si chiuse intorno alla sua e le loro dita si intrecciarono. Pensò a Charles Barton. Anche lui era andato li? Si era seduto con lei in quella chiesa, con le braccia unite, la mano di lei premuta contro il suo fianco, come stava facendo Wynne? Che rapporto c'era tra loro?

Le candele nelle applique e sull'altare tremolavano e si ravvivavano mentre una leggera brezza soffiava nella chiesa. Il signor Kealy concluse la funzione e Jo e Wynne rimasero nell'ultimo banco a guardare i parrocchiani che lasciavano la chiesa a gruppi di due o tre.

Vecchi e giovani, donne e uomini, bambini e anziani. Molti passavano, intenti a conversare con gli amici. Alcuni si fermarono e annuirono. Ma erano convenevoli di vicinato e non davano alcun segno di riconoscimento. La signora Clark li vide e si fermò per presentare suo marito. I quattro furono tra gli ultimi ad andarsene.

"Deve sapere, signora, che ho pensato al nostro incontro per gran parte della serata", le disse la signora Clark mentre le donne uscivano davanti agli uomini. "Jo e io eravamo amiche per la pelle quando eravamo ragazzine. Eravamo sempre insieme, davvero. Ma le circostanze familiari ci hanno allontanate. Mio marito dice che la mia memoria non è più quella di una volta, ma la sua somiglianza con la mia cara vecchia amica mi ha fatto tornare al passato, non mi vergogno a dirlo. E ora il signor Kealy mi dice che potreste essere una parente di Josephine Sellar. Penso che ci sia un legame di sangue".

"Questo è il motivo per cui sono qui, per scoprire se siamo parenti o meno", disse Jo, non volendo aggiungere altro.

Il sole aveva fatto breccia tra le nuvole durante la funzione e trovarono il curato in piedi in mezzo a una piccola assemblea all'esterno. Jo decise che dovevano essere le famiglie che aveva promesso di presentare loro oggi. Dalla sera prima, però, le interessava conoscere solo la famiglia Sellar.

"Sa quali di queste persone sono i signori Sellar?" chiese alla signora Clark.

"La signora è a casa in questi giorni. Si è slogata una caviglia in giardino quindici giorni fa. Per quanto riguarda il marito, fatemi vedere". Strizzò l'occhio al gruppo e scosse la testa. "Non riesco a trovarlo, signora. Ma forse il signor Clark ricorda se il signore era presente oggi o meno".

Si voltò per chiedere al marito e si illuminò, notando un uomo che usciva dalla chiesa.

"Vi stavo cercando, signor Sellar", lo chiamò la signora Clark. "Questa signora inglese e il capitano sono venuti da Rayneford per fare la vostra conoscenza".

Wynne si fermò accanto a Jo. Ma la reazione immediata del signore anziano disse loro che non c'era bisogno di presentazioni.

"Josephine Sellar? Davvero? Non ci credo. Non puoi essere tu!"

Cuffe vide i due anziani arrivare nella loro antica carrozza. Quando, pochi minuti dopo, un cameriere annunciò il loro arrivo, l'improvviso cipiglio del dottor McKendry gli fece capire che stavano arrivando i guai.

Il dottore gli chiese di rimanere con il signor Cameron mentre portava gli ospiti nell'ufficio del capitano per parlare con loro.

Il contabile era occupato con i libri contabili, così Cuffe scese al piano di sotto. Ascoltando i borbottii tra gli assistenti, sentì nominare Barton. Quando chiese, uno degli ex marinai gli disse che si trattava della madre e dello zio e che avrebbe fatto meglio a stare lontano da loro, perché c'era una tempesta in arrivo".

Il signor Barton era il motivo per cui Lady Jo era andata all'Abbazia e il dolce vecchio disegnava i suoi ritratti ogni giorno.

Salendo le scale con passo leggero, sentì il rumore delle voci provenienti dall'ufficio del capitano e si avvicinò alla porta aperta, premendosi contro il muro.

Il tono duro di una donna squarciò la quiete del corridoio. "Non lo abbiamo affidato alle sue cure per metterlo in pericolo, dottor McKendry".

"Signora Barton, Graham", disse il medico. "Prenderlo ora metterebbe a rischio i progressi che ha fatto. Gli incidenti che si sono verificati...".

"Non cercate di far passare quello che è successo come un *incidente*", sibilò. "Abbiamo sentito la verità, quindi non cercate di mentire. Sono stati degli attacchi, puri e semplici. Un pazzo che si è accanito su Charles mentre dormiva. E ora ho sentito che il pazzo è ancora nella stessa stanza, libero di attaccare di nuovo".

"Quel paziente è stato provocato da qualcuno che nel frattempo è scappato", spiegò il medico.

Il mento di Cuffe affondò nel petto per la vergogna. Era *lui* il responsabile di quanto accaduto al signor Barton, essendosi lasciato ingannare da Abram. E ora il dottor McKendry veniva incolpato.

"E poi", disse la voce graffiante, "scopriamo che mio figlio è stato quasi annegato, gettato nello stagno dei pesci da un altro paziente, come lo chiamate voi".

"Non è successo niente del genere", affermò con forza il dottor McKendry. "Il signor Barton si è tuffato in uno stagno profondo fino alla vita dopo che qualcuno era caduto in...".

"Due attacchi e non potete proteggerlo".

Cuffe ricordava il caos in cui si erano imbattuti lui e il capitano quando erano tornati dal villaggio quella mattina. Il signor Barton aveva seguito Lady Jo perché pensava che stesse annegando. Si era preoccupato per lei. Era preoccupato. Da quando cercare di salvare la vita di qualcuno eraconsiderato un attacco? Quelle persone non sapevano nulla.

"I progressi di vostro figlio sono stati sbalorditivi", affermò il dottore. "Non solo la sua salute è migliorata drasticamente, ma la sua mente è...".

"Non parlate di progresso", sbraitò lei, interrompendolo. "Ne abbiamo avuto abbastanza. Oggi porteremo mio figlio con noi. Non lo lasceremo in balia degli avvoltoi. Il manicomio di Aberdeen è pronto per lui e lì ci sono dei veri e propri custodi".

"Mandarlo lì sarebbe un terribile errore", argomentò il medico. "Sapete come trattano i loro pazienti?".

"Abbiamo preso tutti i provvedimenti", annunciò la donna con fredda indifferenza.

"Charles verrà picchiato. Mutilato. Affamato. Immerso in acqua ghiacciata", esclamò il dottore. "Lo legheranno a una sedia appesa al soffitto, lo solleveranno e lo faranno girare finché non vomiterà, si bagnerà o defecherà. E poi lo picchieranno per questo".

Cuffe rabbrividì, ricordando la brutalità delle piantagioni. Aveva sentito tante storie dalla gente che era scappata. Aveva visto le loro cicatrici. Le dita e le orecchie mancanti. Gli faceva male vedere la sua gente esposta a un simile trattamento e non voleva che anche il signor Barton fosse trattato in quel modo.

"Graham, per favore, parlate con la signora Barton", lo supplicò il dottor McKendry. "Sicuramente capirà che spostarlo ora è la cosa più sbagliata da fare".

"È la madre di mio nipote", disse l'anziano in modo categorico. "Né voi né io possiamo dire di sapere cosa sia meglio. È lei a decidere".

Il dottore non si arrese. "Signora Barton, i pazienti che vengono mandati lì raramente, se non mai, si riprendono abbastanza da rientrare nella società e nelle loro famiglie. Suo figlio sarebbe perso per sempre. Di certo non vuole questo".

"Risparmiate il fiato", ordinò la signora Barton. "Hanno accettato di prenderlo e noi intendiamo portarlo via da questo posto. Il trattamento che mio figlio ha subito qui non può essere definito altro che malvagio e una volta che sarà stato salvato dalla vostra..."

Cuffe aveva sentito abbastanza e si allontanò dalla porta. Avevano ragione quelli al piano di sotto. Stava per accadere qualcosa di orribile e il Dr. McKendry era da solo ad affrontarlo. Lady Jo si prendeva cura del signor Barton e non era li. Nemmeno il capitano era li.

Spettava a Cuffe fare qualcosa.

Josephine Sellar.

L'esclamazione inespressiva del signore più anziano affermò ciò che Jo aveva già accettato nel suo cuore. Ora sapeva il nome della famiglia di sua madre, chi era la sua gente e da dove veniva.

Il signor Sellar era stupito, ma voleva saperne di più su di lei. Jo però non voleva dare spettacolo in pubblico e, mentre il curato e le altre famiglie si univano a loro, chiese al signor Sellar di aspettare per poter discutere ulteriormente della questione in privato. Nessuno degli altri sembrava riconoscere Jo o capire il motivo di tanta curiosità.

Wynne chiese al signor Kealy il permesso di usare il suo cottage. E mentre Jo si avviava verso la collina con il signor Sellar, fu sollevata nel vederlo allontanare la signora Clark e gli altri.

"Forse vedo la somiglianza solo perché il curato ha detto, prima della funzione, che un visitatore del villaggio chiedeva di una persona di nome Josephine", disse l'anziano una volta che si furono sistemati nel cottage. "Sono passati troppi anni. I ricordi svaniscono. Ma quando ho visto il vostro volto per la prima volta, avrei giurato di star guardando lei".

Jo aveva lasciato la porta aperta e Wynne abbassò la testa ed entrò. Ne fu felice. Aveva bisogno della sua forza e della sua astuzia.

"Se posso chiedere, che rapporto avevate con Josephine Sellar?".

"Una cugina, di secondo grado. Non abbastanza vicina da giustificare la tutela quando è rimasta orfana, né abbastanza vicina da ereditare alla sua morte".

Sua madre era orfana. Certo, pensò Jo, comprendendo la povertà che aveva sopportato negli ultimi giorni della sua vita. Fu grata quando Wynne chiese dei genitori e di come fossero morti.

"All'epoca ero un soldato, ero fuori a combattere in America, quindi non ero qui per aiutare", disse, fissando una striscia di luce che illuminava il pavimento di pietra. "Quello che ho sentito dopo, però, è che la febbre aveva colpito il villaggio. Si portò via alcune vite, tra cui i genitori di Josephine".

"E cosa le è successo dopo la morte dei genitori?". Chiese Wynne.

"Di certo non è stata lasciata sul lastrico", disse Sellar, con lo sguardo rivolto a loro. "Aveva terre e una grande casa che, una volta raggiunta l'età adulta, sarebbe stata sua. E avrebbe dovuto esserlo, con Ainsley come tutore".

"Ainsley?" chiese.

"Ainsley Barton. Un grande uomo dal cuore gentile, che sia benedetta la sua anima. Era il fratello della madre di Josephine. Fu una tragedia quando morì, un anno dopo".

Barton. Jo incontrò lo sguardo di Wynne. C'era un legame familiare.

"Conoscete un certo Charles Barton?". Chiese Wynne.

"Certo, Charles era il figlio di Ainsley. Un altro brav'uomo, della stessa pasta del padre".

Cugini, pensò Jo, con le emozioni che le salivano dentro. Erano cugini. Gli schizzi di Charles su sua madre. Dovevano conoscersi da sempre.

La sua mente tornò alle smentite della signora Barton. E alla risposta di Graham. Avevano detto che Jo non assomigliava a nessuno di loro. Ma Ainsley Barton era il tutore e lo zio di sua madre. Dovevano conoscerla bene.

"Charles è diventato il tutore di Josephine alla morte del padre?".
Chiese Wynne.

Scosse la testa e la sua espressione mostrò il suo disappunto. "No,
non può essere successo. Charles aveva un'età vicina a quella di Josephine. Forse due o tre anni in più. No, Graham diventò il suo tutore
dopo la morte del fratello. È lui che ha preso tutte le decisioni sul
Castello di Tilmory da allora. È da lui che ho comprato la proprietà dei
Sellar quando sono tornato dalla guerra".

Jo cercò di parlare, ma la sua voce non riusciva a superare il nodo
alla gola.

"Perché Graham?" Chiese Wynne. "Come ha potuto vendervi la sua
proprietà?".

L'anziano signore guardò Jo. "Ci hanno detto... Mi è stato detto...
Josephine è annegata durante la grande alluvione. Non so perché o
come sia arrivata a Garloch. Ma c'è una lapide nel kirkyard con il suo
nome. Posso mostrarvela se volete vederla".

Capitolo Ventuno

Trovarono la lapide che segnava l'ultima dimora di Josephine Sellar vicino al muro lungo il sentiero del fiume. Era semplice e simile a una ventina di altre intorno, ma Wynne osservò Jo mentre studiava i segni. Un nome. Una nascita. Una morte.

Si chiese quale povera anima fosse stata sepolta lì al posto di sua madre e, mentre stavano lì, Jo mormorò una preghiera silenziosa. Mentre ascoltava, gli passò per la testa il pensiero che qualcun altro potesse aver continuato a vivere, senza sapere che fine avesse fatto la propria figlia, sorella o moglie... o madre.

Nel cottage del curato, Jo non aveva menzionato quello che sospettava essere il suo legame con la famiglia Sellar. Quando non aveva detto nulla al vecchio signore, Wynne aveva seguito il suo esempio ed era rimasto in silenzio. Sapeva che, allo stato attuale, non aveva alcuna prova, solo una manciata di disegni e una serie di possibili coincidenze. Tuttavia, pensava che il signor Sellar conoscesse la verità.

Tornata al villaggio, fece visita alla signora Clark mentre Wynne cercava il curato e lo ricompensava per il suo tempo e i suoi sforzi.

Lasciarono Garloch a mezzogiorno e per molto tempo Jo rimase seduta in silenzio accanto a lui, con la testa appoggiata alla sua spalla e le dita intrecciate. Sapeva che aveva molte cose a cui pensare. Quel viaggio era stato un turbine di emozioni ed entrambi ne stavano risentendo profondamente.

"La signora Clark ti ha detto altro?" chiese. "Qualcosa che non sapevi?".

"Mi ha detto che viveva nel villaggio al momento dell'alluvione. All'epoca era appena sposata", gli disse Jo. "Era un periodo terribile, mi disse. La città era piena di gente di passaggio, in cerca di un posto dopo essere stata cacciata dalle proprie case dai padroni di casa. C'era un grande accampamento lungo il fiume. Come ci ha raccontato il signor Kealy, quando arrivò l'alluvione, molte persone furono coinvolte e portate via dalle acque. Ci vollero settimane per trovare alcuni di loro e molti erano irriconoscibili. Le famiglie furono costrette a indovinare l'identità dei corpi".

"Questo non giustifica la falsa identificazione di tua madre da parte di Graham".

"No, non è vero. Non c'è niente di vero", disse lei, con le parole tinte di rabbia. "Mia madre era la sua pupilla. Era sua parente, la figlia di sua sorella. Ma lui l'ha delusa. Forse peggio che deluderla. Quando un mese dopo si presentò ai Borders, era spaventata. Non volle nemmeno dire a nessuno il nome della sua famiglia nelle Highlands. Mi affidò a un'estranea piuttosto che chiederle di rimandarmi alla sua gente".

Incinta e sola. Anche ora, debilitato da una ferita alla testa, Charles Barton sembrava tenere molto alla giovane donna che aveva perso. Ma da quello che Wynne sapeva della storia dell'uomo più anziano, in quel periodo aveva avuto un incarico in marina. Nella sua mente sorsero domande sulla natura della relazione tra Barton e Josephine Sellar. Ma soprattutto, chi aveva generato la donna che gli sedeva accanto? La donna che amava.

"La settimana scorsa, Graham e la signora Barton mi hanno visto in quel reparto ed entrambi hanno negato con veemenza qualsiasi legame di parentela. Perché?" chiese, con la frustrazione e l'ira evidenti nella sua voce. "Bastava che dicessero la stessa cosa che ho sentito dalla signora Clark e dal signor Seller: che assomiglio a qualcuno che hanno conosciuto in passato. Sarebbe stato sufficiente per scoraggiarmi e insabbiare la verità. Quindi perché rifiutarmi?".

Perché avevano qualcosa da nascondere, pensò Wynne.

"Gli uomini fanno cose ignobili per denaro", rispose. "Graham anni fa ha fatto in modo che Josephine Sellar fosse dichiarata morta. Così facendo, si è impossessato delle sue proprietà e le ha vendute. Ora controlla la proprietà del Castello di Tilmory. Con Charles Barton in manicomio - o morto, come stava per essere quando lo hanno scaricato all'Abbazia - Graham continua a raccogliere i suoi frutti. E poi arrivi tu. E se Charles e Josephine fossero più che cugini? Erano entrambi giovani quando lei divenne la pupilla di suo padre. Non abbiamo prove che fossero sposati, ma se lo fossero e Graham lo sapesse? Saresti l'erede di tutto".

"Non abbiamo prove di nulla", disse lei, senza negare la sua affermazione. "Ma quale uomo disegna il volto della stessa donna, giorno dopo giorno?".

Un uomo innamorato, pensò Wynne. "Secondo il signor Sellar a Garloch, la fattoria doveva essere ereditata da tua madre. La tenuta è stata predisposta per consentire un'eredità femminile. Forse la stessa condizione esiste per il Castello di Tilmory. Perché Graham dovrebbe preoccuparsi se non pensa che tu erediterai una volta che Charles sarà morto? Ha molto da perdere se non torni alla tua vita nel sud".

"Ma a me non interessa il castello di Tilmory!". Jo scoppiò. "O dei soldi, o di qualsiasi altra cosa. I . . . Sto solo cercando di scoprire la verità su quello che è successo a mia madre".

Wynne avvicinò Jo al suo petto e le diede un bacio sulla fronte. "Io lo so, ma Graham non lo sa. E non credo che ti crederebbe se glielo dicessi".

Viaggiarono in silenzio per qualche istante, finché lei non parlò, di nuovo calma. "Credi che sia possibile che Charles Barton e mia madre fossero sposati?"

"Non abbiamo trovato nulla a Garloch, ma se si è sposata in una di queste parrocchie, potremmo trovarne traccia negli uffici del vescovo di Aberdeen".

"Sposata o no, mia madre ha sofferto", disse lei stizzita. "Cosa l'avrebbe spinta a lasciare le Highlands?".

"Credo che Graham e la signora Barton debbano rispondere a questa domanda. Era affidata alle loro cure. Ma anche Charles Barton potrebbe sapere qualcosa, se mai migliorerà abbastanza da condividerlo".

Si accoccolò più vicino e infilò la testa sotto il suo mento. "Charles Barton. Potrebbe davvero essere mio padre? E lo saprò mai con certezza?".

La mano di Jo si muoveva innocentemente sul davanti del suo cappotto e i suoi lombi si irrigidirono.

"Qualunque risposta si presenti, la saprai con me al tuo fianco. Perché è lì che ho giurato di rimanere... tranne che in questo particolare momento".

Non poteva più aspettare. Wynne si spostò rapidamente verso la poltrona di fronte a lei.

Il giorno prima Jo aveva accettato di sposarlo. La scorsa notte, una passione travolgente li aveva consumati. Nessuno dei due aveva dormito. Ogni volta che si erano sentiti soddisfatti e spossati, era bastato uno sguardo, una carezza per tornare ad amarsi con passione.

Lei lo guardò con aria interrogativa.

"Quale mano?" chiese lui, tendendo due pugni chiusi.

Jo era soddisfatta di ciò che avevano scoperto su sua madre a Garloch, ma era anche scoraggiata dalla mancanza di prospettive di scoprire qualcos'altro. Wynne lesse i suoi pensieri. Sapeva cosa stava provando. Ed eccolo che cercava di tirarla su di morale.

"Cosa sta facendo, capitano Melfort?" chiese sorridendo.

"Quale mano?"

"Se hai intenzione di distrarmi, ci sei già riuscito", disse lei, guardandolo in faccia.

"Non essere codarda, Lady Pennington. Scegline una".

Jo viaggiò indietro nel tempo fino a una calda serata a Londra. Alla notte in cui si erano conosciuti.

"Sei più formale dell'ultima volta, Capitano", disse lei, mordendosi il labbro mentre studiava le sue opzioni. "La mano destra".

Come si aspettava, era vuota. Quando lui allungò la mano sinistra nella sua direzione, lei vide la destra infilarsi di nascosto nella tasca del suo cappotto. Era assurdo, ma improvvisamente si sentì giovane e giocosa.

"Cosa nascondi lì dentro?", gridò lei, gettandosi tra le sue braccia e cercando di infilare la mano nella sua tasca.

"Lady Jo, la tua impazienza mi stupisce".

"Mi fa piacere". Lei rise.

"E sono scioccata dalla tua sfacciataggine".

"Il che mi delizia ancora di più".

Sorridendo, la raccolse saldamente sulle sue ginocchia e lei incontrò il suo sguardo, godendo del calore e della mascolinità che emanava. Lo voleva. Voleva fare l'amore con lui in quel momento, su quella carrozza. E da quello che sentiva attraverso gli strati dei loro vestiti, anche lui lo voleva.

"Dopo", disse lui, leggendole nel pensiero. Appoggiò il pugno destro sul suo grembo. "Quale mano?"

Se aveva un bocciolo di rosa lì dentro, pensò, era davvero un mago. Jo sospirò, girò la mano e aprì le dita. Nel suo palmo brillava una fascia d'oro dal design intricato. Lo guardò perplessa, ma solo per un attimo. Poi il suo cuore ebbe un sussulto quando se lo infilò.

"Speravo che mi permettessi di metterti questo al dito quando ci sposeremo per la prima volta nella chiesa di Rayneford. Sarà il parroco a officiare".

"Sposarsi per la prima volta?", chiese lei, stupita. Avevano già parlato di andare a Baronsford, far incontrare la famiglia di Wynne con i Pennington e *poi* organizzare il loro matrimonio. Lei glielo ricordò.

Scosse la testa. "Sarà il nostro secondo matrimonio. E potremmo avere anche un terzo o un quarto, se vuoi", le disse. "Dopo ieri sera, mi è stato chiaro che non ci sarà nessuna attesa. Nessun lungo fidanzamento. Io sono tuo come tu sei mia. Infatti, ieri sera mi hai detto tu stessa che tuo fratello minore, Gregory, e sua moglie si sono sposati due volte. Pensavei che ti avrei danneggiata in qualche modo?".

"Ti stai preoccupando della mia reputazione", disse lei, sentendo il suo amore per quell'uomo crescere sempre di più.

Lui sostenne il suo sguardo. "Ti amo, Jo. E sarò distrutto se permetterò che qualcosa metta a repentaglio il nostro futuro insieme. Chiacchiere, pettegolezzi e bugie non ci toccheranno mai più. Creeremo un legame tra noi che il mondo guarderà con invidia. Ma se oggi mi dovesse succedere qualcosa, prima di sposarci, voglio che tu...".

Mise le dita sulle labbra di Wynne. Sarebbe morta se gli fosse successo qualcosa. E capì quello che stava dicendo. Dopo quello che avevano appreso sulla vita di sua madre, condivideva la sua preoccupazione per il futuro.

"E ti amo, Wynne", sussurrò. "Ci sposeremo due volte, ma questo è l'unico anello che indosserò mai".

Il sole del primo pomeriggio filtrava attraverso la piccola finestra e gli occhi dell'uomo più anziano erano fissi sul raggio di luce angolare sul pavimento polveroso di quercia della stanza al piano superiore di Knockburn Hall.

"Tutto si risolverà, signor Barton", gli disse Cuffe rassicurandolo. "Il capitano sta tornando".

Dovevano arrivare ieri sera, pensò. Non aveva dubbi che sarebbero tornati quel giorno.

Si alzò e andò alla finestra esposta a sud. Quando erano arrivati li, aveva visto degli uomini in lontananza che perlustravano i campi. Ma ora non ne vedeva traccia.

Nessuno era contento che i Barton si presentassero all'Abbazia senza preavviso. Cuffe si chiese se il dottore sapesse che il suo paziente era li. Forse era addirittura d'accordo. In ogni caso, gli uomini non si avvicinarono mai alla sala. Non fecero mai uscire i cani dalle cucce.

I tre ragazzi che Cuffe avvicinò non dissero una parola. Dovevano ricevere uno scellino a testa per la loro parte. Nelle stalle, disse loro che aveva bisogno del loro aiuto. Il signor Barton era allo stagno con un assistente. Erano piombati sull'uomo come briganti e lo avevano preso alla sprovvista. Gettandogli un sacco sulla testa, lo avevano imbavagliato, legato e trascinato nella stalla mentre Cuffe conduceva il paziente a Knockburn Hall.

Avevano impiegato molto tempo per raggiungere il loro nascondiglio. L'uomo più anziano si era stancato rapidamente e aveva avuto bisogno di sedersi e riposare più volte. Ma era bravo a seguire le indicazioni. Cuffe lo guardò dall'altra parte della stanza.

"Andrà tutto bene. Sarete al sicuro qui", disse. Il signor Barton era seduto dove Cuffe lo aveva fatto accomodare quando erano arrivati, nella nicchia di una finestra vicino al camino. "Non potevo lasciare che vi portassero via. Non dopo averli sentiti parlare. L'altro manicomio, quello di Aberdeen, è un brutto posto. Ho visto persone che hanno sofferto nelle isole. Ferite senza motivo. Non è giusto. Maltrattamenti e percosse. Immersioni in acqua fredda. Il capitano non avrebbe permesso che accadesse".

Il paziente non disse nulla e Cuffe non era sicuro che avesse capito una parola di quello che gli era stato detto. I suoi occhi rimasero bloccati sul rettangolo di luce sul pavimento.

"Il capitano tornerà oggi", ripeté. "Qui siamo al sicuro. Sia voi che io. Vi andrebbe di fare un pisolino? Farebbe passare il tempo più velocemente".

Avrebbe voluto che il signor Barton dormisse un po'. Di solito lo faceva a quell'ora del giorno, ma l'uomo non fece alcuna mossa per sdraiarsi.

Era strano portare avanti una conversazione unilaterale. Pensò a quando si era comportato così con il capitano. Non rispondeva. Non lo guardava. Si comportava come se non esistesse, anche quando il capitano si era comportato bene con lui. Proprio come stava facendo ora il signor Barton con lui.

Cuffe pensò a quanti problemi aveva causato a suo padre, sentendosi colpevole. Suo padre.

"Probabilmente ti starai chiedendo perché nessuno ci ha trovati", disse. "Io vengo dalla Giamaica, lo sai. Sono un maroon e viviamo dove nessuno può prenderci. Nemmeno i soldati".

Guardò di nuovo fuori dalla finestra.

"Conosci il capitano. È il socio del dottor McKendry all'Abbey. Il governatore. Ma prima ancora ha comandato navi da guerra. Ha navigato in tutti gli oceani. Ha combattuto pirati, schiavisti e americani. E i francesi. È molto intelligente. Saprà cosa dobbiamo fare".

Sarebbe arrivato presto. E avrebbe saputo dove si nascondevano.

Cuffe attraversò la stanza e si sedette contro una parete vicino all'uomo più anziano.

"Mio padre - il capitano, intendo - è in grado di riparare qualsiasi cosa. Tutti dipendono da lui, anche il dottor McKendry. Non avrebbero cercato di prenderti se fosse stato all'Abbazia oggi. Ma sarà qui presto. Andrà tutto bene".

Cuffe avrebbe voluto che suo padre fosse li in quel momento. Suo padre.

Giovedì avevano cavalcato insieme fino al villaggio. Gli era piaciuto il fatto che il capitano gli avesse permesso di scegliere un cavallo tutto suo. E il fatto che fosse andato con lui a portare del cibo per la vecchia vedova nella casetta fatiscente alla fine del vicolo. E come il capitano fosse venuto nella sua stanza il venerdì sera e gli avesse parlato di Lady Jo.

Il capitano... suo padre. E forse Lady Jo per creare una nuova famiglia. Forse non sarebbe stato male crescere in Scozia.

Il tocco sul braccio fece trasalire Cuffe. Si voltò e vide il vecchio seduto accanto a lui. Gli occhi erano vigili e lo osservavano.

"Cosa c'è che non va, signor Barton?".

"Dov'è Jo?"

Capitolo Ventidue

Wynne capì che c'era qualcosa che non andava prima ancora che raggiungessero il lungo viale che portava all'Abbazia. Gruppi di uomini si muovevano in fila attraverso le coltivazioni e i campi da golf, perlustrando ogni centimetro, prendendo a calci le macchie di ginestre e l'erba lunga. Ne vide altri vicino agli stagni che frugavano nell'acqua con i loro bastoni. Stavano cercando qualcosa.

"Cosa pensi sia successo?" Chiese Jo.

"Non lo so". Fece una pausa e indicò la carrozza e gli stallieri che aspettavano vicino alla porta della dependance. "Ma abbiamo visite".

Non aveva senso indovinare cosa ci fosse di strano. Lo avrebbero saputo presto. Ma quando la loro carrozza si fermò davanti alla porta, Dermot si precipitò fuori dall'edificio e salì prima che potessero uscire.

"Autista, vai oltre il boschetto di castagni e fermati lì", ordinò, e la carrozza si mise subito in moto.

"Le mie scuse, Lady Josephine", disse, chinando il capo in segno di saluto. "Ma sarebbe stato meglio se non arrivaste all'Abbazia proprio adesso".

"Cosa c'è che non va?" Chiese Wynne.

Dermot si rivolse a lui. "Graham e la signora Barton hanno fatto irruzione qui qualche ora fa, arrabbiati come due vespe. Vogliono prendere suo figlio e consegnarlo al manicomio di Aberdeen. Sostengono che tutti gli accordi sono stati già presi. Ho cercato di farli ragionare, ma non ne hanno voluto sapere. Chiedono che glielo consegniamo immediatamente".

Jo impallidì e i suoi occhi scuri si fissarono su Wynne. "C'è un modo per fermarli?".

Il volto di Dermot mostrava i suoi dubbi. "Sanno dell'attacco della settimana scorsa. Sanno anche che Barton è entrato nella vasca dei pesci. Lei sostiene che siamo stati negligenti nel prenderci cura di lui e che, in quanto madre, è suo dovere prenderlo. Sono riuscito a tenere il vostro nome fuori da ogni discussione sugli eventi, signora. Era evidente che il vostro arrivo e la vostra influenza sul miglioramento di Charles li aveva turbati".

"Hanno chiesto di Lady Jo?"

"L'ha fatto la signora Barton, non appena abbiamo scoperto che Charles era scomparso".

"Cosa hai detto?"

"Che era in viaggio verso nord da ieri ".

Era vero, pensò Wynne.

"Com'è il manicomio di Aberdeen?" chiese con un filo di voce.

"Terribile". Il dottore scosse la testa. "Non sopravvivrebbe a lungo lì".

Wynne valutò rapidamente le loro opzioni. "Dove sono i Barton?"

Dermot guardò fuori dal finestrino della carrozza come un uomo che si aspetta un'imboscata. "In questo momento dovrebbero essere nell'ala est con mio zio e mia zia. Immagino che lo scudiero stia parlando incessantemente di golf mentre mia zia li riempie di rinfreschi. Ma non so per quanto tempo ancora resteranno qui".

"E Charles Barton?" Chiese Wynne.

"Questo è l'altro problema che dobbiamo affrontare al momento. È scomparso".

"Scomparso? Dove?" Chiese Jo, sconvolta. "È per questo che state cercando nei campi? Chi l'ha preso? Che fine ha fatto il suo attendente?".

"Abbiamo trovato il suo attendente in uno dei granai, legato e imbavagliato con un sacco in testa. Era del tutto illeso, in realtà. Ma non c'è traccia del paziente".

"Fammi capire", disse Wynne, visualizzando come si erano svolti gli eventi quella mattina. O meglio, come Dermot li aveva presentati ai Barton. "Charles si è allontanato a piedi. Dato che non può essere andato lontano, deve essere ancora *vicino*. E non state usando i cani perché non avete intenzione di turbarlo o di fargli male".

"Hai capito perfettamente la situazione". Lo sguardo di Dermot parlava chiaro. "Quando Graham aveva saputo che suo nipote era scomparso, era pronto ad andare in paese a chiamare il conestabile e a mettere insieme una squadra di ricerca. Ma gli ho assicurato che non erano stati presi né carrozze né cavalli e che eravamo sicuri di trovare Charles molto rapidamente. In effetti, pensano che sia tu a guidare le ricerche".

"Era soddisfatto di questo?" Chiese Wynne.

"Per il momento, comunque, sì. Soprattutto quando ho detto che Charles è stato visto per l'ultima volta vicino alle vasche dei pesci".

Jo fissò Dermot e poi guardò Wynne. La sua espressione gli disse che aveva capito le accuse accennate. Dopo quello che avevano appreso a Garloch, cominciava a pensare che Graham fosse capace di tutto.

"Dov'è Cuffe?" chiese.

"Lui è..." Il dottore fece una pausa con uno sguardo significativo a Wynne. "È in giro da qualche parte, ma non so esattamente dove. In realtà, se ci penso, il ragazzo potrebbe essere scomparso poco dopo l'arrivo dei Barton e aver reso note le loro intenzioni".

"Ci fa guadagnare tempo". Wynne si chinò e aprì la porta della carrozza. "Leggi loro una delle tue tesi sulla migrazione dei cuculi o sulla struttura del cervello della salamandra. Tienili occupati. Ti farò sapere come procedere".

La carrozza si fermò nel cortile incolto di Knockburn Hall. Non appena scesero, con suo grande sollievo, il volto di Cuffe apparve dalla finestra del piano superiore.

"Mentre tu sali, io devo parlare con mio figlio".

Jo studiò l'espressione grave di Wynne e i suoi passi decisi mentre si dirigeva verso la casa. Prima di raggiungere l'ingresso, Cuffe aprì la porta.

Il tempo si fermò. Jo non riusciva a muoversi e guardava i due che si affrontavano. Alla fine, il mento di Cuffe si alzò di una tacca.

"Ho fatto la cosa giusta", disse. "Non è vero?"

"Infatti, l'hai fatta. Mi hai reso orgoglioso". Chiuse la distanza tra loro e prese il figlio tra le braccia, sollevandolo e abbracciandolo forte.

Le braccia di Cuffe si strinsero intorno alle spalle del padre. Quando Wynne lo mise a terra e si allontanarono di qualche passo in direzione dello stagno, Jo riuscì a sentire poco di quello che dicevano. Ma sapeva che quei due avevano superato una grande barriera. Padre e figlio erano saldamente legati. E lei guardava al suo futuro. Agli uomini che amava. Erano i suoi sogni realizzati.

Jo rivolse la sua attenzione alla casa e si affrettò ad entrare. Trovò Charles al piano di sopra, dove avevano visto Cuffe alla finestra.

Era seduto sul pavimento sotto una finestra, con le gambe incrociate alla maniera dei sarti. La sua attenzione era rivolta a un fascio di luce pomeridiana alla base di una parete lontana. Jo studiò i lineamenti magri e spigolosi del suo viso, le spalle strette. Aveva una corporatura leggera. Di media altezza. Cercò di immaginarlo come un giovane uomo.

Pensando a ciò che aveva detto Wynne, alla possibilità che quell'uomo fosse suo padre, cercò delle somiglianze. Fisicamente, aveva ereditato il suo aspetto da sua madre. Questo fatto era stato confermato più volte dal suo arrivo nelle Highlands. Ma che dire della sua personalità? Jo non era un'artista di talento, ma era tranquilla e senza pretese. Era una persona che si prendeva cura di sé e aveva una natura generosa.

Attraversò la stanza per andare da lui. Era suo padre o semplicemente un uomo di buon cuore che non aveva mai superato la perdita di una cara cugina? Non importava. Lei era li per aiutarlo. Se fosse riuscita a entrare in comunicazione con lui, pensava che avrebbe voluto sapere del suo viaggio a Garloch e di ciò che aveva scoperto.

"Signor Barton", disse dolcemente. "Posso unirmi a voi?".

Non si aspettava una risposta, così si sedette a gambe incrociate sul pavimento di fronte a lui, con le ginocchia quasi a contatto. Il fascio di luce le arrivava direttamente negli occhi, ma lei voleva stare lì dove lui potesse vederla.

Jo non sapeva cosa Wynne avesse intenzione di fare per impedire alla famiglia di portare quest'uomo ad Aberdeen. Aveva lodato Cuffe per aver aiutato Charles a sparire. Sapeva che avrebbe piegato la legge, se necessario, per ostacolare i Barton e i loro sporchi piani.

Adesso, in quel momento, per calmare il suo nervosismo, doveva parlare.

"Grazie per avermi indirizzata verso Garloch. Il capitano Melfort mi ha accompagnata lì".

Le dita di Charles tamburellavano dolcemente sul pavimento vicino al suo ginocchio. Gli mancavano la matita e la carta con cui era abituato a disegnare. Jo si accorse che le sue dita stavano facendo la stessa cosa e si fermò. Si avvicinò e prese entrambe le mani di lui tra le sue. Erano fredde, come le sue.

"Abbiamo incontrato il curato", gli disse. "Un giovane simpatico e desideroso di aiutarci e di rispondere alle nostre domande, se possibile".

Jo continuò a raccontare tutto quello che avevano scoperto: le date su cui si erano concentrati, la ricerca di battesimi di ragazze con il nome di Josephine.

Pensò che potesse conoscere molte delle persone che avevano incontrato, forse anche il curato, a seconda di quando aveva visitato il villaggio per l'ultima volta. Parlò della signora Clark nei dettagli, sperando che il nome dell'amica d'infanzia di Josephine potesse suscitare qualche reazione.

"Josephine Sellar", disse ancora. "Per tutta la mia vita non ho mai conosciuto il cognome di mia madre fino a quando la signora Clark non me lo ha rivelato. Non sapevo da dove venisse o chi potesse essere la sua famiglia. Il dolore... il dolore che ho provato dopo...".

La sua voce tremò. Si fermò, fissando le loro dita unite. Studiò il contrasto dell'età sulle loro mani. Toccò i calli e le cicatrici della mano più anziana. Quando finalmente riuscì a parlare, Jo gli confidò quanto si fosse sentita a pezzi la sera prima. Gli raccontò delle lacrime e del senso di perdita. Gli spiegò che, per la prima volta, sapeva chi era sua madre e questo la faceva soffrire ancora di più.

Il viso di lei era in luce e quello di lui in ombra, quindi non poteva vedere se le sue parole avessero un significato per lui. Ma se avesse capito o meno le sue parole, non faceva alcuna differenza. Charles Barton e i suoi schizzi erano stati lo stimolo, l'innesco che aveva portato la sua ricerca nelle Highlands. Lui aveva cambiato tutto. Ritrovare Wynne, scoprire le origini di sua madre, sapere che quell'uomo silenzioso era un parente: era tutto grazie a lui.

"Ho conosciuto il signor Ezekiel Sellar, un lontano cugino e un uomo rispettabile", gli disse, ricordando a Charles chi fosse. Gli comunicò le parole gentili che l'anziano signore aveva detto su di lui e su suo padre, Ainsley Barton.

"Quindi ora so come siamo imparentati, i Barton e i Sellar".

Forse era la sua immaginazione, ma Jo pensò di aver sentito una leggera stretta alla mano.

"Voi e Josephine eravate cugini. Vi sarete visti molte volte durante la vostra infanzia. Forse condividevate gli stessi interessi", suggerì Jo, chiedendosi quante volte quei due si fossero tenuti per mano. "E ora so che si è trasferita al Castello di Tilmory quando ha perso i suoi genitori, il che spiega perché conoscevi così bene i suoi lineamenti da poterla ritrarre ora, quasi quarant'anni dopo. Non dimentichiamo mai le persone a cui teniamo di più, vero?".

Il sorriso, la risata, gli occhi scuri che danzavano con l'espressione di una donna che sapeva di essere adorata. Gli schizzi di Josephine ritraggono una giovane donna amata.

"Penso che voi due dovevate tenere molto l'uno all'altra".

Jo non aveva il diritto di supporre più di questo. Non poteva fare congetture azzardate e convincersi che tra loro ci fosse qualcosa di più. Sua madre era persa per lei. Non si sarebbe convinta che Charles Barton fosse suo padre, solo per consolarsi. Non era venuta nelle Highlands per trovarlo.

"Il signor Sellar mi ha mostrato la tomba di mia madre oggi", disse tristemente. "Non la conosceva davvero e non si preoccupava per lei come avete fatto voi".

Allontanò le mani e raccolse le ginocchia al petto.

"Non gli ho detto la verità sulla tomba. L'avrebbe solo sconvolto. Ma voi avete il diritto di sapere. Josephine non è sepolta nel cimitero di Garloch. Non è morta nell'alluvione. È sopravvissuta. E poi è scappata il più lontano possibile dalla sua gente".

Il suo pensiero andò all'immagine di sua madre che aveva raccolto nel corso degli anni.

"Josephine Sellar, poco più che una ragazza, voltò le spalle alla sua casa e ai suoi parenti e viaggiò, con un figlio in grembo, come una miserabile con altre persone disperate e senza amici cacciate dalle Highlands". Le parole faticarono a superare il pugno che le stringeva la gola, ma le tirò fuori lo stesso. "Dissero che non aveva menzionato nessun uomo da cui sarebbe andata e che non aveva lasciato nessun marito. Morì tenendo la figlia in un braccio e stringendo la mano della donna gentile e amorevole che poi mi accolta e cresciuta".

Una lascirma le scivolò sul viso. . . e poi un'altra e un'altra ancora.

"Credo che voi pensaste che fosse morta e sepolta a Garloch. Ma un giorno, quando starete meglio, vi porterò nei Borders, nel villaggio di Melrose. Lì, nel kirkyard, vi mostrerò dove è sepolta Josephine Sellar, mia madre".

Sentì dei passi al piano di sotto e capì che Wynne stava salendo. Jo sollevò il mento dalle ginocchia e fece un respiro profondo, cercando di calmarsi. Non poteva crollare. Non in quel momento. Non quando quell'uomo aveva bisogno di lei.

Il fascio di luce si era spostato con il movimento del sole e lei fissò Charles Barton.

Le lacrime scorrevano inesorabili sul suo viso e lui allungò lentamente la mano e prende la sua.

Capitolo Ventitré

WYNNE FISSÒ il dipinto sopra il camino della biblioteca del castello di Tilmory. Era una rappresentazione, realizzata nel grande stile del secolo scorso, di Giulio Cesare che veniva assassinato nel Senato romano. L'ironia non gli sfuggì.

Il sole del pomeriggio stava rapidamente scivolando verso le colline a ovest e si chiese quanto tempo sarebbe passato prima che la signora Barton e Graham arrivassero dall'Abbazia. Non importava, decise. Era pronto per ciò che lo aspettava.

"Gridate allo scempio e fate scappare i cani da guerra", mormorò, spostandosi verso una finestra che dava sul cortile anteriore.

Il Castello di Tilmory, con il suo esterno bellicoso in pietra rossa, si presentava in modo molto diverso all'interno. Il castello secolare era stato ristrutturato solo decenni fa e gli interni erano stati chiaramente progettati per trasmettere la sensazione di ricchezza e potere. Considerata una delle tenute più ricche dell'area a est dei Grampiani, le fattorie erano state da tempo liberate dagli affittuari per fare spazio al più redditizio allevamento di pecore. L'esposizione di opere d'arte, libri, mobili pregiati e altri beni di lusso dimostrava il successo di quella strategia, nonostante le dimostrazioni di forza, a volte sfrenate, che ci erano volute per ottenerla.

Ma era stato il comportamento della seritù che aveva dato a Wynne le maggiori preoccupazioni.

Durante il periodo trascorso in marina, aveva visto navi comandate da uomini crudeli. L'uso della frusta e la privazione delle razioni, nelle mani di un capitano sadico, spesso rendevano l'equipaggio disciplinato ma scoraggiato. Gli uomini abituati ai maltrattamenti facevano ciò che era loro richiesto, ma con un atteggiamento indolente e scontroso, e non facevano nulla di più. Anche in quella dimora era così.

Dal momento in cui era sceso dalla carrozza, aveva visto gli sguardi in tralice dei servitori impauriti e infelici. Senza volerlo, proiettavano atteggiamenti da cani bastonati, si muovevano furtivamente, sparivano dietro gli angoli, rispondevano alle domande nel modo più esitante, distoglievano il viso quando entravano per accendere le candele. I lavoratori del Castello di Tilmory erano spaventati e lo erano da molto tempo.

Wynne era ancora in piedi alla finestra quando la carrozza dei Barton si fermò davanti all'ingresso. Graham scese e porse la mano alla signora Barton, che lo ignorò e si affrettò verso la porta con un'agilità che smentiva la sua età.

Dermot aveva detto loro che Wynne aveva trovato il loro figlio e lo stava consegnando personalmente al Castello di Tilmory, dove avrebbe atteso il loro ritorno. Poteva solo immaginare come dovevano aver accolto il messaggio.

Solo un attimo dopo, la porta della biblioteca si aprì e la signora Barton entrò nella stanza con Graham alle calcagna.

Non si accorse del saluto di Wynne e i suoi occhi trovarono subito suo figlio seduto tranquillamente alla scrivania vicino alla porta.

"Non mi sono mai trovato di fronte a una negligenza e a un maltrattamento così spaventosi. Se mio figlio non fosse stato qui, avremmo abbattuto l'Abbazia, pietra dopo pietra. E forse lo faremo comunque". Si avvicinò a Barton. "Sembra pallido come la morte. Che razza di calvario gli avete fatto passare? Perché non l'avete riportato all'Abbazia?".

Senza aspettare una risposta, si rivolse allo zio di Barton. "Mettilo in carrozza. Voglio che sia portato direttamente ad Aberdeen".

"È troppo tardi", le disse Graham. "Domani ci sarà tempo a sufficienza".

La signora Barton guardò con impazienza fuori dalla finestra la luce del tardo pomeriggio e poi agitò imperiosamente una mano in aria. "Chiama la servitù. Fallo mettere a letto. Domani alle prime luci dell'alba, Graham, lo porterai tu". Si girò verso Wynne. "Non abbiamo più nulla a che fare con lei, Capitano. I nostri rapporti sono conclusi. La preghiamo di comunicare la nostra insoddisfazione al dottor McKendry in merito alla gestione di quello che sostenete essere un manicomio. Non riceverà alcuna raccomandazione favorevole da parte nostra, glielo assicuro. Ora se ne vada".

Quando nessuno si mosse, si girò verso Graham, che stava fissando la stanza.

"Lady Josephine", disse con un brusco inchino. "Ci avevano detto che eravate già andata a nord".

La signora Barton si girò, con un'espressione furiosa, mentre Jo si allontanava da una libreria.

"Sono andata a nord", disse con calma, stringendo un volume al petto. "Ma solo a Garloch".

"Voi!" disse la donna più anziana con un tono di accusa.

Questo era ciò che Jo voleva, rimanere nell'ombra fino a quando quei due non si fossero sentiti al sicuro nella loro tana.

"Dopo tutti questi anni, sono stata felice di sapere dove è nata e battezzata mia madre. Dovevo vederlo con i miei occhi. Il capitano Melfort è stato così gentile da aiutarmi a trovare quello che stavo cercando", disse Jo, annuendo con gratitudine in direzione di Wynne. "È stato fondamentale per esaminare i registri della canonica di Garloch e degli uffici del vescovo di Aberdeen. Grazie al cielo, nella nostra epoca moderna ci sono degli archivisti molto scrupolosi. Non ci si può basare solo sulle voci".

Il silenzio calò sulla stanza. E poi Graham chiuse la porta mentre lei continuava.

"A Garloch ho fatto visita ad alcuni vecchi amici di mia madre e ho avuto l'opportunità di parlare con suo cugino Ezekiel Sellar. Le manda i suoi migliori auguri, signore. Era molto dispiaciuto di non avervi più visto da quando gli avete venduto la proprietà di Josephine Sellar".

C'è stato un tempo in cui Jo non avrebbe affrontato i suoi nemici e non avrebbe permesso a nessun altro di combattere le sue battaglie. Quel tempo era ormai passato, pensò Wynne con orgoglio. Ora in quella stanza c'era una donna diversa.

"E ci siamo fermati alla tomba. Ma sappiamo tutti che non è lei quella sepolta lì".

Ignorava l'espressione di disprezzo della signora Barton e teneva lo sguardo fisso su Graham. E quando parlò di nuovo, la sua ripugnanza si riversò in ogni parola.

"*Come* avete potuto farle una cosa del genere? Era la vostra pupilla. La figlia di vostra sorella. Era sangue del vostro sangue. Come avete potuto non proteggerla, non prendervi cura di lei?".

"Io-" Graham non ebbe la possibilità di dire un'altra parola.

"Andatevene!" La signora Barton esplose. "Uscite subito da questa casa. Proprio in questo momento".

"Calmatevi", ordinò Wynne. "Se permettete a Graham e a Lady Josephine-".

"No. Non permetterò nulla del genere". Lanciò uno sguardo selvaggio a Jo e indicò la porta. "Voi non siete nessuno. Avete sentito? Nessuno. Nessun legame. Josephine Sellar è annegata in un'alluvione. Non c'è più. Non c'era nessun bambino. Siete un'intrusa nelle nostre vite. Portala via dalla nostra casa, Graham".

"Casa *vostra*?" Jo chiese bruscamente, guardando dalla donna irata a Graham. "Guardate dietro di voi. È ancora qui. Charles è vivo. Questa è casa *sua*".

Nessuno dei due si mosse. La loro attenzione era rivolta al viso arrossato di Jo.

"O farete a Charles la stessa cosa che avete fatto a mia madre? Perché no? Potete risparmiarvi la spesa di mandarlo a morire ad Aberdeen. Perché non scavare semplicemente una tomba qui e riempirla con il corpo di una qualsiasi povera anima?".

"Siete malvagia", sbottò la signora Barton, con gli occhi che sputavano fuoco. "Dire una cosa del genere a una madre".

Jo la ignorò, mantenendo la sua attenzione su Graham. "Non è quello che avete fatto a Garloch? Non è forse vero che avete identificato il primo cadavere disponibile come quello della vostra pupilla, Josephine Sellar?".

Graham si diresse verso una scrivania vicino alla finestra.

"E cosa ci avete guadagnato?" insistette lei. "Qualche misera sterlina dalla vendita del suo patrimonio?". Jo scosse la testa disgustata. "Nella vostra ignobile macchinazione, Charles è il prossimo a morire?".

La signora Barton fece un passo verso di lei.

"Siete voi l'unica vile cospiratrice", sibilò. "Voi e i vostri astuti piani per prendere tutto ciò che abbiamo costruito. Tutto ciò che ci è caro".

Jo continuò a ignorarla, continuando a seguire Graham.

"O le vostre azioni sono state ancora più insidiose?", chiese. "Avete cercato di ucciderla? L'avete gettata voi stesso in quelle acque alluvionali? È questo il motivo per cui era così terrorizzata di tornare?".

"Vi sbagliate", replicò lui, con l'angoscia nella voce. "Non ho commesso alcun omicidio. Lei è stata catturata dall'alluvione e io pensavo che fosse morta. Ne ero sicuro. Nessuno sarebbe potuto sopravvivere a quelle acque impetuose, di certo non una donna nelle sue condizioni. E vi dico, con Dio come testimone, che non si trattava della sua proprietà. Volevo riportarla indietro. Salvarla".

La sua ammissione ebbe un effetto più potente sulla signora Barton di quanto Wynne potesse immaginare. Attraversò la stanza e diede un forte schiaffo a Graham.

"È una bugia!", urlò lei. "Non mi avresti mai tradita. Né allora, né adesso".

Graham non disse nulla. Non alzò mai una mano sul viso. Rimase semplicemente fermo mentre la signora Barton si girava e tornava verso Jo.

"Quella prostituta meritava di morire". L'anziana donna si fermò al centro della stanza, i suoi occhi selvaggi, annebbiati. "Era volontà di Dio che annegasse come il faraone e la sua puttana egiziana. È morta come doveva. E morì anche il diavolo che cresceva dentro di lei. Volevo che sparissero. *Dio* li voleva morti. Entrambi morti".

Come se si fosse svegliato all'improvviso, Graham si diresse verso di lei. "Leana. Fermati".

Lei alzò una mano, fermandolo.

"Dal primo momento in cui la piccola giada ha messo piede in questa casa, tutto ciò che voleva era rubarmi gli uomini Barton", sogghignò. "Voleva portarmi via *tutto*. Ainsley e le sue sciocchezze ipocrite. Parlava di lei come della figlia che avrei dovuto dargli".

Indietreggiando verso la scrivania dove sedeva suo figlio, allungò la mano per toccargli i capelli, ma si fermò, ritirando la mano come se fosse scottata.

"E poi il mio Charles, il mio ragazzo, è caduto sotto il suo incantesimo".

Guardò Jo con odio puro negli occhi.

"Mi ha voltato le spalle come una vipera e lei lo ha costretto a farlo. Ha voltato le spalle all'incontro che lo avrebbe reso un uomo importante in tutta la Scozia. Si è scrollato di dosso la prospettiva del matrimonio che avevo organizzato per lui come se nulla fosse. Niente! E si è voleva *lei*! *L*'ha sposata... solo per farmi un dispetto. Tutti i miei piani per lui. Tutti per niente!"

L'ha sposata.

Josephine e Charles. Sposato. Lui era il padre di lei.

Sposata. Le parole della signora Barton risuonarono nella mente di Jo.

Voleva andare da Charles e abbracciarlo. Era suo padre. Ma l'anziana donna era in piedi accanto a lui, con le braccia piegate e il volto contratto dalla furia. Jo sapeva che la madre di Charles l'avrebbe attaccata come un animale selvatico se avesse cercato di avvicinarsi a lui.

Poi qualcosa cambiò nel volto della signora Barton. Un barlume di comprensione si accese nei suoi occhi. Guardò Graham con un'espressione cupa.

"Salvarla? *L*'avresti *salvata*?" La sua bocca si aprì e si chiuse come per formare parole che non uscirono. "Non l'avresti fatto. Non tu. Non l'uomo che diceva di amarmi. Non l'uomo che mi ha implorata di sposarlo per ... quanti anni, Graham? Non l'uomo che aveva giurato di aspettarmi fino a quando l'ultimo respiro di vita avesse lasciato i nostri corpi".

Improvvisamente, tutta la rabbia, i dubbi, la frustrazione e l'impotenza che Jo aveva dentro di sé caddero e la pietà si fece strada nel suo cuore. Nonostante sapesse che quell'anziana donna era la causa di tanta infelicità, responsabile della morte di sua madre, in quel momento non poteva che provare pietà per lei. Un'altra donna perduta.

"Leana", esordì Graham impotente.

La signora Barton rabbrividì e lanciò un'occhiata feroce a Jo.

"Quindi mi hai rubato anche lui", raspò. "Tu e quella puttana di tua madre li avete presi tutti. Beh, questo non è nemmeno la metà dell'uomo che era suo fratello. Non potrà mai esserlo. Quindi prendilo. Non ho bisogno di lui né di nessun altro. Avreste dovuto annegare *entrambe*. Vorrei che non aveste mai visto la luce del giorno".

"Basta così, Leana", disse Graham, andando verso di lei.

Poi si fermò e cominciò ad indietreggiare e Jo intravide la piccola pistola da donna che aveva estratto dal cassetto della scrivania.

La canna della pistola ruotò verso Jo e la signora Barton si avvicinò di un passo. Non avrebbe mancato l'obiettivo.

La loro strategia, escogitata a Knockburn Hall quando Charles aveva chiesto a Wynne e Jo di portarlo li, era degenerata in un disastro imminente. Jo era stata disposta a provocare la signora Barton e Graham e a pungolarli per ottenere delle risposte, ma ora sembrava che sarebbe morta nello sforzo.

Jo non sapeva come l'avesse raggiunta, ma all'improvviso Wynne era in piedi tra loro.

"Questa cosa è andata abbastanza oltre, signora Barton", disse freddamente. "Mi consegni immediatamente quella pistola".

"Pensate davvero che le permetterò di prendersi tutto? La mia famiglia? La mia casa? La mia posizione? Toglietevi di mezzo".

Mille pensieri e paure attraversarono Jo, perché sapeva che quella donna era in grado di premere il grilletto. Era andata nelle Highlands per trovare delle risposte, per scoprire le sue origini. E ora conosceva la storia di sua madre. Aveva conosciuto suo padre. Ma che dire di Wynne? Era l'unico vero amore della sua vita. E ora rischiava di perderlo.

La paura le attanagliava il cuore con artigli di ferro. Lui era il suo passato, il suo futuro, il suo presente. La sua vita e i suoi sogni. Lui era la felicità che pensava di aver perso per sempre. Lui era l'aria che respirava.

Sedici anni prima aveva perso Wynne. L

i, nelle Highlands, lo aveva ritrovato. E ora lui si trovava tra lei e un'arma carica.

"Potete sparare solo a uno di noi", disse alla signora Barton. "Non sarà lei, ve lo assicuro".

Graham fece un passo verso la donna più anziana.

"Fermati", abbaiò lei. "Se avessi due proiettili, uno sarebbe per te. Ora togliti di mezzo, Capitano".

Non poteva permettergli di farlo. Jo cercò di aggirare Wynne, ma lui la trattenne.

"Vi impiccheranno per questo, poco ma sicuro. Pensate che suo fratello, il Lord Justice, vi lascerebbe vivere se uccideste uno di noi oggi?".

"Pensate che mi importi? Pensate che voglia vivere dopo questo?".

Jo si avvicinò a Wynne abbastanza da vedere la signora Barton che agitava la pistola.

"Allora potete anche spararmi", disse. "Ho già preso una pallottola per lei. Sono pronto a prenderne un'altra".

"No!" Jo gridò, allontanandosi dalla portata di Wynne e facendo un passo di lato.

Quando la pistola si girò, vide gli occhi della donna concentrarsi su di lei e il suo intento era mortale.

"No, mamma", disse Charles Barton mentre la sua mano si chiudeva sulla pistola, spingendo la canna verso il pavimento. "Non... non ucciderai... mia figlia".

Capitolo Ventiquattro

ANCHE SE NON SE lo aspettava, Jo vide la signora Barton ogni giorno dopo l'incidente in biblioteca.

Quando Charles era intervenuto, l'anziana donna si era immediatamente accasciata su una sedia, scioccata e con lo sguardo fisso su di lui. Era stata sconfitta, privata di tutto il potere che pensava di avere su suo figlio, su Jo e persino su Graham. Quando non riuscì più a muoversi o a rispondere a nessuno, i domestici la portarono nelle sue stanze e la misero a letto.

Prima di partire per l'Abbazia, Wynne fece chiamare il dottor McKendry.

Colpita da apoplessia per lo shock che si era procurata da sola, la signora Barton fu assistita da medici, prima da Dermot e poi da medici del villaggio e di Aberdeen. Dopo due giorni, la loro diagnosi non era affatto ottimistica. L'anziana donna era cosciente, in quanto riusciva a sbattere le palpebre per rispondere a semplici domande, ma non riusciva a parlare. Ma non aveva più la capacità di muoversi o di svolgere i compiti più semplici. Leana Barton sarebbe rimasta nella sua camera da letto a tempo indeterminato, privata della dignità di vivere come aveva vissuto, condannata alla prigionia nella sua stessa mente.

Dopo quello che era successo al Castello di Tilmory, Jo si sentì sollevata quando suo padre espresse il desiderio di rimanere all'Abbazia. Charles aveva rinunciato al Castello di Tilmory come sua dimora molto tempo fa.

Le camere per lui erano state predisposte vicino a lei nell'ala nord. Con l'assistenza di un inserviente, era certa di poter gestire il suo continuo recupero.

Charles vacillava nel tentativo di parlare, un problema continuo che lo frustrava. Ma quando le parole gli venivano meno, prendeva la penna e scriveva i suoi desideri, perché la sua comprensione migliorava di giorno in giorno. La sua memoria aveva dei grossi vuoti, ma Dermot gli disse di non disperare. Altri prima di lui si erano ripresi completamente e avrebbero continuato a farlo.

Tre giorni dopo, Graham chiese di poter spiegare la sua versione dei fatti, così Jo e Wynne accompagnarono il padre in carrozza al Castello di Tilmory.

"Non potrebbe esserci punizione peggiore di quella a cui è stata condannata tua madre", disse Graham a Charles. Erano di nuovo seduti in biblioteca e una pioggia costante batteva contro le finestre.

"Per quanto mi riguarda", continuò Graham con uno sguardo agli altri, "temo per la mia anima ".

Jo rimase sbalordita dal cambiamento dell'uomo in così poco tempo. Dal loro primo incontro, avvenuto quindici giorni prima, la sua schiena dritta era piegata dall'età e quando camminava privilegiava una gamba sola. Le rughe sul suo viso erano più profonde. I suoi occhi avevano perso il loro fuoco.

"Per anni sei stato lontano dal Castello di Tilmory, da tua madre e da me", disse Graham in tono sommesso. "So che pensavi che avessimo allontanato Josephine. E avevi ragione. Tua madre l'ha maltrattata e minacciata finché non è scappata, ma la responsabilità è anche mia. Sono rimasto in silenzio, occupandomi del mio lavoro di supervisione delle fattorie, anche se sapevo cosa stava subendo la ragazza. Non ho fatto nulla per fermarla. Non ho alzato un dito per aiutarla finché non è stato troppo tardi".

Charles non guardò Graham e non disse nulla.

"Signora, la vostra introduzione in questa famiglia, nella vostra famiglia, è stata...". L'uomo anziano vacillò e si mosse irrequieto sulla sedia, cercando le parole giuste da dire a Jo. "Spaventosa. Ma prima di dire altro, devo dirtvi che mi dispiace di avervi trattata come ho fatto il giorno in cui ci siamo incontrati all'Abbazia e di aver taciuto da allora".

"Quello che vi devo perdonare io non è nulla in confronto a quello che avete fatto a mia madre e a mio padre. Avete distrutto il loro futuro".

"Lo so", disse cupo. "Lo so."

Più che scuse, voleva risposte. "Due fratelli e una sorella. Mio padre mi ha raccontato un po' della storia della nostra famiglia. Quello che riesce a ricordare".

Forse fu il giorno in cui Charles si tuffò nello stagno sperando di salvarla. O prima, quando Stevenson fu liberato dalle sue costrizioni notturne e assestò un colpo a suo padre mentre dormiva. Forse era l'accumulo di molte cose o anche solo il passare del tempo. Non c'era modo di saperlo, ma la mente di suo padre si era schiarita e stava indubbiamente migliorando. E il desiderio di passare del tempo con Jo, parlando del passato, era il suo passatempo preferito in quei giorni.

"Tu eri il più giovane", continuò. "Sei rimasto scapolo per tutta la vita, al servizio della famiglia al castello di Tilmory. E so che Mary, mia nonna, era la figlia di mezzo. Era sposata e viveva in una fattoria a Garloch, dove diede alla luce Josephine".

Un giorno le sarebbe piaciuto vedere quel posto. Ezekiel Sellar li aveva invitati quando si erano conosciuti, ma non c'era stato tempo.

"Quello che non riesco a capire è perché la signora Barton odiasse così tanto mia madre", gli disse. "Non può essere semplicemente che fosse gelosa delle attenzioni degli altri uomini della sua famiglia".

L'uomo più anziano fissò l'aria per un lungo momento. Suo padre le aveva accennato che Graham non si era mai sposato perché aveva sempre amato Leana Barton.

"Era..." Graham finalmente ruppe il silenzio. "Dovete capire che era il suo bisogno di essere al centro delle cose, di controllare tutti. Questo è ciò che l'ha sempre guidata. Era cresciuta nella società alla moda di Edimburgo. Ha sempre rinfacciato ad Ainsley di essersi sposata con un Highlander".

Quanto dolore nel mondo è stato causato dalla credenza religiosa nella superiorità dei ricchi, con la loro ignoranza, i loro valori distorti e fuori luogo, e le loro mode pacchiane.

"Arrivando qui al Castello di Tilmory, vide tutti noi come una sfida. La sua intenzione, fin dal primo momento, era quella di elevare i Barton a una famiglia che la meritasse. Ed è su questo che si trovò subito in difficoltà con Mary. Era decisa a sposare Sellar. Era un gentiluomo, ma pur sempre un contadino. Leana aveva altri piani. Voleva che nostra sorella venisse mandata a Edimburgo e introdotta nella società più raffinata. Ma Mary ottenne ciò che voleva e alla fine si sposò per amore".

Jo aveva appreso da suo padre che la prima volta che aveva incontrato Josephine era stata quando lei era venuta a vivere al Castello di Tilmory dopo la morte dei suoi genitori. Questo spiegava l'allontanamento delle famiglie.

"Io e Ainsley pensavamo che il cattivo sangue fosse morto con la morte dei genitori di Josephine", le disse Graham. "Ma abbiamo capito subito il contrario quando vostra madre è arrivata qui al Castello di Tilmory. Aveva il temperamento di un angelo. Allegra e gentile. Era impossibile non amarla. Ma ovviamente Leana non vedeva altro che nostra sorella Mary in lei e le ha dato il tormento fin dal primo giorno".

Tredici anni, un'età difficile. Non una bambina e non ancora una donna. Jo ora sapeva che sua madre aveva perso entrambi i genitori ed era andata sotto quel tetto quando aveva tredici anni. Un anno dopo, perse Ainsley, suo zio e tutore.

L'attenzione di Graham si spostò nuovamente su Charles. "Sapevo di voi due. Ho visto come i vostri sentimenti reciproci crescevano con il tempo. Ho vissuto nel terrore del giorno in cui anche tua madre se ne sarebbe accorta. Perché sapevo che Josephine avrebbe dovuto affrontare molti ulteriori problemi".

Charles iniziò a dire qualcosa ma, sopraffatto dall'emozione, non riuscì a pronunciare le parole. Invece, le scarabocchiò su un foglio di carta.

"Ci siamo sposati il giorno del suo sedicesimo compleanno a Garloch", lesse Wynne seduto accanto al padre di Jo.

Ne scrisse altri e li trasmise di nuovo.

"Dovevo ritirarmi dal servizio. Tornare in Scozia", lesse ancora Wynne.

Jo lo sapeva già. Il piano di suo padre era di lasciare la marina. Volevano stabilirsi non appena sua madre fosse stata abbastanza grande da controllare la propria eredità.

"La guerra", disse Charles, con gli occhi che gli si riempivano.

Le aveva anche detto che avevano intenzione di lasciare il Castello di Tilmory e di vivere nella fattoria che le avevano lasciato i suoi genitori. Volevano mettere su famiglia in pace.

"Eri fuori a combattere i ribelli in America quando tua madre scoprì che Josephine era incinta", disse Graham. "Naturalmente, la ragazza le disse con orgoglio che voi due eravate sposati, che era tuo il bambino che portava in grembo. Ma tu hai sempre saputo che Leana aveva altri piani su chi avresti sposato".

"*I suoi*... piani", sibilò Charles. "Non i miei".

Scrisse ferocemente sul foglio e lo porse a Wynne.

"Il tuo compito era quello di proteggere la mia Josephine".

Lacrime calde e amare salirono agli occhi di Jo mentre immaginava gli abusi che sua madre doveva aver subito per mano della signora Barton.

Il corpo di Graham iniziò a dondolare avanti e indietro sulla sedia, il suo sguardo angosciato era fisso su uno spazio vuoto in una parete lontana. Stava ricordando tutto, pensò con rabbia.

"Perché è scappata?" chiese, attirando l'attenzione di Graham.

"Leana le ha mentito. Non sapevo cosa avesse fatto fino a quando la ragazza non se n'era già andata". Fissò Charles. "Ha detto a Josephine che eri morto. Che la tua nave era affondata e che eri disperso con gli altri".

Il suo dondolio aumentava e il suo viso stava per afflosciarsi.

"Disse alla ragazza che le avrebbe portato via il figlio e che avrebbe fatto in modo che nessuno sapesse mai del matrimonio. E poi l'avrebbe mandata nei campi a fare la prostituta. Così la ragazza scappò via. Era proprio quello che Leana voleva".

E dove sarebbe potuta andare Josephine, se non a casa sua.

"E ti giuro che io non c'entro nulla. Non immaginavo che tua madre si sarebbe abbassata a un inganno così basso. Una terribile tempesta ci ha colpiti per giorni. La terza in altrettante settimane. Quando tornai al castello, la poverina era sparita. E quando ho saputo quello che era successo dai servi che erano lì, ho capito che quello che dicevano era vero".

"Sei andato a Garloch per cercarla", disse Wynne.

"Non potevo lasciarla andare. Dovevo riportarla indietro. Non per Leana. Ma per proteggerla fino al tuo ritorno. Sapevo perfettamente che non avevamo ricevuto alcuna notizia della morte di Charles. Era tutta una bugia. Dovevo trovarla". Graham si passò una mano tremante sul viso e i suoi occhi mostrarono che i fantasmi lo stavano ancora perseguitando. "Sono arrivato a Garloch subito dopo l'alluvione. L'ho cercata ovunque. Il posto era quasi in rovina. Le case del villaggio erano distrutte e sparse ovunque. Il ponte era stato spazzato via. L'acqua era ancora profonda nei campi. Scoprii che non era mai arrivata alla sua vecchia casa. Tante persone erano state uccise dalla tempesta. Tanti corpi erano stati depositati sulla collina vicino alla chiesa...". Le sue parole furono soffocate dalla pressione del dolore.

"Perché identificare e seppellire qualcun altro?". Chiese Jo.

"Non si trattava di appropriarsi di ciò che era suo. Per niente". Scosse la testa. "Ho aspettato per giorni. Mi sono messo a cercare. Lei non si trovava da nessuna parte. E poi vennero scoperti altri corpi a valle, mentre l'acqua scendeva. Non c'era modo di distinguerli l'uno dall'altro. Non sapevo come identificarla".

Gli occhi neri di Graham brillarono di lacrime.

"La donna che ho seppellito in quella tomba era in condizioni familiari. Questo mi bastava. Mi sono detto che era Josephine. Mi sono imposto di crederlo. Dio mi perdoni, io... *Volevo* credere che fosse lei".

Capitolo Venticinque

La notte successiva Wynne tornò tardi da Aberdeen e bussò alla sua porta pochi minuti dopo la mezzanotte.

Jo aprì la porta e si gettò tra le sue braccia. Sollevandola, entrò e chiuse la porta dietro di loro.

"Fammi capire se non mi sei mancata", ringhiò lui, stringendola tra le braccia.

La sera prima era arrivato il messaggio dell'agente di Aberdeen che Abram era stato preso in custodia. Wynne partì presto la mattina e c'erano davvero tante cose che avrebbe voluto condividere con Jo su ciò che aveva appreso. Ma vedendo il suo viso morbido e assonnato, con la veste sottile che esponeva una spalla nuda, si distrasse dal vero motivo per cui era arrivato così tardi alla sua porta.

Le sue labbra scivolarono sulle sue, assaggiando, assaporando, addentrandosi nella sua bocca arrendevole, mentre le mani di lei spingevano avidamente il cappotto giù dalle sue spalle.

"Fai l'amore con me", sussurrò, premendo il suo corpo contro quello di lui.

Erano rimasti lontani dalle rispettive camere da letto dalla notte di Garloch. Il tempo era stato prezioso con tutto quello che stava accadendo al Castello di Tilmory e all'Abbazia. Mentre Cuffe seguiva

Dermot sempre più spesso, Jo passava molte ore a prendersi cura di suo padre e a sistemarlo. Ma Wynne aveva parlato con il vicario. Con o senza bando, era disposto a sposarli sabato se lo desideravano e non era necessario corromperlo con attrezzature da golf. Rivelare la notizia a Dermot era stato più facile di quanto si aspettasse. Stando a quanto gli disse il suo amico, aveva capito che sarebbe stato così fin dall'inizio e dovevano a lui la loro felicità per aver giocato a fare il rivale. Wynne era troppo di buon umore per discutere.

"Per quanto tu sia desiderabile in questo momento, Jo", disse, "ci sposeremo sabato. Forse dovremmo aspettare fino ad allora".

Un unico legaccio legava la scollatura della veste appena sopra il seno, lei tirò il nodo e si fece scivolare l'indumento lungo le braccia.

"Sei sicuro di voler aspettare?" chiese lei, con una certa timidezza mista a sfida.

Le labbra di Wynne erano fameliche quando si posarono sulle sue. Il suo seno gli riempì la mano e i suoi lombi presero fuoco. Lei accese in lui una passione inestinguibile.

Lei staccò la bocca mentre gli sbottonava il gilet e si dava da fare con la cravatta.

"Sabato è un giorno molto lontano, Capitano". Lei gli sfilò la camicia dai pantaloni e infilò le mani sotto di essa, facendo scorrere i palmi sulla pelle in fiamme. "Ma se insisti, possiamo aspettare".

"Forse dovremmo valutare la nostra situazione". Prese una delle mani di lei da sotto la camicia e la guidò verso il suo inguine. "Cosa ne pensi? Posso aspettare?"

Le dita di lei accarezzarono la sua virilità attraverso la stoffa dei pantaloni, e lui sentì un basso gemito che risuonò nella sua stessa gola.

"No, non credo che tu possa farlo". Sorrise in modo sornione, abbassando lo sguardo sul rigonfiamento. "Ma forse posso aspettare".

La giocosità del suo tono lo fece impazzire dal desiderio di fare l'amore con lei in quel momento. Essere avvolto nelle sue gambe e penetrarla contro la porta aveva un certo fascino. Ma sarebbe stato solo l'inizio. Non c'era dubbio che lei avrebbe voluto fare l'amore di nuovo sul comò, sulla sedia, sul tavolo vicino alla finestra... e infine nel suo letto. Era così che era stata la loro prima notte insieme. Erano entrambi insaziabili nel loro desiderio reciproco.

"Allora forse mi lascerai provare a farti cambiare idea".

Fece scivolare le mani sul suo sedere perfetto, la prese in braccio e la posò sul bordo del letto.

Senza aspettare, le tolse la veste e lo gettò da parte. Poi fece un passo indietro e si spogliò con calma mentre lei si sdraiava su un gomito a guardare.

Mentre si spogliava, i suoi occhi si posarono sulla pienezza dei suoi seni, che si alzavano e si abbassavano con il ritmo irregolare del suo respiro. Sulla pelle chiara del ventre e sulle curve della pancia che intendeva percorrere con la lingua fino al triangolo scuro di peli. Era davvero mozzafiato. Ed era sua.

"Ti stai approfittando ingiustamente di me", sussurrò lei, sdraiandosi sulle lenzuola. "È eccitante guardarti mentre ti spogli".

Wynne le prese le ginocchia e la tirò verso il bordo del letto. I suoi occhi erano infiammati dalla passione e un basso gemito le sfuggì dalle labbra mentre il pollice di lui giocava leggermente sulla durezza rosea dei suoi capezzoli. Spingendola ad aprire le gambe, si mise tra di esse. La sua mano scese lentamente verso il basso sul ventre di lei e sentì il respiro affannoso.

"Guardarmi mentre mi spoglio è l'unica cosa che ti eccita?", chiese lui, sentendola rabbrividire sotto il suo tocco.

"Dovremo valutare anche questo".

Si chinò su di lei e la baciò, facendo scivolare la lingua nella sua bocca morbida. Si spostò sul collo e poi sulla sommità dei seni. Mentre prendeva in bocca un capezzolo, le dita di lei si infilavano nei suoi capelli.

"Ti stai avvicinando a una risposta", sussurrò lei, guidando senza fiato la sua bocca verso l'altro capezzolo.

Infilò un dito nelle sue pieghe umide e guardò i suoi occhi spalancarsi. Lei sollevò i fianchi al suo tocco, dondolando dolcemente contro di lui.

L'impellente desiderio di spingere la sua asta pulsante dentro di lei stava iniziando a farlo impazzire. Lei era la perfezione. Morbida come in un sogno. E più disponibile di quanto avesse mai concepito nelle sue fantasie più audaci.

Stava per mettere la bocca dove c'erano le dita, ma lei lo fermò, avvolgendo la mano intorno alla sua verga e facendo scorrere le dita lungo tutta la sua lunghezza.

"Hai valutato la situazione?" disse, cercando di rimanere sano di mente.

"Credo di sì". Si spostò sul letto, posizionandosi. "E ti propongo una gara".

"Una gara?" chiese, guardando la tentatrice sul letto.

"Chi farà crollare l'altro per primo", disse lei, avvicinandosi per tentarlo. "A Garloch, sei stato sicuramente tu il vincitore. Stasera... ti sfido".

Non aveva dubbi che sarebbe stato un vincitore in quel gioco, indipendentemente dal suo entusiasmo o dal risultato.

"E non mettere la tua bella bocca su di me o usare le tue magiche dita per portarmi al limite. Almeno non la prima volta".

"Lo stesso vale per te", le disse, togliendo con riluttanza le dita dalla sua virilità. "Accetto la tua sfida".

Lei si sdraiò sul letto, invitandolo. Quella era un'anticipazione di quella che sarebbe stata la sua vita intima con Jo, pensò, con il cuore che faceva salti di gioia. Era l'uomo più fortunato del mondo.

Wynne prese la sua mano e la sfiorò con il suo sesso.

"Questo conta?" chiese.

Lei inarcò involontariamente la schiena e poi allontanò la mano. "Stai infrangendo le regole".

"Beh, non possiamo fare delle regole a caso, no?".

Lui si avvicinò fino a quando la cappella arrotondata del suo membro premette sull'intimità di lei. Lei era pronta per lui.

"*En garde*", ringhiò.

"*Allez*", mormorò.

Spinse lentamente nella sua apertura, soffermandosi, aspettando, permettendo all'attesa di amplificare il piacere. Da parte sua, Wynne stava impazzendo, ma si trattenne anche quando Jo sollevò i fianchi. Ogni centimetro del suo corpo sembrava consapevole, desiderando la sua prossima mossa.

Follia. volubilità. Voleva penetrarla a fondo. Ma invece, le mani di Wynne si aggrapparono ai suoi fianchi, la sua pelle si imperlò di sudore mentre ceracava di controllarsi.

Con i corpi uniti, i loro occhi si incontrarono. Entrambi stavano bruciando. Molto lentamente, Jo sollevò i fianchi, attirandolo per metà dentro di sé. Lui si mosse lentamente, entrando e uscendo, senza ancora inserirsi completamente.

Respirava debolmente e lui sapeva che sentiva la stessa pressione crescente che sentiva lui. Allungò la mano verso di lui. Lui la raggiunse a metà strada e il loro bacio a bocca aperta fu così caldo da incendiare le lenzuola.

"Prendimi adesso", sussurrò.

"Nuove regole?", ringhiò.

Le mani di Wynne si strinsero sui suoi fianchi, le sue dita mordevano la carne mentre si infilava completamente dentro di lei. Ritirando l'asta fino alla punta, fece una pausa e poi si tuffò di nuovo dentro di lei. Istintivamente, Jo agganciò le gambe intorno alla sua vita, spingendolo ad andare avanti. Lui le baciò la bocca con avidità mentre i loro ritmi sovrastavano ogni pensiero cosciente. Ancora e ancora, lui scivolava fuori e spingeva dentro di lei, accelerando ad ogni colpo.

I colori dell'arancione, dell'oro e del rosso lampeggiavano nel suo cervello e un ruggito gli riempiva le orecchie. Tuttavia, resistette, desiderando che lei venisse. I suoi respiri ansimanti erano gemiti e poi grida di piacere. Le sue dita scavavano nelle sue braccia e poi si aggrappavano alle lenzuola. Lui la penetrò in continuazione, riempiendola con tutto quello che aveva.

E poi arrivò, un'esplosione di passione scintillante. Simultanea, infuocata, sconvolgente, un'esplosione che li consumò entrambi in un momento di abbagliante oblio. E in quell'istante, mentre i loro corpi si fondevano in una sola cosa, mentre salivano insieme verso l'alto, si creò un paradiso... un luogo dorato solo per loro, dove un trono era riservato ai vincitori di uno sport così ispirato.

Un'eternità dopo, mentre Wynne la teneva tra le braccia, Jo gli baciò le labbra.

"Ti rendi conto", sussurrò felice, "che mancano due giorni al nostro matrimonio, il che ci dà tutto il tempo per fare altre gare".

"Beh, spero che tu non abbia intenzione di rinunciare alle altre gare che abbiamo in programma per stasera".

"Non vedo l'ora di conoscere le regole, Capitano".

"Abram ha lavorato al Castello di Tilmory prima di essere assunto nelle cucine dell'Abbazia", disse Wynne a Jo ora più tardi, dopo un altro po' di sesso. Erano sdraiati faccia a faccia nel letto, con le mani di lei sotto la guancia e le gambe intrecciate. "Naturalmente non ne sapevamo nulla".

Jo si era quasi convinta che i piani di Abram non avessero alcun legame con i Barton, ma fossero il risultato di un vecchio rancore. Si era sbagliata.

"Ora dice di essere stato pagato dalla signora Barton per lavorare li e tenere d'occhio suo figlio".

"Era solo lei o era coinvolto anche Graham?".

"Sostiene che è stata la signora Barton a chiamarlo e a dargli gli ordini. Se Graham lo sapesse o meno, Abram non ne aveva idea".

Se avesse ignorato tutto quello che era successo dopo, Jo avrebbe potuto capire l'utilità di mettere Abram nell'Abbazia. Quale modo migliore per tenere d'occhio le cure prestate a qualcuno che si ama? In quel caso, si trattava di un amore distorto, nella migliore delle ipotesi.

"La sua motivazione non era la preoccupazione per suo figlio, vero?", chiese.

"Quando Abram è venuto a lavorare per la prima volta nel reparto? È difficile dirlo. Ma più tardi?" Il volto di Wynne si indurì mentre arricciava una ciocca di capelli intorno a un dito e la guardava negli occhi. "Il giorno in cui ti videro per la prima volta all'Abbazia, Abram ha detto che lei gli parlò mentre uscivano. Sostiene che le sue parole esatte furono che suo figlio era già morto per lei a causa del suo stato mentale. Poi gli disse che Charles non avrebbe voluto vivere in quel modo e che Abram avrebbe dovuto porvi fine. Gli chiese di ucciderlo".

Non riusciva a capire come una madre potesse ordinare la fine della vita del proprio figlio. A prescindere dalla sua età o dalle sue condizioni mentali, per Jo non aveva senso.

Ma lei sapeva la verità. Non aveva nulla a che fare con la mente di Charles. La causa scatenante era l'arrivo di Jo all'Abbazia.

"Perché coinvolgere Cuffe? Perché l'inganno?"

"Abram sostiene di non essersi fidato della signora Barton. Era più instabile dei pazienti dell'Abbazia. Insiste che Cuffe lo ha frainteso. Dice che non intendeva fare del male a Charles Barton. Non ha mai pensato di seguire il suo ordine. Naturalmente, ammette tutto questo solo ora perché la colpa deve essere attribuita a qualcuno e punta il dito contro di lei".

"Non gli credi, vero?" chiese lei.

"È un bugiardo", le disse Wynne. "Abram era abbastanza intelligente da rendersi conto della probabilità e delle conseguenze di essere scoperto. Se la morte di Charles fosse risultata accidentale, sarebbe stato comunque risarcito. Se non ci fosse riuscito, avrebbe fatto ciò che sta facendo ora".

"Cosa gli succederà?" chiese.

"Sarà rinchiuso per un po'. Forse verrà deportato. Ma non sarà impiccato".

Un futuro molto migliore di quello che stava affrontando la signora Barton, pensò Jo.

Capitolo Ventisei

DA QUANDO AVEVANO ATTRAVERSATO il villaggio di Melrose, Wynne e Cuffe stavano percorrendo una strada che si snodava in mezzo a boschi fitti. Solo alcuni cottage rompevano l'ombra proiettata dagli alti alberi.

"Com'è Baronsford?"

Wynne non era affatto sorpreso dalla curiosità del figlio. Finora la loro visita ai Borders era stata un'esperienza positiva per lui. Ad Highfield Hall si era sentito a casa. Incontrare e passare del tempo con i suoi cugini era stato piacevolissimo. E il fratello di Wynne e sua moglie avevano ricoperto il nipote di affetto. Quel giorno però, però, avrebbe portato Cuffe alla roccaforte dei Pennington per la prima volta.

"Alcuni dicono che è imponente".

Cercò di immaginare come avrebbe potuto vederla un bambino di dieci anni, in particolare uno che era cresciuto con la consapevolezza delle strategie di gestione delle battaglie e della sopravvivenza.

"Si potrebbe vedere come una fortezza, pronta a resistere a tutti gli attacchi. Il luogo ha chilometri di sentieri che si snodano lungo le scogliere che si affacciano sul fiume Tweed, dove le vedette possono individuare l'avvicinamento di un nemico a grande distanza. Inoltre, in caso di assedio, il parco dei cervi e il lago potrebbero garantire una fornitura costante di cibo".

Cuffe cavalcò in silenzio per un po', soppesando la sua risposta e guardando attraverso le fessure del bosco per scorgere il castello.

Wynne era andato a cavallo all'inizio della settimana per incontrare il conte e la contessa e chiedere formalmente il loro permesso di sposare Jo. Non era un segreto che fossero già stati sposati dal vicario di Rayneford. Tuttavia, una seconda cerimonia sarebbe stata celebrata nella chiesa di li, con un ricevimento che si sarebbe tenuto il giorno prima del famoso Ballo d'Estate di Baronsford.

Era una questione di formalità, ma Wynne la incoraggiò, sapendo quanto i Pennington fossero importanti per Jo. Era disposto a fare qualsiasi cosa per attenuare i brutti ricordi del passato. Voleva che tutti accettassero lui e suo figlio nella loro cerchia familiare.

E questo lo aveva portato fino a li quella mattina, perché il fratello di Jo, Hugh, Visconte Greysteil, era fuori per affari legali il giorno in cui Wynne parlò con Lord e Lady Aytoun.

"Baronsford è sempre stata considerata da Lady Jo come una casa. È cresciuta qui circondata da una famiglia affettuosa e da decine di persone che, a prescindere dal loro rango o dalla loro posizione, vengono trattate con dignità e rispetto".

"C'è qualcosa che non ti piace?".

Wynne sarebbe stato in grado di rispondere meglio dopo il suo incontro con Hugh Pennington. Cuffe non sapeva nulla del duello che aveva combattuto con il fratello di Jo sedici anni prima. Quella era la prima volta che lui e Greysteil si incontravano da quell'alba nebbiosa a Hyde Park.

"Forse potrai dirmelo quando torneremo a Highfield Hall stasera".

Uscirono dal bosco alla luce del sole e Cuffe fece rientrare il suo cavallo. In lontananza, arroccato su un'altura rocciosa, il castello si ergeva imponente sui campi e sui prati ondulati.

"Baronsford?"

"L'unico e il solo". Osservò un'espressione esitante sul volto di Cuffe.

"Imponente".

"Così ho sentito dire", disse Wynne con un sorriso.

"E perché esattamente ci andiamo oggi?".

"Devi conoscere i genitori adottivi della tua nuova madre, i suoi fratelli e i loro coniugi", disse rassicurante. "Mi hanno detto che suo fratello minore, il capitano Gregory Pennington, sarebbe arrivato ieri da Torrishbrae con sua moglie e sua nipote".

"Ma perché tutto questo non può aspettare il giorno del matrimonio? Non ci saranno decine di altre persone da incontrare?".

Wynne capiva tutte le domande. In ogni nuovo posto da quando erano arrivati nei Borders, con ogni nuovo gruppo di persone, erano iniziate le domande e i sussurri a causa del colore più scuro della pelle di Cuffe. Domande sulla legittimità della sua relazione con Wynne. Ogni volta aveva risolto la situazione in modo rapido ed efficiente, ma Cuffe era consapevole della tensione.

"Non dovresti essere nervoso. I Pennington sono una famiglia diversa da tutte quelle che conoscerai. Vivono secondo i loro valori, senza alcun riguardo per le opinioni della società. Hanno sopportato nella loro vita controlli molto più severi di quelli che subiremo noi". Wynne si avvicinò e posò una mano su quella del figlio. "Inoltre, oggi ho bisogno di te, devi aiutarmi".

"Come posso aiutarti?"

"Sii te stesso e conquista il loro affetto. Assicurati che non possano rifiutarsi di accoglierti come membro della famiglia".

Cuffe sorrise. "Sarà facile".

"Bene, perché potrei avere difficoltà a convincere il visconte ad accettarmi come suo nuovo fratello".

Entrando nella biblioteca al piano inferiore di Baronsford, Jo fu colta di sorpresa nel trovare suo padre, il Conte di Aytoun, che rimproverava a gran voce sua sorella minore Phoebe. Era da tempo che non li vedeva così agitati l'uno con l'altra.

"Questo è troppo, signorina. Questo livido sul viso", ruggì. "Se fossi un uomo, direi che qualcuno ti ha dato un pugno nell'occhio".

"Te l'ho detto e ridetto. Ho sbattuto contro una porta, padre. Una porta". Phoebe alzò le mani in segno di evidente frustrazione. "Perché non mi credi quando ti dico che ho la mia vita sotto controllo?".

Di tutti i cinque figli che Lyon e Millicent avevano cresciuto, Phoebe era quella che assomigliava di più al padre per quanto riguardava il temperamento. "Esplosivo", così lo definiva la madre di Jo.

"Sotto controllo?" Il conte continuò la sua arringa. "Vai e vieni a tuo piacimento. Ignori gli obblighi familiari. Tua madre e io non abbiamo idea di dove tu sia, di chi frequenti...".

"Sono qui per il matrimonio di mia sorella, vero? Giorni prima dell'evento". Vedendo Jo, si rivolse a lei. "Salvami da lui. Lo farai, mia adorata?"

Jo rabbrividì per il segno nero-bluastro sotto l'occhio della giovane donna. Phoebe attraversò la stanza e la abbracciò calorosamente, sussurrandole all'orecchio: "Devo rubare Anna per un'ora. Nessuno meglio di lei sa nascondere dei lividi orribili".

Prima che Jo potesse iniziare il suo interrogatorio, Phoebe uscì di corsa dalla stanza.

"L'ho già detto a Millicent", disse il conte, tendendo una mano a Jo perché si sedesse accanto a lui. "Stiamo assumendo un Bow Street Runner per seguirla. Tua sorella sta di nuovo combinando guai. Lo so".

Non ne dubitava. Phoebe era la scrittrice, l'avventuriera. Crescendo, avevano sempre pensato che la sua testa fosse tra le nuvole, che fosse al sicuro nel suo mondo immaginativo. Ma ultimamente Jo aveva iniziato a trovare sottili indizi che facevano pensare a una vita nascosta. Vestiti da uomo infilati in un angolo del guardaroba di sua sorella. Manifesti di carico copiati su pezzi di carta in un cassetto della scrivania. L'elsa di un pugnale con solo un centimetro di lama spezzata. E oggi quell'occhio nero. Quando la affrontò, Phoebe si limitò a ignorare le preoccupazioni di Jo, dicendole che si trattava di oggetti di scena per la presentazione delle sue opere teatrali in occasione di un'imminente festa in casa. E la confidente di Phoebe, la loro sorella minore, Millie, rimase in silenzio e con le labbra strette di fronte a tutte le domande di Jo.

"Un Runner potrebbe essere una buona cosa", disse Jo, prendendo posto accanto a lui sul divano. "Ma si arrabbierà se lo scopre".

"Posso sopportare che sia arrabbiata, purché sia al sicuro. Ognuno di voi è troppo prezioso per noi".

Ognuno di voi. L'enfasi con cui l'uomo pronunciò le parole, il modo in cui la guardò mentre le diceva, non le sfuggì . I Pennington sapevano dei legami familiari che Jo aveva trovato nelle Highlands. Il conte sapeva anche che Charles Barton l'aveva accompagnata in chiesa per sposare Wynne a Rayneford.

"Lo so. E spero che tu sappia che sei ancora mio padre. Il padre che mi ha cresciuta, apprezzata, stimata e che ha fatto in modo che non desiderassi nulla di più per tutta la vita. Il padre che mi ha insegnato i valori che ho oggi", disse lei, prendendogli la mano e portandosela alle labbra. "Ti adorerò, ti amerò e ti custodirò fino al giorno della mia morte".

"Avevo bisogno di sentirlo", disse lui, attirandola in un abbraccio. "Ero pronto a chiamare Charles Barton e a duellare con lui per te. Dopo tutto, ti amo da più tempo e di gran lunga più profondamente".

Sorrise e si tolse una lacrima che le era scappata mentre la madre di Jo entrava di corsa nella stanza.

"Che fai, fai piangere mia figlia?". Millicent rimproverò il marito.

Senza aspettare una risposta, si avvicinò alle finestre e scrutò i giardini.

"Non riesco a vederli, ma ci sta mettendo troppo tempo. Non hanno preso le pistole là fuori, vero?".

***

In qualità di Lord Justice, Hugh Pennington utilizzava il suo studio a Baronsford come sede del suo potere locale. Wynne non aveva assolutamente intenzione di strisciare di fronte a quell'uomo e si oppose alla proposta di incontrarsi in una stanza in cui si sarebbe trovato in una posizione di svantaggio.

Anche la singolare proposta del visconte di fare un giro in mongolfiera mentre risolvevano il loro passato era fuori discussione. Non si fidava che l'uomo non lo buttasse fuori dal cesto. E se gli eventi fossero andati diversamente, Wynne non avrebbe saputo come far atterrare l'aggeggio.

Non aveva alcun desiderio di volare sulla luna prima di questo matrimonio.

Camminare con Hugh nei giardini non era esattamente l'ambiente virile che aveva immaginato per quella conversazione, ma era l'unica opzione accettabile sia per Jo che per Grace. Nessuna delle due donne si fidava a lasciarli fuori dalla vista del resto della famiglia. Entrambi gli uomini, abbastanza intelligenti da riconoscere il valore di ascoltare le proprie mogli, accettarono il suggerimento.

Il discorso che Wynne pronunciò fu lo stesso che aveva tenuto al Conte e alla Contessa Aytoun.

Il visconte ascoltò le sue parole come un giudice che ascolta le argomentazioni finali prima di emettere una sentenza.

"Oggi sono esattamente dieci giorni prima del matrimonio", disse infine, rivolto a Wynne. "Possiamo ancora incontrarci all'alba. Diciamo . . . la radura lungo il lago?".

Il riferimento alla data non era involontario. Wynne aveva posto fine al suo fidanzamento con Jo dieci giorni prima del loro matrimonio, sedici anni prima. Ma non vedeva alcun umorismo nel suggerimento di un altro duello.

"Non riceverà nessuna lettera da me questa volta. Non ho intenzione di rompere il nostro fidanzamento. Amo Jo. E nel caso l'avessi dimenticato, siamo già sposati", gli disse Wynne. "Per quanto riguarda le scuse, la sua accettazione delle mie era l'unica necessaria. E ha dato il suo perdono liberamente. Sa quali erano le mie ragioni allora e condivide i miei sentimenti adesso".

Lo sguardo del visconte era fisso e Wynne lo accolse senza battere ciglio.

"Lo sa anche lei, Melfort, che volevi morire quel giorno? Hai spostato la mira da me all'ultimo momento. Non avevi intenzione di sparare con la tua arma".

Wynne non era sorpreso che se ne fosse accorto; Hugh Pennington era un ufficiale di cavalleria e un tiratore provetto.

"E avresti potuto facilmente seppellire il tuo proiettile nel mio cuore", rispose Wynne. "Ma non l'hai fatto. Hai scelto di risparmiarmi la vita".

Entrambi gli uomini erano imponenti. Entrambi erano sicuri e fiduciosi.

"Ti ho rispettato per aver difeso l'onore di tua sorella", gli disse Wynne. "In un modo o nell'altro, l'avrei lasciata e volevo assicurarmi che avesse la protezione di un brav'uomo".

Hugh ci pensò un attimo prima di parlare.

"Mi ci sono voluti anni prima di arrivare a comprendere chiaramente cosa fanno la guerra, l'assenza e la morte a chi viene lasciato indietro", ha detto. "Ora ti capisco".

Wynne sapeva che la prima moglie di Greysteil aveva preso il loro figlio piccolo e si era recata nella Spagna devastata dalla guerra in pieno inverno per stare con lui. La madre e il bambino erano morti per la febbre del campo mentre Hugh lottava per raggiungerli. Jo disse a Wynne che per molti anni suo fratello aveva vissuto la sua vita con un desiderio di morte. L'arrivo di Grace a Baronsford fu la luce che lo salvò.

"La guerra porta via troppe vite innocenti", disse Wynne, tendendo la mano. "Mi dispiace per la vostra perdita. Mi dispiace davvero".

Poco dopo, mentre stavano discutendo del padre naturale di Jo e del suo percorso di guarigione, Gregory Pennington e Cuffe vennero verso di loro. Wynne vide suo figlio guardarsi alle spalle come se avesse paura di qualsiasi cosa li stesse inseguendo.

"Cosa c'è che non va?" chiese, attirandolo al suo fianco.

"Lo sto aiutando a nascondersi da Ella", ammise Gregory.

Wynne aveva già conosciuto la nipote di sei anni della moglie di Gregory, Freya. Con un'energia e una rumorosità tali da far impallidire un temporale estivo, la bambina era una forza della natura con cui fare i conti. Quella mattina, al loro arrivo, era corsa subito da Cuffe, dichiarando che le piaceva e chiedendogli se poteva insegnargli a ballare.

Freya, che aspettava il loro primo figlio, si era ridotta a balbettare. Gregory, che aveva un colorito intenso, si era subito messo a distrarre il bambino. Dalle loro reazioni, Wynne ebbe il sospetto che ci fosse una grande confusione riguardo al ballo che la coppia non voleva spiegare.

"Cosa ne pensi?" Chiese Gregory a Cuffe. "Le stalle, il canile o il lago?".

"Cuffe!" chiamò una bambina da vicino alla casa.

"Prima le scuderie", disse Cuffe, prendendo la rincorsa. "Dopo potrai mostrarmi il lago".

Capitolo Ventisette

Sette giorni dopo

IL BIGLIETTO di Lady Nithsdale arrivò come previsto. La loro vicina si sarebbe palesata quella mattina.

Jo chiese a Grace e a sua madre di non ricevere la donna, ma di chiedere a un cameriere di accompagnare sua signoria fino al camerino dove una sarta e Anna stavano dando gli ultimi ritocchi al suo abito da sposa.

Non dovette aspettare a lungo. Anna vide la carrozza dei Nithsdale arrivare lungo il viale.

Jo fissò il proprio riflesso nello specchio. L'abito argentato a maniche corte e plissettato, ricamato con perle, era stato costoso sia in termini di materiali che di manodopera, ma sua madre aveva insistito per averlo. Aveva detto che Jo era la sua prima figlia a sposarsi e che avrebbe avuto l'abito più elegante che si potesse immaginare, proprio come meritava.

Anche Wynne fece capire a tutti che voleva che Jo si godesse ogni aspetto della preparazione di quella cerimonia, anche se erano già sposati. Voleva che tutto il mondo sapesse della loro felicità. Era arrivato al punto di far stampare un annuncio ufficiale di matrimonio su

226

tutti i giornali di Londra e di Edimburgo, nominando il Conte di Aytoun e Lord Charles Barton come padri della sposa, oltre a menzionare il resto della famiglia.

Pochi istanti dopo fu annunciata Lady Nithsdale.

Jo si guardò un attimo allo specchio, sorpresa dalla serenità della sua espressione. Ricordò tutte le volte in cui, nel corso degli anni, si era sentita male di stomaco in compagnia di quella donna. Lady Nithsdale aveva continuato per molti anni a raccontare la storia personale di Jo, vera o inventata, a chiunque fosse disposto ad ascoltarla. Non era mai stata impaziente di ricevere Lady Nithsdale, ma l'aveva sempre sopportata con stoica civiltà.

Fece un cenno ad Anna per farla entrare.

Lady Nithsdale entrò nella stanza con la grazia di un vecchio toro. Fermandosi a un passo da Jo, sussultò alla vista del vestito. Con la sua solita falsa dimostrazione di familiarità, posò un bacio su ciascuna delle guance di Jo.

"Ed eccoti qui, mia cara". Si allontanò per ammirare di nuovo l'abito. "Stupendo. Regale. Assolutamente adatto. Sei l'immagine dell'angelo che sei. E che sviluppo sconvolgente, trovare il tuo padre naturale dopo tutti questi anni. Sconvolgente. Sconvolgente, davvero!".

Chiaramente, secondo Lady Nithsdale, Jo la amava. Erano amiche intime e le faceva comodo essere essere gentile in quel momento.

"Voglio sapere ogni dettaglio di ciò che è successo nelle Highlands. In particolare, dovete raccontarmi tutto di voi e del Capitano Melfort. Di nuovo insieme. Sorprendente. Una seconda possibilità di romanticismo dopo tutti questi anni".

Fece cenno alle serve di togliere i tessuti e gli attrezzi da una sedia vicina per potersi sedere e sembrò sorpresa quando Jo scosse la testa e chiese alle donne di andare.

"Prendiamo il tè al piano di sotto con la Viscontessa Greysteil e Lady Aytoun?" chiese dopo che furono lasciate sole.

"Mi scuso, ma la mia famiglia non riceve visite oggi".

"Certo, carissima. Dovete prepararvi. Tutti voi. Mancano solo tre giorni al matrimonio dell'anno. E solo quattro giorni al Ballo d'Estate. Sono momenti molto eccitanti per noi qui!".

Jo conosceva il vero motivo per cui quella donna si trovava li, e di certo non aveva nulla a che fare con il tè o con l'ammirare un abito da sposa.

Lady Nithsdale si considerava una londinese e viveva per l'arguzia e i pettegolezzi dei club, dei salotti, dei teatri e dei giardini di piacere. Poi, quando il ton si spostava, seguiva per un mese Bath prima del suo pellegrinaggio annuale nei Borders a maggio e giugno. L'unico motivo per cui era venuta era che non si sarebbe mai sognata di perdersi il ballo a Baronsford. Jo l'aveva sentita dire una dozzina di volte. La lista degli invitati comprendeva molti dei più alti livelli dell'aristocrazia della Gran Bretagna e Lady Nithsdale poteva muoversi tra loro come se fosse lei stessa la padrona di casa.

E naturalmente, molti di coloro che avrebbero partecipato al ballo erano stati invitati a partecipare al matrimonio il giorno prima.

"Anch'io dovrei essere a casa a prepararmi, ma prima ho pensato di informarmi sul nostro invito perduto".

"Invito perduto?" Chiese Jo, cercando di sembrare sorpresa.

"Ma sì", rispose la donna stridendo. "Ho dato la colpa ai domestici per averlo perso. Ma Lord Nithsdale ha detto che credeva che non fosse arrivato nessun invito. Ma gli ho detto che Lady Jo non si dimenticherebbe mai, *mai, mai* i suoi amici più vecchi e cari nel giorno più importante della sua vita. *Noi*. Quelli più vicini. Quelli che la conoscono dal primo giorno in cui è arrivata a Baronsford. E lui mi ha detto che non solo non eravamo stati invitati al matrimonio, ma che non avevamo ricevuto alcun invito nemmeno per il ballo!".

"Non siete stata invitata al ballo?". Jo lo chiese con dolcezza, trovando divertente il fatto che sua cognata Grace - mentre si assicurava che il fratello di Wynne, Sir John, e sua moglie fossero inclusi nella lista degli invitati - avesse anche cancellato alcuni nomi.

"Esattamente. Ve lo immaginate? Il Conte e la Contessa Nithsdale che non vengono invitati al ballo di Baronsford? Ho riso di gusto all'idea. Riuscite a immaginarlo?"

Jo spazzolò via un invisibile pezzo di lanugine dalla manica. "Sì, posso immaginarlo".

"Immaginare cosa?" Gli occhi sagaci della donna si restrinsero.

"Non c'è nessun errore. Non c'è nessun invito. Significa che a voi e a Lord Nithsdale non è stato chiesto di partecipare a nessuno dei due eventi".

"State dicendo..." Sul volto di Lady Nithsdale apparvero delle macchie rosso intenso. "Sono sconvolta! Siamo vicini di casa. Amici!"

"Voi, signora, siete spiacevole", disse Jo con calma. "E di certo non siamo amiche".

Sarebbe stata soddisfatta se Lady Nithsdale avesse scelto di fuggire in quel momento, risparmiando a entrambe ulteriori discussioni. Ma la donna era, purtroppo, troppo abituata alla Jo educata e ragionevole che aveva denigrato e maltrattato per decenni.

"Fareste meglio a riconsiderare le vostre azioni con molta attenzione, signorina", disse freddamente, rendendo chiara la sua minaccia. "Potrei rovinarvi. Sarebbe così facile. Perciò, in questo momento, siate prudente. Considerate, se volete, cosa penserebbero gli altri ospiti se io non fossi presente...".

"Vi prego, permettetemi di dirvi cosa penseranno gli *amici* che abbiamo invitato a questi eventi", disse Jo, interrompendola. "Saranno grati di essere stati risparmiati dalla compagnia di una donna rumorosa, invadente e intollerante e di suo marito. Saranno sollevati, perché non avranno bisogno di ascoltare i vostri pettegolezzi maligni, la vostra lingua tagliente, la vostra arroganza o la vostra audace e incessante invadenza".

La donna rimase a bocca aperta mentre cercava una risposta, ma Jo non aveva ancora finito.

"Le persone *che* considero amiche, Lady Nithsdale, sono stanche di vedere il piacere che provate nell'infangare una reputazione impeccabile o nel sminuire qualcosa di valore senza alcun riguardo per la verità o la decenza. Ora, volete saperne di più su questo argomento o sono stato abbastanza chiara?".

Il volto di Lady Nithsdale aveva perso ogni colore, ma riuscì a chiudere la bocca. Quando fece un inchino e uscì dalla stanza, Jo la guardò con non poca sorpresa. Sua Signoria stava battendo in ritirata.

Tornando allo specchio, esaminò l'espressione del suo volto. Sollevata. Soddisfatta. Sicura di sè. Forte. Le piaceva la persona che era diventata.

E dopo sedici anni, aveva finalmente trovato le parole giuste da dire.

Epilogo

Un mese dopo

SI ERANO FERMATI al kirkyard di Melrose Village prima di partire per Glasgow.

Aspettando Cuffe vicino alla carrozza, Wynne lasciò Jo affinché trascorresse un po' di tempo da sola presso la tomba di sua madre. Lo aveva portato li molte volte quando erano a Baronsford. E una volta tornati dalla luna di miele, lui e Jo avevano progettato di portare Charles ai Borders. Voleva visitare il luogo in cui Josephine era realmente sepolta.

Quando veniva a sud, aveva anche la possibilità di incontrare la famiglia Pennington. Stava migliorando continuamente. Solo un giorno prima, però, avevano ricevuto la notizia della morte di Leana Barton.

Jo era pronta a tornare nelle Highlands se suo padre avesse avuto bisogno di lei, ma la sua lettera insisteva affinché continuassero il viaggio programmato. Capiva l'importanza di questo viaggio per la loro famiglia.

Wynne guardò Jo alzarsi e dare un tocco d'addio alla nuova lapide che avevano fatto scolpire. Fu sollevato nel vedere un sorriso sulle sue labbra mentre tornava verso di loro.

"Sei pronto per la nostra avventura?", chiese.

"Ancora non capisco perché devo venire con voi due. È la vostra luna di miele", si lamentò Cuffe, seguendo Jo nella carrozza. "Posso stare con il dottor McKendry".

"Ti vogliamo con noi", insistette Wynne, chiudendo la porta e sedendosi accanto alla moglie.

"Ma posso occuparmi di vostro padre al posto vostro". Cuffe si rivolse a Jo, sperando ovviamente che si schierasse dalla sua parte. "Al signor Barton piaccio. Mi ha chiesto di chiamarlo papà. Penso che lo farò".

"Verrai con noi, tesoro", gli disse.

Si era adattata rapidamente al suo ruolo di madre di un figlio di dieci anni. Era severa e allo stesso tempo amorevole. Rigorosa ma anche flessibile quando la situazione lo richiedeva.

"Ma mi mancherà".

"Anche a me, ma torneremo presto".

Non aspettò altre lamentele e si spostò per sedersi accanto a Cuffe. Gli mostrò i libri che aveva preso in prestito dalla biblioteca di Baronsford. Wynne li guardò unire le loro teste, discutendo o ridendo dei passi che leggevano.

A metà pomeriggio, Cuffe tornò a interrogarli sul viaggio.

"Mi porti con te e non mostri alcun riguardo per la mia istruzione e i miei insegnanti", lo prese in giro. Cuffe stava chiaramente esercitandosi sull'arte del dibattito. "Come farà il signor Cameron a mantenersi abile con l'aritmetica se non ha nessun allievo a cui insegnare?".

"Penso che se la caverà in qualche modo". Wynne sorrise.

"E Hamish", disse il ragazzo, imitando la parlata scozzese del capo della fattoria. "Non avrà nessuno da rimproverare. Nessun ragazzo da tenere d'occhio".

"Se la caverà, credo", osservò Wynne.

Mentre Cuffe continuava a snocciolare i nomi di tutte le persone dell'Abbazia che avrebbero sentito la mancanza della sua compagnia, Jo lanciò a Wynne uno sguardo supplichevole affinché glielo dicesse.

Il viaggio sarebbe stato una sorpresa, ma il ragazzo avrebbe conosciuto la destinazione una volta che la carrozza avesse raggiunto il porto di Glasgow a Greenock.

"Tutte queste lamentele e nemmeno una volta hai chiesto dove stiamo andando", gli ricordò Wynne.

Cuffe scrollò le spalle. "Che differenza fa? Sono condannato a viaggiare con dei novelli sposi".

Jo si unì al gioco. "Molto bene. Allora non te lo diremo".

Il silenzio non durò un minuto intero prima che la curiosità del decenne avesse la meglio su di lui.

"Viaggiamo in nave o in carrozza?".

"In nave", disse Wynne.

Cuffe aggrottò le sopracciglia e studiò Jo, prima di guardare suo padre e poi di nuovo Jo.

"Andremo a trovare gli altri Pennington? A Boston, a Philadelphia o in uno di quegli altri posti in America?".

Jo scosse la testa. "Non questa volta".

"Stiamo navigando verso il continente per vedere dipinti, sculture e montagne innevate", ipotizzò Cuffe, con un'aria sofferente.

"No, riprova".

Un'espressione di speranza si fece strada sul volto del ragazzo. Fissò Wynne, aspettando, senza voler chiedere di più. "Dimmi".

Jo sorrise, facendogli cenno di continuare.

"Staremo via per tre mesi", disse. "Tre settimane in mare per arrivare e cinque per tornare. Dovremmo avere circa quattro settimane a destinazione".

"Giamaica!" Cuffe strillò, gettandosi tra le braccia di Wynne. "Andiamo a trovare la nonna".

Tenendo il figlio stretto a sé, Wynne guardò con gratitudine la moglie. Avevano parlato di questo viaggio la notte del loro matrimonio a Rayneford. Erano entrambi d'accordo sul fatto che se Cuffe doveva essere in pace con la sua vita nelle Highlands, non potevano permettergli di sentirsi irrimediabilmente separato dal suo passato e dalla nonna che lo aveva cresciuto.

Si erano ripromessi che ogni tanto avrebbero fatto un viaggio in Giamaica. E se la nonna fosse stata d'accordo, sarebbe potuta venire anche lei a trascorrere del tempo in Scozia.

Cuffe si avvicinò a Jo e l'abbracciò affettuosamente, forte.

"Grazie", sussurrò.

Gli diede un bacio sulla fronte e lo abbracciò a sua volta.

Erano una coppia perfetta, pensò Wynne, guardando le due persone che lo completavano. Era l'uomo più fortunato del mondo, perché aveva loro e loro erano la sua famiglia.

La sua famiglia. La sua vita. Il suo amore. Il suo passato. Il suo futuro.

Grazie per aver letto *Accadde Nelle Highlands*. Se ti è piaciuto, ti invitiamo a lasciare una recensione online.

E assicurati di dare un'occhiata al prossimo libro di questa serie, *Insonne in Scozia*, la storia di un eroe ferito, di una donna con dei segreti e di un assassino in agguato nelle nebbie.

Scandalo, amore e la mano del destino...

Lady Phoebe Pennington rischia la vita per smascherare i leader politici corrotti di Edimburgo, scendendo persino negli inferi della città. Poi, una notte, sfugge per poco alla morte e finisce tra le braccia del fratello della sua migliore amica assassinata.

Il capitano Ian Bell è un uomo tormentato che sta lottando contro il dolore e il senso di colpa per la perdita di sua sorella e continua a dare la caccia al suo assassino.

Il destino li ha fatti incontrare, ma la fiducia scarseggia e il pericolo si nasconde nei vicoli bui della città. Ma Phoebe è l'unica ad aver visto il volto dell'assassino della sua amica e le sinistre ombre del male sono più vicine di quanto lei e Ian immaginino.

Nota dell'autore

Speriamo che il nostro romanzo *Accadde nelle Highlands* ti sia piaciuto.

Come molti dei nostri lettori sanno, raramente lasciamo andare i nostri personaggi senza combattere, quindi li vedrai nelle numerose storie che nascono dalla nostra immaginazione.

Jo compare per la prima volta nelle nostre storie quando arriva a Baronsford da neonata in *Sogni Presi in Prestito*, il primo libro della Trilogia del Sogno Scozzese. Anni dopo, ha avuto un ruolo importante anche in *Il Mio Amante Scozzese*, l'emozionante storia che vede protagonisti Hugh Pennington e Grace Ware.

Forse avrai già intuito che Phoebe Pennington sarà l'eroina del nostro prossimo romanzo. Cerca *Insonne in Scozia*.

Come in tutti i nostri romanzi, anche in *Accadde Nelle Highlands* abbiamo cercato di descrivere un luogo e un'epoca in modo da mescolare il reale e l'immaginario in modo divertente.

La storia dei Maroons della Giamaica è una parte importante della storia globale, così come le persone che hanno contribuito al movimento verso la libertà e l'uguaglianza. Speriamo che ti siano piaciuti anche i riferimenti alle fiabe dell'Africa occidentale.

Nel periodo in cui è ambientato questo romanzo, il trattamento disumano di chi soffre di problemi mentali era prevalente. Le persone che mostravano sintomi di "follia" venivano rinchiuse dalla società e lasciate a soffrire e morire nelle condizioni più terribili. Spesso la società usava questi istituti come luoghi in cui rinchiudere chiunque fosse considerato "diverso". Gli innovatori come il Dr. McKendry nella nostra storia erano all'avanguardia nelle cure.

Accadde Nelle Highlands è uno dei dodici romanzi e novelle che compongono la serie multigenerazionale della famiglia Pennington.

Se sei interessato, ecco l'elenco completo:

La Promessa (*USA Today* Bestseller) - In fuga per la sua vita in un viaggio disperato verso l'America, Rebecca Neville promette alla moglie morente del Conte di Stanmore di crescere e prendersi cura del figlio appena nato, James. Dieci anni dopo, il conte di Stanmore viene a sapere del bambino. Invia nelle colonie il suo giovane erede in modo da poterlo crescere come un pari del regno. Con nessuna intenzione di rinunciare al suo voto, Rebecca torna in Inghilterra con James per affrontare un futuro senza il suo amato figlio, ma deve anche affrontare il suo tumultuoso passato.

Il Ribelle - Jane Purefoy, figlia di un magistrato inglese, assume le sembianze del famigerato ribelle irlandese Egan e guida una banda segreta di rivoluzionari contro la brutalità delle truppe coloniali. Sir Nicholas Spencer si sta recando in Irlanda per corteggiare la sorella minore di Jane. Quando si imbatte in Egan, Sir Nicholas smaschera il leggendario ribelle e scopre Jane. Ammaliato da lei, decide di mantenere il suo segreto e si imbarca in un rischioso piano di seduzione che getterà la famiglia di lei nel caos, il paese nella ribellione e il suo cuore in preda a un amore che non potrà mai essere.

Sogni Presi in Prestito (*RT Award for Best British-Set Historical*) - Spinta a rimediare al male causato dal marito defunto e a dover affrontare la rovina finanziaria, Millicent Wentworth deve contrarre un matrimonio di convenienza con il famigerato "Signore dello Scandalo" Lyon Pennington, il Conte di Aytoun. Lyon è un uomo devastato da un tragico incidente che ha ucciso la sua prima moglie e lo ha lasciato gravemente ferito. Pieno di disperazione, si lascia convincere con riluttanza a partecipare a un matrimonio indesiderato. Una nuova versione de "La Bella e la Bestia".

Sogni Catturati - Portia Edwards è disposta a tutto pur di ritrovare la famiglia che non ha mai conosciuto. E quando incontra il mercante Pierce Pennington - il fratello minore di Lyon Pennington - Portia ha l'occasione perfetta per chiedergli aiuto. Ma il suo orgoglio testardo la fa tacere. Questo fino a quando non riconosce la sua forte attrazione per l'uomo coraggioso che, di notte, è conosciuto come il famigerato Capitano MacHeath, che contrabbanda armi via mare sotto la coltre delle tenebre, tutto in nome della libertà...

Sogni del Destino - Ferito dallo scandalo e dall'omicidio irrisolto di sua cognata, David Pennington è esteriormente insolente e arrogante. Ma nulla gli impedisce di accompagnare la sua amica d'infanzia, Gwyneth Douglas, in Scozia per salvare l'ereditiera scozzese dai cacciatori di dote. Ma il loro arrivo in Scozia comporta un terribile pericolo. Ora, se sperano di soddisfare desideri a lungo nascosti, dovranno sventare il male che minaccia di distruggere le loro vite...

Il Mio Amante Scozzese - Hugh Pennington, un eroe delle guerre napoleoniche, è ora un vedovo addolorato con un desiderio di morte. Quando riceve una cassa attesa dal continente, rimane scioccato nel trovare all'interno una donna quasi morta. La sua identità è sconosciuta e la manciata di monete americane e il prezioso diamante cucito sul suo vestito non fanno che infittire il mistero. Grace Ware è una nemica della Corona inglese. Cercando di sfuggire agli assassini di suo padre, non si sarebbe mai aspettata che la sfortuna la depositasse nella casa di un aristocratico nei Borders scozzesi. Mentre si sforza di mantenere segreta la sua identità, un duello d'ingegno si trasforma rapidamente in passione e romanticismo... fino a quando il pericolo si presenta alle porte di Baronsford, minacciando di separare i due amanti o di distruggerli entrambi.

Nota dell'autore

Il Dolce Natale delle Highlands (*Finalista al RITA© Award*) - Freya Sutherland è una zia disperata che cerca di mantenere la custodia della sua giovane e precoce nipote, Ella, anche se questo significa sposarsi per sicurezza invece che per amore. Il capitano Gregory Pennington, da poco in pensione, non desidera altro che tornare a casa in tempo per Natale, ma gli viene chiesto di scortare alcuni viaggiatori dalle Highlands ai Borders. I suoi piani non includono una moglie e un figlio, e Freya ha delle responsabilità come tutrice di Ella. Con Ella che cospira per farli incontrare, Penn e Freya potrebbero vivere un po' di magia natalizia.

Accadde Nelle Highlands - La vita di Lady Josephine Pennington fu quasi distrutta quando si diffusero voci sulla sua discutibile discendenza. Anni dopo, quando riceve un pacco dalle Highlands contenente gli schizzi di una donna molto simile a lei, Jo crede di aver trovato un indizio sull'identità della sua madre naturale. Quando il capitano Wynne Melfort fu costretto a porre fine al suo fidanzamento con Jo Pennington sedici anni fa, non avrebbe mai immaginato di rivederla. Ma soprattutto, non si aspettava che i sentimenti a lungo ritenuti morti sarebbero riaffiorati. Mentre si sforzano di svelare il mistero della sua nascita, Jo deve imparare a fidarsi di Wynne. E quando i segreti del passato iniziano a venire a galla, le forze del male non si fermeranno davanti a nulla per impedire a Jo di scoprire la verità e reclamare la sua eredità.

Insonne in Scozia - Lady Phoebe Pennington rischia la vita per smascherare i leader politici corrotti di Edimburgo, scendendo persino negli inferi della città. Una notte, poi, sfugge per poco alla morte e finisce tra le braccia del fratello della sua migliore amica assassinata. Il capitano Ian Bell è un uomo tormentato che sta lottando contro il dolore e il senso di colpa per la perdita di sua sorella e sta ancora dando la caccia al suo assassino. Il destino li ha fatti incontrare, ma la fiducia è sfuggente e il pericolo si nasconde nei vicoli bui della città. Phoebe è l'unica ad aver visto il volto dell'assassino della sua amica e le sinistre ombre del male sono più vicine di quanto lei e Ian immaginino.

Carissima Millie - Il futuro di Lady Millie Pennington sembra luminoso finché il destino non le riserva una tragica mano sotto forma di cancro. Dermot McKendry è un ex chirurgo della Royal Navy che è tornato per aprire un ospedale nelle Highlands. La Provvidenza li fa incontrare, ma le calamità della vita metteranno a dura prova il potere di guarigione del cuore umano.

Come Scaricare un Duca - Lady Taylor Fleming è un'ereditiera con un pretendente alle calcagna. Il suo piano passo dopo passo per scaricarlo è semplice. Ma il Duca di Bamberg non è affatto semplice. Taylor cerca di fuggire nel rifugio delle Highlands, ma i suoi piani si complicano quando il duca arriva alla sua porta e i suoi fedeli alleati la abbandonano. E anche con i piani migliori, le cose possono andare storte...

Un Principe Nella Dispensa - Il principe Timur Mirza, erede al trono persiano, è in missione diplomatica in Inghilterra per scegliere una sposa. Piuttosto che partecipare a un grande ballo, Timour desidera un'ultima notte di libertà. Pearl Smith è cresciuta nell'élite londinese. Ma un rovescio di fortuna ha fatto finire il padre nella prigione dei debitori e lei si è ridotta a lavorare come serva, vittima inconsapevole dell'invidia velenosa di un vecchio amico. Ma c'è magia nella luce della luna piena e l'amore può arrivare quando meno te lo aspetti...

E se ti interessa una storia d'amore di seconda opportunità con un colpo di scena, assicurati di dare un'occhiata a *Jane Austen Non Può Sposarsi!*

Come autori, amiamo il feedback. Scriviamo le nostre storie per i nostri lettori e ci piacerebbe sentire il tuo parere. Siamo in costante apprendimento, quindi ti preghiamo di aiutarci a scrivere storie che apprezzerai e consiglierai ai tuoi amici. Iscriviti per ricevere notizie e aggiornamenti e seguici su BookBub.

Come sempre, se ti è piaciuto *Accadde Nelle Highlands,* lascia una recensione online e non perdere la storia di Phoebe Pennington in *Insonne in Scozia.*

Informazioni sull'autore

Gli autori bestseller di *USA Today* Nikoo e Jim McGoldrick hanno realizzato oltre cinquanta romanzi dal ritmo incalzante e ricchi di conflitti, oltre a due opere di saggistica, con gli pseudonimi di May McGoldrick, Jan Coffey e Nik James.

Questi popolari e prolifici autori scrivono romanzi storici, suspense, gialli, western storici e romanzi per giovani adulti. Sono quattro volte finalisti del Rita Award e hanno vinto numerosi premi per la loro scrittura, tra cui il Daphne DuMaurier Award for Excellence, un Will Rogers Medallion, il *Romantic Times Magazine* Reviewers' Choice Award, tre NJRW Golden Leaf Award, due Holt Medallion e il Connecticut Press Club Award for Best Fiction. Le loro opere sono incluse nella collezione Popular Culture Library del National Museum of Scotland.

Also by May McGoldrick, Jan Coffey & Nik James

NOVELS BY MAY McGOLDRICK

16th Century Highlander Novels

A Midsummer Wedding *(novella)*

The Thistle and the Rose

Macpherson Brothers Trilogy

Angel of Skye (Book 1)

Heart of Gold (Book 2)

Beauty of the Mist (Book 3)

Macpherson Trilogy (Box Set)

The Intended

Flame

Tess and the Highlander

Highland Treasure Trilogy

The Dreamer (Book 1)

The Enchantress (Book 2)

The Firebrand (Book 3)

Highland Treasure Trilogy Box Set

Scottish Relic Trilogy

Much Ado About Highlanders (Book 1)

Taming the Highlander (Book 2)

Tempest in the Highlands (Book 3)

Scottish Relic Trilogy Box Set

Love and Mayhem

18th Century Novels

Secret Vows

The Promise (Pennington Family)

The Rebel

Secret Vows Box Set

Scottish Dream Trilogy (Pennington Family)

Borrowed Dreams (Book 1)

Captured Dreams (Book 2)

Dreams of Destiny (Book 3)

Scottish Dream Trilogy Box Set

Regency and 19th Century Novels

Pennington Regency-Era Series

Romancing the Scot

It Happened in the Highlands

Sweet Home Highland Christmas (*novella*)

Sleepless in Scotland

Dearest Millie (*novella*)

How to Ditch a Duke (*novella*)

A Prince in the Pantry (*novella*)

Regency Novella Collection

Royal Highlander Series

Highland Crown

Highland Jewel

Highland Sword

Ghost of the Thames

Contemporary Romance & Fantasy

Jane Austen CANNOT Marry

Erase Me

Tropical Kiss

Aquarian

Thanksgiving in Connecticut

Made in Heaven

NONFICTION

Marriage of Minds: Collaborative Writing

Step Write Up: Writing Exercises for 21st Century

NOVELS BY JAN COFFEY

Romantic Suspense & Mystery

Trust Me Once

Twice Burned

Triple Threat

Fourth Victim

Five in a Row

Silent Waters

Cross Wired

The Janus Effect

The Puppet Master

Blind Eye

Road Kill

Mercy (novella)

When the Mirror Cracks

Omid's Shadow

Erase Me

NOVELS BY NIK JAMES

Caleb Marlowe Westerns

High Country Justice

Bullets and Silver

The Winter Road

Silver Trail Christmas